DAS TAL DER VERBORGENEN

Von
J.M.G. Schmidt

In uns schlummern unsere Ahnen,
kluge Wesen, begnadete Jäger.

Alles begann mit einem ungewöhnlichen Wildunfall.

Siebzig Kilometer östlich von Salt Lake City führt der Highway UT-150 quer durch das Herz des *Uinta-Wasatch-Cache Nationalparks*. Über die von Pinien dicht gesäumte Fahrbahn steuerte Lilly Feron konzentriert ihren Geländewagen. Scharfe Kurven zwangen sie immer wieder zum Abbremsen. Sie fuhr wie im Rausch, irgendetwas trieb sie an, drängte sie zur Eile, und sie folgte dieser inneren Stimme.

Abrupt verwandelte sich die Waldstraße in eine chaotische Unfallkulisse. Blinkende Polizeiwagen, der Abschleppdienst und einige Gaffer versperrten die Durchfahrt. Lilly trat scharf auf die Bremse, das Antiblockiersystem griff ein, die Gurte strafften sich, ihrem beleibten Beifahrer flog die Hornbrille vom Gesicht.

„Sorry, Fred!"

Das Warnblinklicht eingeschaltet, manövrierte sie ihren *Jeep Wrangler* geschickt entlang der Fahrbahnbegrenzung auf eine emsig winkende Person in hellbrauner Uniform zu. Das muss der Ranger sein, dachte sie, der sich nicht einmal sicher war, ob es sich um einen gewöhnlichen Grauwolf handelte, der hier unter die Räder gekommen war. Ein paar Meter weiter sah sie einen fahrerlosen, deutlich demolierten *Toyota Prius* an der Böschung. Lillys Beifahrer tastete noch immer nach der Brille zwischen seinen Füßen, als sie ausstieg.

„Ms. Feron? … Danke, dass Sie so früh am Morgen gekommen sind. Wir brauchen Sie hier als Gutachterin. Ich bin Stan Hardy, *Utah-Naturschutzbehörde*, seit einem Monat Parkranger in der Region. Nennen Sie mich Stan!"

Mit einem freundlichen Grinsen fasste der schlaksige, hoch gewachsene Beamte an seinen breitkrempigen Hut, zeigte artig seine Dienstmarke vor und schob sich verlegen das zu kurze Hemd in die Hose. Unweigerlich erinnerte er Lilly an Stan Laurel, den englischen Komiker und mehr noch: an dessen Karikatur – was für ein Typ! Dass er mit Nachnamen Hardy hieß, machte es noch skurriler. Sie zwang sich, über Äußerliches hinwegzusehen.

Stan Hardy bemühte sich, professionell zu wirken. Sichtlich bestrebt, alles richtig zu machen, notierte er die Uhrzeit: 8 Uhr 23, räusperte sich und wies auf den verunglückten *Prius*. „Ein Wildunfall, wie er im Buche steht, Ma'am. Der Fahrer wurde schwer verletzt, ist auf dem Weg in die Notaufnahme, hat sich wohl fürchterlich erschreckt und die Kontrolle über den Wagen verloren – kein Wunder, wenn gleich hinter der Kurve ein Raubtier über die Straße läuft."

Lilly seufzte leise. Gleich würde er fragen, ob das Tier aus ihrem Wolfspark stammt. „Tut mir leid für den Mann, Stan ..." Sie sah sich suchend um. „Und auch für den Wolf. Sie sagten, er hat's nicht überlebt?"

„So ist es, kommen Sie!" Unbeholfen stapfte der Ranger über das Geröll auf zwei kniehohe Findlinge zu. „Dort drüben liegt er, ist ein paar Meter weggeschleudert worden. Sieht irgendwie fremdartig aus, nicht wahr?" Er warf ihr einen fragenden Blick zu und griff sich ans lange Kinn. „Ist er aus Ihrem Wolfspark?"

Der *Feron-Wolfspark* im US-Bundesstaat Utah ist Forschern weltweit ein Begriff. Der Biologe Leo Feron, Lillys Vater, hatte die Einrichtung seit den 90er-Jahren mit einem kleinen Team aufgebaut, dutzende Wölfe von Hand aufgezogen und ihr Verhalten intensiv erforscht, was ihm den Titel *Wolfsflüsterer* eintrug. In langfristigen Feldstudien hatte er die komplexen sozialen Strukturen der Tiere analysiert, die aus den unterschiedlichsten Regionen der Erde stammten. Lilly wuchs bei ihrem Vater im Park auf, studierte Biologie und Veterinärmedizin – etwas anderes wäre ihr nie in den Sinn gekommen. Nachdem Leo starb, übernahm sie im

Jahr zweitausendzwanzig mit erst sechsundzwanzig Jahren die Leitung des *Feron-Wolfsparks*.

Wölfe sind meisterhafte Befreiungskünstler. Sie können aus Gehegen springen, klettern oder sich herausgraben und sind klug genug, herauszufinden, wie man Tore öffnet. In ihrem Drang nach Freiheit testen sie Riegel und Schlösser. Zusätzliche Vorsichtsmaßnahmen sind daher unerlässlich. Ein Ausbruch eines der Tiere aus den Gehegen wäre nicht nur ein Problem für Lillys Wolfspark selbst, sondern auch für den nahe gelegenen Nationalpark, der wirtschaftlich stark auf den Tourismus angewiesen war.

Pflichtbewusst hakte Stan noch einmal nach: „Ihre Zäune, Ms. Feron … Ich rate Ihnen dringend, die Zäune Ihrer Anlage zu überprüfen. Falls das Tier aus Ihrem Gehege …"

„Unsere Zäune sind dicht, Stan, sie sind sicher. Machen Sie sich darum keine Sorgen! Statten Sie uns gern einen Überraschungsbesuch ab und vergewissern sich. Wir halten uns an die offiziellen Richtlinien … die Sie ja bestimmt kennen?"

Hardy lupfte den Hut, grinste verlegen und kratzte sich wie Stan Laurel die Stirn. Von den Details hatte er offenbar keinen Schimmer, also zählte Lilly kurz ein paar der Sicherheitsmaßnahmen für Wölfe in Gefangenschaft auf:

„Vier Meter hohe, hochbelastbare Stahlzäune mit Fünfundvierzig-Grad-Abwinklung, hundert Zentimeter breite Grabschutzvorrichtungen, Sicherheitsschlösser, Überwachungskameras und so weiter. Das volle Programm, Sie wissen schon. Das ist übrigens Fred, mein Praktikant."

Sie machten sich bekannt. Korpulent, rothaarig und mit rosigem Teint war Fred das krasse Gegenteil des braungebrannten, mageren Rangers. Die beiden unterschieden sich nicht nur äußerlich voneinander. Während Stan, so kurios er aussah, mit Herausforderungen im Allgemeinen gut zurechtkam, gehörte Fred zu den Menschen, die das Unglück unwiderstehlich anziehen. Pannen und Fehlgriffe begleiteten ihn sein Leben lang. Meist hatte er mehr Glück als Verstand. Trotzdem gab Lilly ihn nicht auf; er hatte andere Qualitäten und war ein echter Pfundskerl.

„Freddy ist dazu verdammt, die Gehege in regelmäßigen Abständen zu kontrollieren. Gehört zu deiner Ausbildung, nicht wahr, mein Dicker?" Kameradschaftlich klopfte sie ihm auf die Schulter. „Erzähl Stan doch mal von deiner Lieblingsaufgabe!"

Fred verdrehte die Augen und wurde schlagartig rot. „Tja, also, das stimmt, Mr. Hardy. Ehrlich gesagt ist die Strecke um die Gitter verdammt lang, ich muss sie regelmäßig ablaufen und vollständig auf Schwachstellen kontrollieren, bei jedem Wetter. Ist sozusagen meine wöchentliche Trainingseinheit. Meine Chefin will wohl, dass ich abnehme, bis ich durchs Gitter passe."

Alle lachten. Unbeirrt plauderte er weiter, erwähnte die vier separaten Gehege im Park, in denen derzeit sechsunddreißig Wölfe untergebracht waren, sprach von seinen täglichen Aufgaben und den strengen Regeln, die er zu befolgen hatte. Er sei heilfroh, nicht in einem Streichelzoo gelandet zu sein, gegen Streicheln habe er ja nichts, doch er wolle ein kompetenter Tierpfleger werden. Besonders interessierten ihn die Kommunikation und das Sozialverhalten der Rudel.

Stan hörte aufmerksam zu und versprach, ihn sehr bald einmal zu besuchen.

Lilly hatte sich inzwischen dem verunglückten Wolf zugewandt, musterte ihn von allen Seiten, beugte sich über ihn, bis ihre glatten, blonden Haare beinahe sein schmutziges Fell berührten. Mit weit geöffneten, glasigen Augen lag er in einer dunkelroten Lache. Die lange Zunge hing ihm aus dem Maul, als wolle er sein eigenes Blut auflecken.

Auf den ersten Blick überraschte Lilly das physische Erscheinungsbild des Tieres. Im Vergleich zu den Gehegewölfen, die sie in- und auswendig kannte, war dieser in einem erbärmlichen, ausgezehrten Zustand.

„Bitte notieren Sie, Stan", unterbrach sie die beiden in sachlichem Ton. „Dieser Wolf ist nicht aus unserer Anlage und auch nicht aus der Region. Schaut ihn euch an! Der hat eine Odyssee hinter sich."

„Okay, und das war nun das Ende der Odyssee", bemerkte Stan trocken. „Schade um das Tier, bin aber froh, wenn Ihre Gehege dicht bleiben. Ich denke, dann ist es möglich, diese Angelegenheit zügig abzuhaken." Gewohnheitsmäßig zog er eine kleine Bürste aus der Innentasche und fuhr damit sanft über seine Uniform. „Um den Unfall kümmern sich die Cops und die Versicherung."

Für den frischgebackenen Parkranger war damit die wichtigste Frage beantwortet: Vom Wolfspark ging keine Gefahr aus. Die Kleiderbürste steckte er wieder ein und wandte sich den Polizisten zu, die den Unfallort fotografierten und Gaffer zur Weiterfahrt aufforderten.

Fred, bestens gelaunt, zog den Bauch ein, schnitt drollige Grimassen und machte ein paar Selfies vor den blinkenden Fahrzeugen.

Lilly hatte sich mittlerweile Gummihandschuhe übergestreift und begann, den leblosen Tierkörper sachkundig abzutasten, da spürte ihre Hand unvermittelt etwas Ungewöhnliches unter dem dichten, relativ hellen Fell. Tief im Genick des Wolfs steckte ein harter, unverrückbarer Gegenstand. Vom Zusammenprall mit dem *Prius* dürfte diese Verletzung, die halbwegs verheilt war, kaum stammen. Die Tierärztin hielt sich bedeckt, ließ sich nichts anmerken. Was es war, würde sie schon noch herausfinden.

„Wenn Sie nichts dagegen haben, nehmen wir ihn für die weiteren Untersuchungen mit in die Tierklinik", rief sie Stan zu.

„Sehr gut, ich meine, geht in Ordnung, vielen Dank, Ms. Feron." Stan war erleichtert. Jetzt musste er sich nicht einmal um die Entsorgung des Kadavers kümmern. Wäre damit alles geklärt? Er überlegte kurz … Ach ja, welche Unterart? Mir scheint, dieser hier unterscheidet sich im Körperbau von den hiesigen Wölfen, finden Sie nicht auch? Sieht nicht gerade wie ein gewöhnlicher Grauer aus."

~ 5 ~

„Richtig. Das ist kein typischer Grauwolf." Lilly wickelte ein Maßband um einen der Hinterläufe, zog die Rute in die Länge und spreizte das Maul. „Die Körperproportionen, der Schädel, sein Gebiss … Alles sehr befremdlich!"

„Kein Problem", wiegelte Stan schnell ab. „Unnötige Details komplizieren die Sache nur. Lassen Sie mich wissen, wenn Sie Genaueres über seine Herkunft herausgefunden haben. Das wäre sehr freundlich, Ms. Feron."

Er setzte sich auf einen der Findlinge, um auf seinem Handy ein Online-Dokument der Behörde auszufüllen. Umso besser, wenn der Wolf zugewandert war, dachte er. Das rief die Gegner ansässiger Wölfe nicht auf den Plan, jener Wölfe, die ihre Scheu verlieren, sich Weidetieren nähern und durch Wohngebiete streunen, in denen Kinder spielen.

„Er ist ja tot, eine Sorge weniger", murmelte er vor sich hin, während er weitertippte.

„Wie bitte?" Jetzt hatte er Lillys Nerv getroffen. Sie kannte die Argumente der Wolfsgegner nur zu gut. Zeit, etwas klarzustellen. Sie baute sich vor ihm auf. „Wie Sie sicher wissen, Stan, wurde im letzten Jahr kein einziger Mensch von Wölfen getötet, kein einziger weltweit! Nicht gerade viele, oder? Im Jahr zuvor war es genau einer und der hatte Tollwut. Das eigentliche Problem sind wir, Stan, nicht der Wolf."

Vor Schreck rutschte Stan das Handy aus der Hand und fiel klappernd zu Boden. „Schon gut", beschwichtigte er, während er sich bückte, um es aufzuheben. „Sie haben bestimmt recht, ich bin da völlig bei Ihnen. Und für die Weiden gibt es Herdenschutzhunde und Elektrozäune. Es ist wohl nur diese uralte Furcht in uns Menschen."

„Die Furcht aus Märchen und Mythen!"

Lilly war sich bewusst, dass Stan als Ranger von Anfang an zwischen den Fronten stand – der Schutz der Wildnis auf der einen Seite, kommerzielle Interessen auf der anderen. Umso wichtiger war es, dem

Neuling die Augen zu öffnen. Sie selbst war in dieser Sache kompromisslos. Sie verspürte den starken Willen, einen Beitrag zur Erhaltung der Artenvielfalt zu leisten. Was auf dem Spiel steht, wusste sie nur zu gut.

„Vor allem arbeiten Sie für die Natur, Stan, und die braucht genetische Diversifizierung, um überleben zu können. Kennen Sie den *Living Planet Report 2022* des *WWF*? Er zeigt, dass die Wildtierpopulationen in den vergangenen fünfzig Jahren im Schnitt um siebzig Prozent zurückgegangen sind."

„Autsch!"

„Ja, autsch! Dafür ist allein der Mensch verantwortlich und es hat gravierende Auswirkungen. Wir können auf keine einzige Art verzichten und schon gar nicht auf die großen, wilden Raubtiere, zu denen Wölfe gehören. Sie sind wichtige Gestalter ihres Lebensraums. Ökoingenieure, die dazu beitragen, Ressourcen verfügbar zu machen und ökologische Nischen für viele andere Lebewesen zu schaffen. Sie legen die Grundlage für viele Insektenarten, die wiederum der Treibstoff für Vögel, Fledermäuse und die komplette Nahrungskette sind. Sie sind verdammt wichtig."

Stan sackte leicht in sich zusammen, hörte aber weiter aufmerksam zu.

„Hören Sie, Stan, ich will Sie nicht entmutigen – im Gegenteil! Es gibt Grund zur Hoffnung. Wir wissen, was vor sich geht und versuchen, das Ruder noch herumzureißen. Stichwort *Rewilding*. Wir machen Landschaften wieder zu dem, was sie einst waren: Biotope werden in Stand gesetzt, die Entwässerung der Feuchtgebiete wird gestoppt, um den natürlichen Wasserhaushalt wiederherzustellen, und die großen Säugetiere werden zurück in die Ökosysteme gebracht. So kommen die natürlichen Prozesse wieder in Gang. Renaturierung funktioniert. Bereits nach kurzer Zeit entsteht eine vielfältige Biodiversität."

Genug vom Selfie-Shooting, setzte sich Fred vergnügt neben Stan, der ihm irgendwie geschrumpft vorkam, wie er da auf dem Stein hockte. Beide sahen Lilly dabei zu, wie sie zielstrebig zum *Wrangler* stapfte, den Kofferraum öffnete und eine Fleecedecke herauskramte.

Ein Pick-up hielt hinter ihr am Straßenrand. Die Fenster halb heruntergefahren, gaffte der Fahrer, eine Zigarette qualmend, zum toten Wolf herüber. Von seinem Rücksitz aus bellte ein Schäferhund laut in den Wald hinein.

„Guck mal, der kläfft die Pinien an!", spottete Fred.

„Schon seltsam", wunderte sich Stan. „Was ist denn da?"

„Vielleicht versteckt sich im Dickicht ein Kojote, der den Kadaver gewittert hat", mutmaßte Lilly und warf Fred die Decke zu. „Könntest du bitte den Wolf einwickeln!"

„Wölfe sind hier nicht willkommen", giftete der Fahrer aus dem Pick-up heraus in ihre Richtung.

Stan erhob sich und ging auf den Mann zu. „Sie dürfen hier nicht stehen bleiben", warnte er ihn wacker. „Fahren Sie bitte weiter und werfen Sie bloß keine Zigaretten aus dem Fenster!"

Grimmig fuhr der Mann ab, während sein Schäferhund noch immer in Richtung Dickicht kläffte.

„Merci!", bedankte sich Lilly bei Stan. „Sehen Sie, das meine ich. Bei denen kommt man nicht weiter. Die haben keine Ahnung, wie nützlich Wölfe sind, dass sie die Population der Kojoten in Schach halten und für gesunde Rotwildbestände sorgen, weil sie die alten, schwachen und kranken Tiere bevorzugt reißen."

Stan bürstete sich zufrieden den Staub von der Hose. „Wo der Wolf jagt, wächst der Wald", gab er recht pathetisch zum Besten. „Ein russisches Sprichwort. Mein Großvater sagte das ab und zu auf unseren Spaziergängen."

„Wie wahr! Seien Sie vor allem der Hüter des Waldes!", bestärkte Lilly ihn so charmant sie konnte. „Es ist viel leichter, ein intaktes Ökosystem zu bewahren, als ein zerstörtes wiederherzustellen. Gern nehme ich Sie mal auf eine Tour in die echte Wildnis mit. Das ist spannender, als Wildunfälle zu bearbeiten."

„Das wäre großartig, Ms. Feron!"

Lilly war froh, dass er offenbar begriff, worum es ihr ging. Sie blickte auf die Uhr. Eine rasche Obduktion war geboten.

Stan half noch beim Aufladen des Wolfs, verabschiedete sich höflich und winkte ihnen aufgeräumt hinterher.

2

Der Morgen ist noch frisch, die Luft klar, die Unfallstelle geräumt und gekehrt, das letzte Fahrzeug abgefahren. Friedliche Stille breitet sich aus. Über Erde, Laub und Moos strömt feiner, würziger Duft nach Holz, Harz und Sommerpilzen. Das Summen der Insekten, das leise Rauschen der Blätter, die Melodien der Vogelwelt sind zurückgekehrt.

Wie aus dem Nichts erscheint ein weiterer Bewohner des Waldes am Ort des Geschehens. Massig, baumstark und doch lautlos wie eine Wildkatze gleitet er durch das Geäst, verharrt, lauscht, schleicht weiter voran, windet seinen stämmigen, kraftvollen, menschenartigen Körper geschmeidig durch das Unterholz Richtung Fahrbahn, horcht erneut, erschnüffelt das Blut am Wegesrand.

Der Lärm der hochstirnigen Menschen, die sein Volk die „Bobos" nennt, ist verhallt. Sie, die ihm ähneln, doch so zerbrechlich erscheinen, waren hier, haben es sich genommen und sind nun fort.

Er muss, er wird es sich zurückholen, denn er ist Omu, der begnadete Jäger, der die Fährte sucht, erkennt, schmeckt und liest wie kein anderer, der aus großer Distanz den Schweiß der fliehenden Beute zu wittern vermag, der sie ortet und unnachgiebig verfolgt. Er ist Omu, dem die Tiere des Waldes Auskunft erteilen, dem die Stimmen der Berge, der Mond und die Sterne den Weg weisen. Er ist Omu, der den Wolf seit Langem jagt. Er darf ihn nicht verlieren.

Eine Weile hatte er sie aus der Deckung des Unterholzes heraus beobachtet. Zwischen den vielen Lichtern und anderen Bobos sah er einen dicken Rothaarigen und eine Frau mit hellen Sonnenhaaren. Ein kleiner Wolf, den sie Hund nennen, bellte aus einem Fahrzeug in seine Richtung, doch Omu verbarg sich vor ihren Blicken.

Als die Bobos den Ort verließen, erkannte er, dass sie den Wolf mit sich nahmen, ihn, dem er seit so vielen Tagen nachstellte, verschleppten. Ihre Gefährte sind zu schnell. Mit ihnen verschwand der Wolf, mit dem Wolf verschwand das Heiligtum und damit das geheime Abbild, das er sich zurückholen muss, das Abbild, das niemand zu Gesicht bekommen darf, das Omu verraten würde, ihn und seine gesamte Sippe – endgültig!

Ein leises, enttäuschtes Grollen bahnt sich seinen Weg aus der Tiefe seiner starken Lungen. Erschöpft lässt er sich im weichen Laub nieder, senkt seinen mächtigen Schädel, legt die wulstige, fliehende Stirn auf die Knie seiner kurzen, stämmigen Beine.

Ist dies das Ende? War alles umsonst?

3

Lilly parkte unweit der Wolfsgehege am seitlichen Liefereingang. In diesem Gebäudebereich befanden sich das gekühlte Fleischlager, weitere Vorrats- und Lagerräume sowie ein kleinerer Kälteraum für die vorübergehende Unterbringung von Tierkadavern. Die Wohneinheit inklusive Tierklinik lag, durch Flure verbunden, auf der anderen Seite des Baus.

Wie üblich erwarteten die Rudel des Wolfsparks sie bereits sehnsüchtig. Offensichtlich nahmen die Wölfe den Motor des nahenden Wagens schon Minuten vor dem Eintreffen wahr. Wahrscheinlich spürten sie instinktiv sogar noch viel früher die Rückkehr ihrer Herrin. Lilly war davon überzeugt, dass viele Tiere über einen siebten Sinn verfügen. Mit ihm sind sie in der Lage, Gefahren wie Tsunamis vorauszusehen und sich rechtzeitig vor ihnen in Sicherheit zu bringen.

Eine Fernsehdokumentation war ihr lebhaft im Gedächtnis geblieben, in der eine Gedankenübertragung zwischen Mensch und Hund klar ersichtlich wurde. In dem Experiment hatte man zwei voneinander unabhängige Kameras zeitlich synchronisiert: Eine Kamera befand sich bei Jaydee, dem Hund im Haus, die andere bei seiner Halterin Mrs. Smart in der Stadt. Mrs. Smart musste sich dort so lange aufhalten, bis sie angewiesen wurde, nach Hause zu fahren. Um sicherzustellen, dass Jaydee das charakteristische Motorengeräusch ihres Autos nicht hören konnte, nahm sie ein Taxi.

Das Experiment wurde mehrfach wiederholt, und immer lief der ruhig wartende Hund just in dem Augenblick zum Fenster, in dem Mrs. Smart sich auf den Weg von der Stadt nach Hause machte. Es zeigte, dass Jaydee gedanklich mit ihr verbunden war. Er konnte die Heimkehr seiner Halterin aus der Ferne erahnen.

Auseinandersetzungen sind bei in Gefangenschaft gehaltenen Wolfsrudeln an der Tagesordnung. Es war normal, dass bei Lillys Ankunft Rivalitäten im Gehege aufflammten. Die Rangordnung wurde immer wieder auf die Probe gestellt. Heute aber lag noch etwas anderes in der Luft: der Geruch eines fremden Rivalen.

Als Lilly die Heckklappe ihres Wagens öffnete und erste Duftmoleküle sich in Windeseile heraus und durch den fünfzig Meter entfernten Stahlzaun in das nächste Wolfsgehege bewegten, fokussierte die Meute sich geschlossen auf den vermeintlichen Eindringling. Die Tiere stellten die Bürsten, ihre Nackenhaare auf und die Ohren nach vorn. Mit waagerecht ausgestreckten Ruten und der Körperspannung schussbereiter Harpunen richteten sie ihr Augenmerk auf kleinste Bewegungen am Fahrzeug.

„Was denn, was denn, beruhigt euch, ihr Räuber!", rief Lilly den erregten Vierbeinern zu. „Ich weiß, ihr habt ihn schon gewittert. Der hier geht euch aber gar nichts an."

Sie schloss das Stahltor auf, durch das gewöhnlich Gerätschaft, Material und Vorräte transportiert wurden. Fred holte den toten Rüden aus der Fleecedecke, lud ihn sich auf den Bauch und schleppte ihn durch die Flure zur Klinik, in der die Gehegewölfe sowie hin und wieder auch Wild- und Heimtiere medizinisch versorgt wurden.

Dies war das Reich seiner Chefin, ihr Arbeitsplatz und zugleich ihr Zuhause. Lilly Feron selbst nannte es die ‚Zentrale', in der sie die meiste Zeit ihres Lebens verbrachte. Sie mochte die großzügige, offene Aufteilung. In dem hallenartigen, durch Säulen getragenen Raum ohne innere Wände und Türen gab es keine klare Trennung von Klinik, Büro und Wohnbereich. Um eine behagliche Sitzgarnitur herum erstreckten sich das Büro mit Sekretär, grüne Medizinschränke, Bücherregale und, nur durch einen Paravent abgetrennt, die Klinik mit Operationstisch,

Waschbecken, einem Rack mit Instrumenten und einigen Stühlen. In einer Ecke der Zentrale stand ein glänzender Zwinger aus Edelstahl.

Hinter einer Durchreiche befand sich der gemütliche Essbereich mit Einbauküche, in der sich Fred, weil er gern kochte und aß, häufig aufhielt. Durch das breite Panoramafenster der Küche hatte man einen exzellenten Blick über den ausgedehnten, von Wald umschlossenen Hof vor dem Eingangsbereich. Auf dem großen, kiesbedeckten Platz parkten Postboten, Handwerker, Tierhalter und die Besucher des *Feron-Wolfsparks*.

Die Zentrale war der Lebensmittelpunkt einer starken Frau, die ihre Bestimmung gefunden hatte und sich ihren Aufgaben voll und ganz hingab. Die Worte seiner Chefin an seinem ersten Arbeitstag als Praktikant hatte Fred nie vergessen:

„Als Tierärztin bin ich praktische Ärztin, Psychologin, Chirurgin, Zahnärztin und Geburtshelferin in einem. Privat bin ich Familienoberhaupt und Fähe."

Den bereits starr gewordenen Vierbeiner auf dem Arm, kam Fred bald ins Schwitzen und hatte Mühe, nicht zu stolpern. „Er ist nicht halb so fett wie ich", stöhnte er, „aber bleischwer, glauben Sie mir."

„Halte durch, mein Dicker, weiter, weiter und gleich auf die Waage mit euch!"

Oh Wunder, Fred stolperte nicht. Vor Anstrengung keuchend stellte er sich mit dem Wolf auf die Waage: „Zusammen sind es hundertsechsundfünfzig Kilo."

Er hievte den Kadaver zum Operationstisch und legte ihn so behutsam wie möglich auf der schalenförmigen Edelstahloberfläche ab. Dann wog er nur sich selbst.

Während er sich die Hände wusch, rechnete er außer Atem vor: „Zusammen wiegen wir hundertsechsundfünfzig Kilo, ich wiege fünfundachtzig, der Wolf wiegt also … einundsiebzig Kilogramm … und mir ist warm!"

Hätte Lilly nicht danebengestanden und mit abgelesen, hätte sie es kaum für möglich gehalten: Der Rüde wog trotz mageren Zustands so viel wie ein wohlgenährter, großer Mackenzie Valley Wolf. Eine detaillierte Bestimmung musste her!

Die Tierärztin maß, der Praktikant notierte: Schulterhöhe, Kopf-Rumpf-Länge, Länge der Läufe, der Schnauze, der Rute, der Ohren, der Zähne … Das helle Fell hatte schwarze Sprenkeln und eine spärliche Mähne. Sein Haar war grob, dicht und kurz. Die sehr kräftigen Hinterläufe, die relativ kleinen Ohren, die etwas kürzere, gewundene Rute und das insgesamt sehr robuste Erscheinungsbild erinnerten Lilly an vergangene Vorlesungen über *Canis Lupus*, den *Grauen Wolf* und dessen Stammesgeschichte. Besonders auffallend waren seine kurze Schnauze und das immense Gebiss.

Sie grübelte eine Weile, dann öffnete sie ihren Laptop, gab Suchbegriffe ein und verglich das tote Tier mit einigen der Unterarten des Grauwolfs, doch keine von ihnen kam dem gewichtigen, fremdartigen Körperbau dieses Exemplars auch nur annähernd nahe.

Fred schlürfte eine *Coke* und beobachtete sie aufmerksam durch seine Hornbrille. Je mehr sie recherchierte, desto verblüffter wirkte sie auf ihn. Er wagte nichts zu sagen. Die Spannung stieg.

„Das Erstaunliche ist", sagte Lilly endlich, „dass es sich überhaupt nicht um einen gewöhnlichen Grauen zu handeln scheint. Es sieht fast so aus …" Sie hielt wieder inne. „Das ist doch unglaublich …!"

„Was ist unglaublich, Boss?", fragte Fred, fast schon beunruhigt.

„Na ja, sieh mal her … ich meine … er sieht zu hundert Prozent so aus wie …"

Sie tippte auf ein Bild, das wie bei einem Scherenschnitt die Umrisse eines Wolfs schwarz auf weiß darstellte. Daneben sah man die Silhouette eines eins achtzig Meter großen Mannes. Das Raubtier wirkte im Vergleich zu ihm auffallend bullig und kraftstrotzend.

„... der hier. Den meine ich, Freddy. Das müsste er sein. Er gilt allerdings als ausgestorben, und zwar seit ein paar tausend Jahren."

„Verdammt lang her, würde ich sagen!"

„Verdammt lang her. Falls er das ist, falls er ein Beringia-Wolf ist, wäre das eine echte Sensation – vergleichbar mit der Wiederentdeckung des Quastenflossers 1987, des lebenden Fossils aus der Zeit der Dinosaurier. Diese Tiere gehören zu einer Wolfspopulation, die während der Eiszeit im heutigen Alaska, dem Yukon und dem Norden von British Columbia lebte. Pflanzenfresser waren damals viel größer, was über kurz oder lang auch dafür sorgte, dass sich große Fleischfresser entwickelten. Zu ihnen gehörten Säbelzahnkatzen und Wölfe, die kräftiger waren als alle heute lebenden."

„Beringia-Wolf, sagten Sie?"

„Ja. Sieh mal: Im Vergleich mit einem Grauwolf ist er viel robuster, hat einen stärkeren Kiefer, einen breiteren Gaumen und, im Verhältnis zur Schädelgröße, größere Reißzähne. Damit hatte er die Bisskraft einer Hyäne und konnte sich mit der Megafauna des Pleistozäns anlegen: mit Wildpferden, Steppenbisons, Karibus, Waldmoschusochsen und sogar Mammuts. Was ihn so schwer macht, Freddie, sind seine Knochen, sein Schädel und sein Gebiss."

„Verstehe. Ach ja, jetzt erinnere ich mich!", platzte es aus Fred heraus. „Darüber habe ich auf einer Internetplattform gelesen."

„Wovon hast du gelesen?"

„Vom Beringia-Wolf! Vor ein paar Wochen hat ein Typ aus Montana behauptet, er habe so einen in der Nähe des Salmon River gesichtet. Keiner der Chatteilnehmer nahm ihm das ab."

„Zu Recht! Ich hätte es auch nicht geglaubt."

„Jetzt aber denkbar, oder? Das war wohl dieser Bursche hier!"

„So unglaublich es klingt, das könnte sein", erwiderte Lilly reichlich verblüfft. „Der Wolf müsste dann über sechshundert Kilometer zurückgelegt haben."

„Ist das denn möglich?"

„Für dich ist es zu Fuß ein sehr weiter Weg, nicht für ihn. Wenn Wölfe geschlechtsreif werden, wandern sie häufig aus dem Territorium des Rudels ab. Dabei legen sie sehr große Strecken zurück, laufen wochenlang und umgehen dabei Städte und Seen."

Lilly nahm eine der Pfoten in die Hand. Sie war schmutzig und kalt und so groß wie eine Männerfaust. „Selbst für dieses Kraftpaket wäre das ein ungewöhnlich weiter Streifzug ..." Sie zögerte, strich dem Tier sanft über die Rippen. „Aber irgendetwas anderes könnte ihn noch angetrieben haben", sagte sie nachdenklich.

Mit offenem Mund erinnerte Fred an einen faszinierten Schulbuben, dem Gespenstergeschichten erzählt werden.

„Was könnte das gewesen sein?", fragte er wie benebelt.

Lilly ging nicht darauf ein, klopfte ihm nur freundlich auf die Hüfte.

„Zeit für die Fütterung. Heute stehen Rehkeulen auf dem Plan. Wir sehen uns am Nachmittag. Vielleicht kriegst du noch was über diesen Montana-Mann raus, das wäre sehr hilfreich."

4

Mit dem Kadaver allein, zog Lilly sich Arbeitskittel, Maske, Gummihandschuhe und Schutzbrille an, trat vor den OP-Tisch und machte sich daran, das die Genickwunde umgebende Fell säuberlich zu rasieren. Und dort war, was sie zuvor ertastet hatte: ein abgebrochener, glatter, ebenmäßig geformter Holzschaft, der etwa zwei Zentimeter aus der halbwegs verheilten Wunde herausragte. Mit einigem Kraftaufwand versuchte sie, das Ding hin und her zu bewegen, doch es saß bombenfest im Wirbelbogen. Also machte sie sich daran, das umliegende Haut- und Muskelgewebe mit mehreren geübten Skalpellschnitten zu entfernen, um Einblick in die tieferen Schichten zu erlangen.

Vor der Eintrittsstelle in den Wirbel schien der Holzschaft mit einer Schnur oder Sehne umwickelt zu sein. Lilly verwendete die elektrische Kreissäge, um den Knochen vorsichtig zu öffnen. Blut und Knochenspäne spritzten auf ihre Maske und Schutzbrille. Endlich ließ sich der Fremdkörper bewegen und schließlich mit einer leichten Dreh- und Kippbewegung ganz herausziehen. Sie legte ihn auf einen Teller, streifte die Gummihandschuhe ab und säuberte ihren Augenschutz. Dann besah sie sich das Objekt von allen Seiten.

Am Ende des Schaftes befand sich ein eigentümliches, etwa vier Zentimeter breites und doppelt so langes, messerscharfes Projektil – vermutlich eine Klinge aus Horn, Elfenbein oder Knochen. Kleine seitliche Widerhaken hatten sie im Wirbel verankert. Der Rückenmarkskanal war offenbar verschont geblieben, sonst hätte das verwundete Tier kaum überleben und entkommen können.

Damit hatte sie nicht gerechnet. Behutsam schob sie das Projektil, ohne es zu reinigen, samt Teller in einen Kunststoffbeutel mit Gleitverschluss. Sie legte ihre Arbeitskluft ab, setzte sich auf einen OP-Hocker und schloss die Augen. Erst mal in Ruhe nachdenken!

Die Bejagung dieses wunderbaren Tieres war ebenso tragisch wie merkwürdig und sie fragte sich, wie das alles zusammenpassen konnte. Erstaunlich war ja bereits, dass sich ein ausgestorben geglaubter Beringia-Wolf sechshundert Kilometer weit Richtung Süden schleppt. Hinzu kam der Einsatz dieses ungewöhnlichen Jagdinstruments. Was für ein absonderlicher Typ mochte das sein, der so eine Waffe führte? Es war beunruhigend, weil es so abwegig war.

Wolfsgeheul durchdrang den Wald. Lilly wählte Stan Hardys Nummer und berichtete ihm. Der Ranger bedankte sich für die Information. Er wirkte leicht missmutig, weil die Angelegenheit wohl komplizierter wurde als gehofft.

„Welcher Irre, verdammt noch mal, erlegt Wölfe in unseren Bergen mit einer so seltsamen Waffe? Meine Behörde hat schon genug Probleme mit der verdammten Wilderei, tut alles, um die Mistkerle zu erwischen. Und dann kommt so ein Knallkopf und probiert fröhlich seine eigenen grausamen Jagdmethoden aus. Obendrein hat er einen verunglückten Autofahrer auf dem Gewissen."

Lilly vermied es, den genervten Beamten mit der Story vom Beringia-Wolf zusätzlich zu behelligen. Dieser Spur wollte sie erst einmal selbst nachgehen. Um den kriminellen Aspekt sollte er sich aber unbedingt kümmern. Sie riet Stan, mit dem forensischen Labor des *Fish and Wildlife Service* zu kooperieren, einer dem US-amerikanischen Innenministerium untergeordneten Naturschutzbehörde, die für Verbrechen an Wildtieren zuständig ist.

„Ich werde Ihnen das Ding umgehend zuschicken", versprach sie. „So etwas haben Sie noch nicht gesehen, Stan. Geben Sie es ins Labor.

Die sollen es auf DNA-Spuren untersuchen. Mit Glück können Sie damit den Übeltäter ausfindig machen."

„Verlassen Sie sich drauf, Ms. Feron. Und vielen Dank für den Anruf."

5

Dass Stan Hardy ein skurriles Äußeres hatte, wurde ihm bewusst, als er zehn Jahre alt war. Offensichtlich musste er keine Witze reißen, um andere zum Lachen zu bringen. Für ihn selbst war das nicht besonders komisch, also fasste er den Entschluss, sich fortan möglichst unauffällig zu verhalten. Er kleidete sich farblos, war reinlich und höflich, sagte nur das Nötigste und ging Konfrontationen aus dem Weg. Freunde hatte er kaum. Gingen seine Mitschüler zu Pop-Events, besuchte er klassische Konzerte oder machte ausgedehnte Wanderungen mit seinem Großvater, bei dem er aufwuchs. Mit stillem Fleiß und ohne je auf einer Party gewesen zu sein, durchlief er wie ein blinder Passagier die Highschool.

Auf ein Leben als Single hatte er sich bereits eingestellt, da lernte er an der Garderobe des *BYU Music Buildings* im Süden Salt Lakes eine blinde Violinistin namens Margaret Keller kennen. Der Garderobier konnte Margarets Mantel nicht ausfindig machen und Stan half dabei, sie einen nach dem anderen abtasten zu lassen. Unbeabsichtigt berührten sich dabei mehrfach ihre Hände, was ihn ziemlich durcheinanderbrachte. Wie gewöhnlich ließ er sich nichts anmerken, doch Margaret konnte sein Herz laut klopfen hören.

Nachdem sie den Mantel ausfindig gemacht und angezogen hatte, holte Stan gewohnheitsmäßig seine kleine Kleiderbürste hervor und strich ein paar Mal sanft darüber. Das gefiel Margaret ebenso wie seine zurückhaltende, hilfsbereite Art. Sie bat ihn, sie nach Hause zu begleiten, und so fand Stans Singledasein überraschend ein Ende.

Ein normales Leben, wie er es sich wünschte, war in greifbarer Nähe, nun musste nur noch eine Berufsentscheidung her. Und weil ihm sein

Großvater die Natur nahegebracht hatte, entschied er sich, Ranger im *Uinta-Wasatch-Cache Nationalpark* zu werden.

Rund ein Viertel dieses etwa neuntausend Quadratkilometer großen, malerisch schönen Parks hat Wildnis-Status und ist daher vor zerstörerischen Einflüssen weitgehend geschützt. Der größte Teil des noch vor einigen Jahrzehnten vollkommen unberührten Naturraums aber hat sich zu einem der am stärksten besuchten Wälder der Nation entwickelt und bietet Millionen Sportlern ganzjährig unbegrenztes Freizeitvergnügen – ein Eldorado für Skifahrer, Snowboarder, Fans von Motorschlitten, Wanderer, Mountainbiker, Camper, Angler, Bootsfahrer, Schwimmer und Reiter.

Zivilisation trifft auf Wildnis. Die an den Wald angrenzenden Metropolregionen und Gemeinden wachsen rapide. Besuchern steht eine gut ausgebaute Infrastruktur zur Verfügung und macht den *Uinta-Wasatch-Cache* zu einem intensiv genutzten Ausflugsziel bis tief ins Hinterland. Straßen und Pfade führen Scharen von Menschen in zauberhafte Gegenden, zu spektakulären Ausblicken und verborgenen Wasserläufen. In der kalten Jahreszeit zieht der *Greatest Snow on Earth* Wintersportler aus aller Welt an.

Auch die Jagd als sportliche Freizeitbeschäftigung ist im Park sehr beliebt. Fast allen Raubtieren Utahs – unter ihnen Rotluchs, Fuchs, Schwarzbär und Kojote – wird intensiv nachgestellt. Für über fünfzehn Millionen US-Bürger mit Jagdlizenz stellt das Bejagen der Tiere weniger eine Form der Nahrungsbeschaffung dar, sondern vielmehr das perfekte Outdoorvergnügen.

Wölfe waren so gut wie ausgestorben, bis sie neunzehnhundertfünfundneunzig in den nördlichen Rocky Mountains wieder eingeführt wurden. Heute können die Behörden zumindest ein paar Dutzend Tiere im Bundesstaat bestätigen, was auf einer Fläche von zweihundertzwanzigtausend Quadratkilometern verschwindend wenig ist. Gerade Raubtiere haben einen wesentlichen Einfluss auf die Artenvielfalt. Studien zeigen, dass sie den Bestand ihrer Beutetiere bewahren, nicht eliminieren – wie sollte es auch anders möglich sein, ohne sich selbst auszulöschen? Die Natur braucht das Gleichgewicht.

Als Parkranger der *Utah Division Of Wildlife Resources* stand Stan Hardy also zwischen zwei Fronten: Da waren die Wirtschaftsverbände auf der einen Seite und die Naturschutzorganisationen auf der anderen. Beiden steht ihr Platz in der Gesellschaft zu, hieß es in seiner Behörde. Spätestens seit diesem Morgen fragte er sich, ob die Institution, für die er tätig war, der Natur den Rückhalt bot, den sie verdiente. Hatte Lilly Feron nicht recht, wenn sie der Ansicht war, Raubtiere als schiere Bedrohung für Menschen und Nutztiere darzustellen, basiere auf einem falsch verstandenen Beschützerinstinkt? Die Ewiggestrigen schrien am lautesten, während die Priorisierung wirtschaftlicher Interessen Stück um Stück die letzten intakten Lebensräume der Flora und Fauna sukzessive dezimierte. Lillys Worte hatten bei Stan Eindruck hinterlassen. Würde er den Mut haben, sich künftig mehr für den Naturschutz und gegen die Wilderei auszusprechen?

In diesem Fall nun schien es sich um einen Wilddieb zu handeln, der den Wolf auf besonders perfide Art mit einer primitiven Jagdwaffe verwundet hatte. Stan war empört und entschlossen, der Sache engagiert nachzugehen.

Zuerst kümmerte er sich um die Beantragung der DNA-Analyse, von der er sich allerdings wenig Erfolg versprach. Außerdem bat er einen Auszubildenden seiner Abteilung, einschlägige Chatforen nach Hinweisen auf ähnliche Jagdmethoden zu durchforsten. Schließlich fasste er den Entschluss, die *County Jail Administration* von Salt Lake City anzurufen. Bei ihr erhielt er Informationen über einen Inhaftierten, über den er im *Salt Lake Tribune* gelesen hatte. Er hieß Jack Manchin und saß aufgrund wiederholter Wilderei im *Salt Lake County Metro Gefängnis* ein. Vielleicht würde er durch ein Gespräch mit einem Insider irgendwie vorankommen.

Er bekam einen kurzfristigen Besuchstermin für die Mittagszeit, besorgte zwei heiße Cappuccino und saß dem Sträfling bald darauf im karg ausgestatteten Besucherzimmer gegenüber.

„Mr. Manchin, danke, dass Sie sich kurz Zeit für mich nehmen", begann er das Gespräch gewohnt höflich und schob dem derb aussehenden Mann einen Kaffeebecher zu. Es klang wohl spöttisch, der Insasse hatte schließlich Zeit im Überfluss.

„Machen Sie's kurz!" Manchin schien nicht gerade gut gelaunt. Er hatte sich ein Gewehr auf den Hals tätowieren lassen, was nicht unbedingt zur Verbesserung seiner wenig sympathischen Erscheinung beitrug. Der Wilderer wirkte verbraucht und ausgelaugt. Wangen und Nase waren stark gerötet. Stan fragte sich, ob die erweiterten Blutgefäße auf Alkoholismus oder Erfrierungen zurückzuführen seien. Wahrscheinlich war es beides.

„Ich habe Ihre Akte gelesen", begann Stan ruhig. „Keine Sorge, ich frage nicht nach Ihren Motiven. Es ist mir ehrlich gesagt egal, warum Sie im Nationalpark Ihr kleines, persönliches Jagdabenteuer veranstaltet haben, in einem Gebiet, in dem die Jagd auf Seeadler streng unter Strafe gestellt ist. Fragen Sie sich lieber selbst nach Ihren Gründen, einen dieser wunderbaren, seltenen Greifvögel aus seinem Nest zu schießen."

Für den Bruchteil einer Sekunde sah er Betroffenheit in Manchins Miene, die sich aber schnell in Arroganz und schließlich in Lust verwandelte, Lust, die er wohl allein schon beim Gedanken an die Jagd verspürte. Dann verfinsterte sich sein Gesicht wieder. Die Adler-Pirsch hatte schließlich kein gutes Ende gefunden. Er hatte den Fehler gemacht, damit im *Huntingchat* großspurig zu prahlen und flog somit auf.

„Fragen Sie endlich!", zischte er bitter. „Habe noch zu tun."

Stan kam gleich auf den Punkt, der ihn interessierte: „Kann ein Jäger wie Sie einen Wolf mit einem Wurfspeer erlegen?"

Manchin schaute verblüfft, fing sich, überlegte kurz und verneinte: „Unmöglich, Mann, vergessen Sie's! Wölfe sind verdammt rar und verdammt smart, viel smarter als Sie Witzgestalt! Sie wollen ihn mit einem Speer erlegen? Dann müssen Sie es erst mal schaffen, ihm nahe zu kommen. Sehr nahe! Aber es ist nicht leicht, einem Wolf irgendwie nahe zu kommen."

Er lachte abfällig. Stan machte sich derweil Notizen.

„Ich kenne mich mit der Jagd aus", Ranger. „Aber so ein Scheiß ist nichts für mich. Wenn Sie seine Fährte einmal gefunden haben, ich meine die Fährte des Wolfs, müssen Sie lange, sehr lange warten, vielleicht Stunden, vielleicht Tage. Am besten warten Sie auf einem Baum. Und zwar da, wo er seine Pfade hat. Dann müssen Sie es von da oben tun. Verstehen Sie? Zack, vom Baum herab. Dann ist der Speer schneller."

Schmatzend schlürfte er seinen Cappuccino.

„Vom Baum herab", wiederholte Stan und notierte es.

„Aber vergessen Sie's! Der Wolf ist wendig. Er wittert die Gefahr, ist blitzschnell weg, wenn er den kleinsten Laut hört. Sie haben nur einen Versuch, verstehen Sie? Nur einen Wurf, dann ist er fort. Entweder Sie treffen ihn beim ersten Mal oder er weiß Bescheid und Sie sehen ihn nie wieder. Ich kann Ihnen sagen: Der Jäger, dem so etwas gelingt, hat es echt drauf."

Stan hörte gebannt zu und hielt sich bedeckt.

Der Wilddieb beobachtete ihn, als wolle er ihn röntgen. „Hat das jemand geschafft?", wollte er wissen. „Den würde ich gern mal kennenlernen. Das muss ein Irrer sein – oder ein Genie. Oder glauben Sie etwa, ich wäre so genial? Das bin ich nicht, ich sag's Ihnen gleich, und auch keiner, den ich kenne."

„Ich brauche lediglich Informationen. Niemand glaubt, dass Sie es waren."

„Darauf können Sie wetten! Wissen Sie, ich bevorzuge meine *Winchester Model 70* ... Hier ...“ Er verdrehte den Hals, sodass Stan das Tattoo besser sah. „Mit ihr hier bin ich auf der Gewinnerseite. Man muss das pragmatisch sehen“, sagte er, und ein unangenehm gefühlloser Ton klang in seiner Stimme mit. „Was denken Sie, warum der Mensch das erfolgreichste Raubtier aller Zeiten ist? Die Antwort ist einfach: Dank unserer Gewehre.“

„Nun, da könnten Sie recht haben“, erwiderte Stan freudlos. „Gegen eine *Winchester* hat kein Tier eine Chance.“

„Eben! Aber wem's Spaß macht, der kann ja mit dem Speer jagen. Haben Sie von den eingeführten exotischen Antilopen in Texas gehört? Die Bestände sind dort in kürzester Zeit förmlich explodiert, so stark, dass die Kojoten nicht mehr hinterherkamen.“

„Ich habe davon gehört. Warum fragen Sie?“

„Da gibt es diese Internet-Freaks, die Videos drehen, wie sie auf Bäume klettern und einen Schwarzbock oder eine Antilope mit einer Lanze erledigen. Die finden sich furchtbar toll dabei. Na ja, es macht ja auch Sinn, die Viecher zu dezimieren.“

„Wir sollten *Sinn* nicht mit *Fun* verwechseln. Es macht wohl Sinn, sie zu bejagen, wenn der Bestand außer Kontrolle gerät. Allerdings auf humane Art und Weise und nicht mit Lanzen. Es ist unsere eigene Schuld, wenn sich eine Antilopenart aus Indien derart in einem amerikanischen Bundesstaat ausbreitet. Umso mehr sollten wir unseren Verstand einsetzen, anstatt unsere Triebe auszuleben.“

„Sie denken wohl, Sie sind vom Fach. Aber Sie haben von der Jagd keine Ahnung, das sieht doch ein Blinder.“

„Erhellen Sie mich!“

„Wenn man mit einem Speer oder Pfeil die richtige Stelle trifft, ist es eigentlich viel humaner. Man reißt keine große Wunde. Mit einer

Winchester sieht das schon anders aus. Aber ich sage ja, ich bevorzuge meine *Model 70*. Hat nun mal ihre Vorteile."

„Für den Seeadler war es eher ein Nachteil", kommentierte Stan trocken. „Also noch mal: Wer erlegt einen Wolf mit einem Wurfspeer?"

„Ein außergewöhnlicher Jäger, ein einzigartiger Jäger. Möglicherweise gefährlich. Er muss zäh, schnell und stark sein, muss klettern, sich verbergen, gut zielen und noch besser treffen können!"

Manchin starrte kurz auf seinen Kaffee, dann auf Stan, zwang sich zu einem kleinen Lächeln. Etwas wurde dem Wilderer in diesem Augenblick bewusst, er sah einen Silberstreif am Horizont. Ob da ein Deal möglich wäre?

„Dieser geniale Jäger", drängte er, „er ist da draußen, stimmt's? Sie wollen ihn finden, nicht wahr? Hören Sie, Sir, falls Sie ihm auf die Spur kommen wollen, nehmen Sie mich ins Boot! Holen Sie mich hier raus! Ich kriege ihn, da können Sie sicher sein. Mit meiner *Winchester*."

Stan warf ihm einen verächtlichen Blick zu, stand auf und klingelte den Wärter herbei. „Danke für Ihre Auskunft, Mr. Manchin."

6

Professor Austin J. Walker schlenderte federnden Schrittes über den modernen Campus der *University of Utah*. Das dunkelgrüne Leinenhemd weit aufgeknöpft, eine Riji-Kette aus ornamentierten Muschelschalen gut sichtbar um seinen Hals gelegt, zerschlissene *Blundstone-Boots*, dunkle Locken unter dem Cowboyhut – die wenigsten Studierenden hielten ihn für einen Akademiker, die meisten für einen gut aussehenden Weltenbummler.

Wer ihn von früher kannte, nannte ihn ‚Stockman‘, da er im Outback als Rancher auf der Farm seines Großvaters aufgewachsen war. Bis heute vermochte er sich in kaum einer Situation von seinem *Akubra* zu trennen, dem legendären australischen Filzhut aus Kaninchenhaar. Walker stand zu der verschlissenen Kopfbedeckung ebenso wie zu seiner Herkunft und seiner leicht getönten Hautfarbe – dem besten Schutz vor Sonnenbrand, wie er gern betonte.

Sein Großvater, Gerald Walker, wie so viele aus Schottland eingewandert, hatte sich in den Rangelands im Nordwesten Australiens als Rinderzüchter etabliert. Hin und wieder nahm er den heranwachsenden Enkel auf Reisen nach Kimberley, die dünn besiedelte nördliche Region mit, bekannt für ihre schier endlose Wildnis, dramatische Schluchten, zerklüftete Bergketten, halbtrockene Savannen und einsame Meeresküsten. Von dort stammte Opa Geralds erste Frau und auch der Riji-Muschelschmuck mit Schnur aus Menschenhaar, den Walker fortan trug.

Als der junge Austin in Kimberley erstmals die mehrere tausend Jahre alten naturalistischen Felsmalereien der australischen Ureinwohner, den Vorfahren seiner Großmutter sah, spürte er sofort eine tiefe Verbundenheit. Er empfand es als persönliches Glück, sowohl Teil der westlichen als auch der indigenen Kultur zu sein, die sich auf dem Kontinent über sechzigtausend Jahre isoliert entwickeln konnte. Erst später wurde ihm bewusst, dass ihn mit dieser Erfahrung auch die Paläoanthropologie gepackt hatte, die Wissenschaft, die sich mit unseren rätselhaften Ahnen, den mystischen Menschen der Vergangenheit befasst, von den frühesten Hominiden bis zu den Menschen der Neuzeit.

Austin war ein freies und geliebtes Kind, das mit Geschwistern und Freunden auf der Ranch aufwuchs, wie ein Teufel reiten, einen Bumerang herstellen und Zäune reparieren konnte. In den Ferien half er, das Vieh von den Koppeln zur Farm zu treiben, ging Fliegenfischen und machte Streifzüge durch das wilde, weite Hinterland. Naturwissenschaften und Expeditionen interessierten ihn mehr als Tischfußball und Spielekonsolen.

Als er volljährig war, erfüllte er gern den Wunsch seines Vaters und machte den Pilotenschein für einmotorige Flugzeuge und Helikopter, mit denen die enorme Fläche des Outbacks überwunden und weit verstreute Viehbestände in Schach gehalten werden können. Doch schließlich kam der Tag, an dem er sich eingestehen musste, dass die Suche nach dem Ursprung der Menschheit ihn weitaus mehr fesselte, als die Rinderzucht es vermochte. Er wollte das Wunder der Evolution verstehen und das uralte, tierisch-menschliche Wesen, das irgendwo tief in uns allen bis heute existiert. Den Geisteswissenschaftlern, die nicht müde werden, das *Wer bin ich?* abstrakt abzuhandeln, wollte er konkrete, greifbare Antworten liefern.

So entschied er sich für ein Studium an der *George Washington Universität*, erwarb seinen Doktorgrad in Paläoanthropologie, kehrte anschließend in seine australische Heimat zurück und machte bald Schlagzeilen, als es seinem Team von Archäologen gelang, mithilfe von Wespen das genaue Alter der berühmten Höhlenbilder von Kimberley zu bestimmen, die ihm seit seiner Kindheit vertraut waren.

Wie hatten sie das geschafft?

Die Farbpigmente der australischen Höhlenmalereien eignen sich selbst nicht für eine Datierung. Der Trick der Wissenschaftler bestand nun darin, statt der Farbpigmente die Bestandteile von Wespennestern unterhalb und über den Pigmenten zeitlich einzuordnen, was mit der Radiokarbonmethode möglich war. Kannte man das Alter der Nester, die vor und nach der Erschaffung der Malerei an der Felswand entstanden waren, kannte man auch den Zeitraum dazwischen, in dem das Kunstwerk entstand.

Das Resultat: siebzehntausenddreihundert Jahre. Damit hatten der *Stockman von Kimberley* und sein Team die ältesten bekannten Felsmalereien Australiens ermittelt.

Ein Jahr später, mit sechsunddreißig Jahren, folgte die Habilitation und Professor Austin Walker wurde auf den Lehrstuhl „Kulturen der Steinzeit" an die *University of Utah* berufen.

7

Was den Stil seines Unterrichts betraf, wählte Walker, seiner Mentalität entsprechend, einen eher unkonventionellen Ansatz. Zu Beginn der kurzen ersten Einführungsveranstaltung stellte er sich nicht ans Rednerpult, sondern setzte sich kommentarlos hinten im Saal auf den mittleren Tisch. Die Erstsemester kamen nicht umhin, sich zu ihm umzudrehen, sie kicherten und flüsterten sich Dinge zu. Seinen *Akubrahut* legte Walker liebevoll links von sich auf den Tisch, auf der anderen Seite deponierte er vorsichtig einen schweren, aus dunklen und hellen Teilstücken zusammengesetzten Schädel, den er im Rucksack mitgebracht hatte.

Das überaus wuchtige, präparierte Haupt beeindruckte die Studenten ungemein. Es war lang gestreckt, hatte eine niedrige, fliehende Stirn, mächtige Überaugenwülste, eine übergroße Nasenöffnung und einen hohen Kiefer mit großen Zähnen. Aus seinen tiefen, schattigen Augenhöhlen schien es sie anzustarren, was wohligen Schauder hervorrief. Urwüchsig und knorrig, hob es sich deutlich von der sterilen Ausstattung des modernen Hörsaals ab.

Walkers Anordnung veranschaulichte die Perspektive der Paläoanthropologie, die zurück in die Vergangenheit auf die Stammesgeschichte des Menschen schaut. Er genoss den Augenblick des Erstaunens und wartete, bis Ruhe eingekehrt war. Dann begann er mit einer schlichten Frage:

„Wer sind wir?"

Stille im Raum.

„Nun ja, oberflächlich gesehen", fuhr er fort, „sind wir diejenigen, die mit dem E-Bike zur Uni flitzen, an Kunststofftischen sitzen und abends Netflixserien schauen, bis uns die Augen zufallen."

Zustimmendes Gelächter.

„Das alles erscheint uns völlig normal, doch es sind Dinge, die kein anderes Lebewesen auf diesem Planeten auch nur ansatzweise jemals tat oder tun würde. Wir sind außergewöhnlich und daran haben wir uns vollkommen gewöhnt, wir sind Gestalter und Veränderer, diejenigen, die das *Anthropozän* zu verantworten haben, das Zeitalter, das nach uns, dem Menschen, *Anthropos* benannt ist, das Zeitalter, in dem wir die großen Schalter umlegen. Big Deal, Leute!"

Abwartende Stille. Walker fuhr fort:

„Den Einfluss des Menschen auf seine natürliche Umwelt nennen wir *Hemerobie*. Leider verändern wir unseren Lebensraum nicht zum Guten. Wir bauen zwar Krankenhäuser, Brennstoffzellen und Datencenter, gleichzeitig aber zerstören wir das biologische Gleichgewicht der Natur, deren Teil wir doch sind. Es scheint, als wären wir so sehr in unsere selbst erschaffene, künstliche Welt verstrickt, dass wir das unsichtbare Band zum Wunder des Lebens verloren haben. Die Auswirkungen sind katastrophal. Wir verwandeln das Klima bis in die Arktis, verschmutzen Atmosphäre, Böden und Ozeane und bringen es sogar fertig, die Geografie unseres Planeten komplett umzugestalten. Jährlich gehen zigtausend Tierarten verloren … Und langsam wird auch den Letzten von uns klar, dass wir irgendwie in der Klemme stecken."

Das war ernüchternd. Walker setzte ein verschmitztes Lächeln auf, schüttelte den Kopf und sagte: „Was für ein verdammter Mist! Ich hau ab!" Das löste die Spannung.

„Liebe Leute, ich denke, wenn wir uns am eigenen Schopf aus dieser Misere herausziehen wollen, kann eine gründliche Selbstreflexion nicht schaden. Wir schauen zurück, woher wir kamen, was wir waren. So wird uns ein Stück weit bewusst, wer wir heute sind. Ich versichere euch: Da ist viel mehr in uns als der *anatomisch moderne Mensch*, der im Morast des täglichen Lebens feststeckt. Tief in uns schlummert noch ein anderes, ein uraltes Lebewesen, eine Kreatur, die der Natur sehr verbunden ist, ein uralter Teil von ihr ist. Bei all unserer Ignoranz, unserer Habgier, unserer Zerstörungswut kann es hilfreich sein, sich auf sie zu besinnen und das Wesen zu ergründen, das bis heute in uns lebt."

Walker sah, dass sich eine Studentin meldete.

„Ist das Wesen unserer Ahnen noch irgendwie erkennbar oder greifbar?", fragte sie.

„Eine gute Frage!" Er stand auf und machte einen Schritt auf sie zu. „Wie ist Ihr Name? Ich bin Austin Walker. Ihr könnt mich *Walker* nennen, habe nichts dagegen."

„Carol. Ich bin Carol", antwortete die junge Frau. „Hey Walker!"

Einige Studenten lachten.

„Die Antwort, Carol, ist Ja und Nein. Nein, weil Evolution nicht rückgängig gemacht werden kann – noch nicht jedenfalls. Wir sind die Menschen des einundzwanzigsten Jahrhunderts und dieser Bursche hier ..."

Walker drückte seinen *Akubra* auf den urwüchsigen Schädel neben sich. Der Hut passte nicht ansatzweise darauf.

„... der ist bereits vor rund fünfunddreißigtausend Jahren von der Bildfläche verschwunden – was sehr bedauerlich ist."

„Das ist lange her", fand Carol. „Wie sollen wir dann jemals verstehen, wie er war, wie er sich bewegte, was er dachte, wie er fühlte?"

„Wir sind auf dem besten Weg, es herauszufinden. Viele Rätsel haben wir bereits gelöst, doch es gibt noch wesentlich mehr zu erforschen. Darum geht es in diesem Studium: Wir schauen hin, lernen und verstehen. Je mehr wir wissen, umso mehr Greifbares bekommen wir in die Hände. Eine fünfundsechzigtausend Jahre alte Höhlenmalerei ist nicht nur Kunst, sondern erzählt uns von dem, der sie schuf. Paläoanthropologie hat etwas mit Forensik zu tun, mit ungeklärten Todesfällen, die zigtausend Jahre zurückliegen. Kleinste Hinweise führen zu wichtigen Erkenntnissen. Aus versteinerten Knochen extrahierte DNA gibt uns haufenweise Informationen über unsere geheimnisvollen Vorfahren, die wohl viel klüger und empfindsamer waren als bislang angenommen. Nach und nach setzt die Wissenschaft aus zahlreichen Puzzleteilen ein Bild dieser faszinierenden Kreaturen zusammen: wie sie lebten, jagten, kommunizierten, was sie aßen, erfanden und herstellten, welche Fähigkeiten und Schwächen sie hatten. Auch wie sie aussahen: Sogenannte Paläo-Künstler rekonstruieren anhand diverser Anhaltspunkte inzwischen sehr realistische dreidimensionale Modelle für Museen, Universitäten, Kinofilme …"

Er machte eine kurze Pause. Man hätte eine Stecknadel fallen hören können, derart gebannt lauschten die Anwesenden seinen Ausführungen.

„Die Entdeckungsreise in unsere eigene Vergangenheit ist längst nicht vorbei. Dieses Studium ist euer Ticket, um die Reise fortzusetzen, neue Erkenntnisse über sie, über euch selbst zu gewinnen, um nicht Greifbares ein Stück weit greifbarer zu machen und das Puzzle mit dem Namen *Wer sind wir?* weiter zu vervollständigen."

Ein begeistertes Raunen ging durch den Hörsaal. Die Studenten zollten ihrem charismatischen Dozenten Beifall klatschend ihren Respekt und begannen, angeregt miteinander zu diskutieren.

Der neue, sympathische Professor hatte sie für sich eingenommen.

Verzweifelt und auf sich allein gestellt, hat Omu auf einer Lichtung tief im Wald ein kleines Feuer entfacht. Er verwendet dafür nur trockenes Hartholz, damit wenig Rauch entsteht. Bedrückt kaut er auf einem Klumpen Harz herum und prüft seine bescheidene Jagdausrüstung: Beil, Messer und Gürteltasche sind sein ganzes Hab und Gut. Er stellt die Gerätschaften selbst her und erneuert sie bei Bedarf. Der Wald und die Berge schenken ihm alles, was er dazu braucht.

Außer einem Steinbeil fertigte er ein Jagdmesser mit Griff aus hartem Gelenkknochen und einer Schneide aus Feuerstein. Die Einzelteile des Messers sind mit getrockneter, zerfaserter und verdrehter Tiersehne zusammengeschnürt und mit Birkenpech verklebt. Seine weiche Gürteltasche aus wetterfest-gegerbter Rehhaut enthält Fleisch als Wegzehrung, verschiedene Heilkräuter, einen äußerst scharfen Faustkeil, einen Schaber aus Feuerstein zum Ausnehmen der Jagdbeute und den Zunderschwamm – ein Baumpilz, der trocken leicht entflammbar ist.

Omus Sommerkleidung aus Hirschfell und Büffelleder besteht aus einem Lendenschurz, Leggings, die bis zur Hüfte reichen und dort an einem Gürtel befestigt sind und eng geschnittenen, pelzgefütterten Mokassins. Sein rötlich behaarter Oberkörper bleibt unbekleidet.

Die Mokassins sind aus einem Stück gegerbtem Hirschleder genäht und mit zusätzlicher Hartledersohle ausgestattet. Ein Wildlederstreifen, der das Ausziehen erleichtert, ist an der Ferse eingearbeitet. Über das Oberteil ist ein Fellstück geschlagen und angenäht. Es dient dazu, die Leggings hineinzustecken. Seinen Hals schmückt eine Kette aus den Klauen des Kodiak.

Omu ist erfahren, verfügt über viele Kenntnisse seines Volkes und die Weisheit seiner Ahnen. Er versteht es, Steine zu behauen, Knochen zu spalten,

Fallgruben zu bauen, Reusen zu flechten und klebriges Birkenpech tief in der Glut des Feuers herzustellen. Er überschaut das mannigfaltige Pflanzenreich, kennt alle Wurzeln, Moose und Pilze des Waldes, riecht das Harz unter der Rinde und beurteilt die Stoffe, die Bäume von sich geben. Er schätzt den Duft essbarer Blüten, findet stärkende Früchte, bestimmt jedes Heilkraut und weiß um ihren Nutzen.

Diese Kenntnisse sind Geschenke seiner Väter, Schätze des Wissens über die Gaben der Natur und des Lebens. Er trägt sie in sich und greift darauf zu, wann immer es nötig ist. Belehrt wurde er im Verbund mit seinen Brüdern und Schwestern, die dieselben Laute verstehen, Stimmen, die aus ihren Kehlen strömen, Worte, die Dinge erklären, die die Wahrheit hörbar machen und weiterreichen: ihre gemeinsame Sprache.

Fast einen Mondzyklus lang verfolgt er den Wolf nun. Oft war er ihm nahe, doch immer wieder entkam das flüchtige Tier. Es ist schlau und schnell. Doch durch Verwundung geschwächt, braucht es immer wieder Ruhepausen. Mehrmals fiel es Omu so fast in die Hände.

Todesangst treibt den Getriebenen, den Jäger treibt der zähe Wille. Die Spur des Wolfs findet er stets wieder. Er liest die Fährte, erkennt jedes Täuschungsmanöver, deutet die Rufe der Vögel, die den Flüchtenden dauernd verraten, spürt den Staub, den die wachsamen Pflanzen verbreiten. So verlor er ihn nie, konnte ihn dennoch nicht erreichen.

Nie wird er aufgeben.

Omu wittert die Bobos, die hochstirnigen Menschen, die den Wolf mit sich nahmen – ihn und das Bildzeichen, das tief in seinem Genick steckt, das Symbol, das den Ort des verborgenen Tals verrät, das Tal seiner Ahnen.

Wolfsgeheul dringt immer wieder aus weiter Ferne an sein Ohr, welches er mühelos zu deuten vermag: Es müssen mehrere unfreie Rudel sein, Wölfe, die nicht entkommen, die in Gefangenschaft leben. Dort befinden sich die törichten Diebe. Sie sind Omus Richtung, Omus Ziel.

Er zittert. Erschöpfung und Schmerz sind seine ständigen Begleiter geworden. Umkehren wird er dennoch nicht, wird nun essen und zu Kräften kommen und an dieser Stelle verweilen, bis seine Stärke zurückgekehrt ist.

Müde gräbt er eine flache Mulde, findet Moos und Humus, bricht Farne und Blätter und schafft sich ein Nest für den Schlaf.

9

DNA trägt die Erbinformation von Lebewesen, sie stellt quasi den Bauplan eines Individuums dar. Das recht instabile DNA-Molekül zerfällt jedoch im Laufe der Zeit in immer kleinere Bruchstücke. Soll Erbinformation aus alten Knochen oder Zähnen gewonnen werden, stößt die Wissenschaft daher an ihre Grenzen. Nach Jahrtausenden im Boden sind Gebeine überdies von Bakterien und Pilzen besiedelt und die Erbsubstanz der Mikroben verunreinigt jene der Knochen. Unter diesen Voraussetzungen war es bisher nicht möglich, brauchbare DNA aus weitgehend versteinerten menschlichen Fossilien zu gewinnen und zu analysieren.

Dem Schweden Svante Pääbo gelang ein Durchbruch im ersten Jahrzehnt des einundzwanzigsten Jahrhunderts. Er hatte sich voll und ganz der Entschlüsselung des Genoms des Neandertalers verschrieben, jenes legendären Frühmenschen. Des engsten Verwandten heute lebender Menschen. Am *Max-Planck-Institut für evolutionäre Anthropologie* in Leipzig wartete er mit neuen Lösungsansätzen auf: Sein Team arbeitete unter sterilen Reinraumbedingungen, entwickelte effizientere Extraktionsmethoden und verwendete komplexe Computerprogramme, um die DNA-Schnipsel der altertümlichen Knochen systematisch zusammenzufügen.

Erste Erfolge ließen nicht lange auf sich warten. Pääbo öffnete der Wissenschaft eine Schatzkammer neuer Hinweise über diese bizarren, rätselhaften Wesen – und damit über uns selbst. Im Jahr zweitausendzehn stellte er eine erste Version des Neandertaler-Genoms vor. Zweitausendvierzehn gelang es ihm, es fast komplett zu entschlüsseln. Beim Vergleich mit unserer menschlichen DNA identifizierte das

Institut dreißigtausend Positionen, in denen wir uns voneinander unterscheiden. Besonders faszinierte die Öffentlichkeit aber der Nachweis, dass in unserer eigenen Erbsubstanz ein paar Prozent Neandertaler zu finden sind. Im Jahre zweitausendzweiundzwanzig erhielt Pääbo den Nobelpreis für seine Forschungsergebnisse.

Im letzten Jahrzehnt haben neue Sequenzierungstechnologien die Genomforschung revolutioniert. Forscher sind heute in der Lage, die Untersuchung von organischem Material in einer bisher nicht gekannten Tiefe und Detailgenauigkeit durchzuführen. Intelligente Software ermöglicht es, eine DNA-Spur in kürzester Zeit zu digitalisieren und mit einer Datenbank abzugleichen. Auch die Einrichtung der *Utah-Universität* bietet Sequenzierungsdienste der neuesten Generation für die eigene Forschungsgemeinschaft sowie Forscher außerhalb des Campus an.

Genetische Analysen waren auch aus Walkers Arbeitsleben nicht wegzudenken. Praktischerweise hatte die universitäre Abteilung für Anthropologie dem frisch gebackenen Professor ein komfortables Büro gleich neben dem *Labor für Evolutionäre Genetik* zur Verfügung gestellt. Dort assistierte ihm eine erfahrene Chemielaborantin namens Cindy Klein. Spielten an der *Utah-Universität* molekularbiologische Daten bisher in anderen Bereichen, etwa bei der Untersuchung der amerikanischen Bevölkerungsgeschichte, eine Rolle, setzte sich Walker zum Ziel, mit dieser Technik die Millionen Jahre alte Stammesgeschichte des Menschen zu erforschen.

‚Wurzeln der Menschheit‘ nannte er den Überblick, den er seinen Erstsemestern am morgigen Abend zu geben beabsichtigte. Die erste Lesung sollte ihnen als inhaltlicher Leitfaden für das kommende Lehrjahr dienen. Walker ging davon aus, dass die meisten Studenten einen noch geringen Kenntnisstand Paläoanthropologie betreffend hatten. Sein eigenes stupendes Wissen für sich selbst und damit für sie auf einige zentrale Punkte herunterzubrechen, war recht knifflig. So sammelte er sich, indem er in der Pantryküche seiner Wohnung einen kräftigen Rooibos-Tee aufsetzte, es sich auf der Couch bequem machte, die Augen schloss und ein kleines Selbstgespräch führte:

„Mein lieber Affe Walker", begann er und amüsierte sich köstlich über diese Anrede.

„Ja, so ist es: Aus der Familie der Menschenaffen kommst du! Viel lieber aber bezeichnest du dich selbst als *Homo sapiens*, als *Jetztmensch*.

Wir alle wachsen im Bewusstsein auf, dass es nur eine Art von Mensch auf Erden gibt: uns, *Homo sapiens*. Die Existenz einer zweiten, fremdartigen Menschenform scheint unvorstellbar. Der Tierwelt fühlen wir uns weit überlegen, kein anderes Lebewesen nimmt es mit uns auf – weder im Guten noch im Schlechten. Konkurrenzlos greifen wir nach den Sternen.

Dass du der einzige Vertreter der Gattung *Homo* auf Erden bist, wurde dir in die Wiege gelegt. Doch halte dir vor Augen: Du bist es erst seit Kurzem! Einst gab es weitere menschliche Arten – eine ganze Menschenfamilie!

Betrachtet man die Zeitspanne der Evolution, ist es gar nicht lange her, als du dir deinen Lebensraum mit weiteren Vertretern derselben Gattung teiltest. Noch vor wenigen zehntausend Jahren stand urplötzlich eine andersartige Menschenform unerwartet vor dir: der Neandertaler. Womöglich jagte dir dieses Wesen einen gehörigen Schreck ein, denn er war dein engster Verwandter und doch eine seltsame, eigentümliche Kreatur. Trotz menschlicher Züge schien ein Tier in ihm zu wohnen.

Wie kam es dazu?

Der Grund seiner Andersartigkeit ist eine geografische Trennung über rund fünfhunderttausend Jahre hinweg – eine äußerst lange Trennung, der eine fulminante Wiederbegegnung folgte.

Um das zu verstehen, reisen wir flugs zwei Millionen Jahre in die Vergangenheit zurück.

Nach allem, was wir heute wissen, wandern zu dieser Zeit einige Sippen unseres gemeinsamen Vorfahrens, *Homo erectus*, erstmals von ihrer afrikanischen Kinderstube nach Eurasien ein. Das zeigen 1,85 Millionen Jahre alte Funde in Georgien und 1,2 Millionen Jahre alte Ausgrabungen in Spanien. Der *Homo erectus* selbst geht auf dem afrikanischen Kontinent aus den frühesten Vertretern der Gattung *Homo* hervor, darunter *Australopithecus*, der bereits aufrecht geht, und *Homo rudolfensis* – vielleicht der erste Homininus, der Steingeräte nutzte.

Der Schädel des *Homo erectus* ist einem Gorilla noch sehr ähnlich, sein Körper hingegen weniger, wenn auch, verglichen mit uns, von urwüchsiger Gestalt. Der lang gezogene Kopf hat eine sehr niedrige Stirn, einen mächtigen, durchlaufenden Überaugenwulst, einen breiten Nasenrücken und weit auseinanderliegende Augenhöhlen. Die Zahnbögen von Oberkiefer und Unterkiefer ragen, im Verhältnis zu den Wangenknochen einer Schnauze gleich deutlich aus der Gesichtsfläche hervor. *Prognathie* nennen wir diese Form des Gebisses einiger Wirbeltiere.

Homo erectus bedeutet so viel wie *aufgerichteter Mensch*. Wenn man so will, ist er der Urvater der Menschheit, denn er verfügt über gleich vier wesentliche evolutionäre Fähigkeiten: Uns ähnlich ist nicht nur, dass er aufrecht geht, sondern auch Werkzeuge erschafft und das Feuer beherrscht. Außerdem setzt er erstmals das gezielte Jagen als ein wesentliches Element zur Sicherung seiner Nahrungsversorgung ein. Sein Gehirnvolumen ist mit etwa tausend Kubikzentimetern noch wesentlich kleiner als das unsere. Als es zu einer weiteren Einwanderungswelle vom afrikanischen Kontinent nach Eurasien vor rund sechshunderttausend Jahren kommt, ist das Hirn bereits ein Drittel größer.

Ein Teil dieser frühen menschlichen Urahnen bleibt also in Afrika, ein anderer Teil erreicht Eurasien. Die geografische Trennung ist vollzogen und so finden unterschiedliche evolutionäre Entwicklungen statt: Während sich die in Afrika verbliebenen Homo-Populationen in den folgenden hunderttausenden Jahren zu *Homo sapiens, Homo naledi* und weiteren Homogattungen entwickeln, mutieren die abgewanderten Sippen in Eurasien zu anderen urtümlichen Menschenformen: Über *Homo heidelbergensis* mutieren sie in Europa zum Neandertaler, in Asien zum Denisova-Mensch, in Indonesien zum Flores-Mensch und in den Philippinen zum Luzon-Mensch. Mehrere archaische Cousins, mehrere unterschiedliche Vertreter der Gattung *Homo* existieren also gleichzeitig – sowohl in Afrika, ihrer Wiege, als auch in Eurasien.

Die Datierung fossiler Überreste im Jahr zweitausendsiebzehn zeigt, dass *Homo naledi* vor dreihunderttausend Jahren mit *Homo sapiens* im südlichen Afrika koexistiert. Den entsprechenden archäologischen Fund im Höhlensystem *Rising Star* bei Johannesburg, Südafrika, machen zwei Forscher im Jahr zweitausenddreizehn. Es gelingt ihnen, durch einen atemberaubend engen Höhlengang in eine bisher unerforschte Kammer einzudringen. Der Boden ist mit Tausenden fossilen Knochen übersät. Zwei Jahre später ist klar: Bei *Homo naledi* handelt es sich um eine eigene Art der Gattung *Homo*, die nur rund vierzig Kilogramm wiegt. Ihre Körpergröße beträgt im Durchschnitt hundertvierundvierzig Zentimeter und ihre Anatomie stellt eine seltsame Mischung aus primitiven und modernen Merkmalen dar. Primitiv sind ihre affenähnlichen Schultern, ihr Gebiss und ihr winziges Gehirn – nur wenig größer als das eines Schimpansen.

Ein kleines Hirn ist jedoch keinesfalls mit mangelhafter Denkfähigkeit gleichzusetzen, wie diese Menschenform beweist. *Homo naledi* geht aufrecht, beherrscht das Feuer, bestattet Angehörige in Gräbern, und, was besonders beeindruckend ist: Bei der Identifizierung der Höhlenbestattungen finden die Wissenschaftler eine Menge in die Wände eingravierte Symbole. Diese dreihunderttausend Jahre alten, tief eingravierten Hashtag-ähnlichen Kreuzschraffuren und andere geometrische Formen sind die ältesten bekannten Symbolstrukturen überhaupt."

Walker schlürfte an seiner Teetasse.

„Der Neandertaler ist genetisch ganz und gar nicht wie du, Walker. Er unterscheidet sich von dir stärker, als sich jede beliebige heute lebende Volksgruppe von einer anderen, noch so fernab gelegenen unterscheidet. Besonders eigentümlich ist sein wulstiger Schädel, dessen obere Partie fast stirnlos und länglich ist. Verglichen mit unserem fragilen, hochstirnigen Haupt, dürfte sein Kopf so unverwüstlich wie ein grob geschnitzter Holzklotz sein. Mit seinem weit ausladenden, tiefen Brustkorb, seinem breiten Becken und stämmigen, kürzeren Beinen hat ein Neandertaler bei geringerer Körpergröße ein schweres, kompaktes Erscheinungsbild. Sein Skelett ist äußerst robust, sein Körper muskulös und massig – ein großer Vorteil in einem sich häufig und abrupt vom warmen ins kalte Extrem wandelnden nördlichen Klima.

Wieder vollkommen anders sind die Flores- und Luzon-Menschen: Einige *Homo erectus*-Individuen gelangen vor rund achthunderttausend Jahren über den Seeweg auf die zwei Inseln Luzon auf den Philippinen und Flores in Indonesien. Geografisch isoliert, entwickeln sie sich dort in Jäger und Sammler weiter, die kaum mehr als einen Meter groß werden – ein Phänomen, das etwas mit der sogenannten Inselverzwergung zu tun hat: Aufgrund des knappen Nahrungsangebots kann auf abgelegenen Landflächen die Körpergröße einiger Arten über Generationen hinweg deutlich abnehmen. Auf Sizilien etwa lebten einst Zwergelefanten, auf Kreta Zwergmammuts, in Japan kleine Honshū-Wölfe und auf einigen Mittelmeerinseln winzige Flusspferde. Sie sind in den vergangenen Jahrtausenden ausgestorben. Auf der Insel Spitzbergen lebt heute noch eine kleine endemische Unterart des Rentiers.

Homo floresiensis, der auch *Hobbit* genannt wird, hat in Relation zu seiner geringen Körpergröße überdimensionale Füße und sehr lange Arme. Noch heute berichten Bewohner der Regionen von winzigen

Waldbewohnern, die in, mit und von der Natur leben, ohne ihren Lebensraum im Geringsten zu beeinträchtigen. Auch die noch winzigeren Luzon-Menschen mit ihren eigenartigen Schädeln und gebogenen Zehen, die vermuten lassen, dass sie viel Zeit auf Bäumen verbrachten, gelten als ausgestorben, doch sind sie es wirklich?"

Dies war ein Sachverhalt, der Walker besonders faszinierte. Wie einige andere Wissenschaftler auch, hielt er es durchaus für möglich, dass solche Wesen irgendwo in den Tiefen des Urwalds als unsichtbare Jäger bis zum heutigen Tag überlebt haben.

10

Omu ist in seinem Nest erwacht. Grelles Sonnenlicht flackert durch das rauschende Blattwerk der Baumkronen. Er hatte einen Traum:

Seine Sippe saß wehklagend um die große Feuerstelle. In der Glut stand der heilige Speer des Anführers, seines Vaters. Doch ohne Spitze war der Speer nutzlos. Dem Schaft fehlte die Klinge.

Omu erschrak und fiel in eine tiefe Schlucht. Am Boden liegend, umhüllte ihn Dunkelheit. Ein Wolf näherte sich. Omu konnte seine Anwesenheit spüren.

„Warum jagst du mich?", fragte der Wolf verständnislos.

„Ich jage dich, weil mein Volk in großer Gefahr ist."

„Ich will deinem Volk nichts antun."

„Das weiß ich. Doch in dir steckt ein Geheimnis. Das große Geheimnis meines Volkes."

„Ich verrate euer Geheimnis nicht."

„Aber die Bobos verraten es, wenn sie es finden." Omu griff dem Wolf in den Nacken. „Hier steckt es. Hier steckt das Geheimnis!"

In dem Moment schnappte der Wolf zu und Omu erwachte.

Die Luft wird warm. Der Jäger erhebt sich aus seinem Nest, streckt sich und gähnt durch sein breites, mit großen, gelben Zähnen bestücktes Maul. Er weiß: Der Schlaf malt wirre Bilder, die mit der Wirklichkeit spielen, doch in jedem Traum spiegelt sich das Leben.

Wahr ist das Geheimnis seiner Sippe: die Waffe mit der kunstvoll gefertigten Knochenklinge. Seit Generationen steht sie in ihrem Mittelpunkt, sie und ihre Zeichen. Jeder, der die Zeichen kennt, findet den Zugang zum verborgenen Tal, ihrem Zufluchtsort.

Seit jeher versammeln sich die Brüder und Schwestern um ihre Kostbarkeit, umtanzen ihren Schatz und raunen:

„Wo der Speer ist, ist das Volk, wo das Volk ist, zeigt der Speer."

Nur wer einen Wolf mit dieser einzigartigen Waffe erlegt, kann Anführer werden, so der Brauch. Nachdem sein Vater starb, sollte Omu beweisen, dass er dazu fähig war. So machte er sich auf, schlich tagelang durch das Gelände auf der Suche nach Spuren, um seine Aufgabe zu erfüllen.

Es sollte ein schöner, stolzer Wolf sein, den er erwählte – weder zu alt noch zu jung, nicht krank, nicht schwach, sondern wehrhaft und stark. Ihn zu finden, würde Tage dauern. So schuf er sich in einer Grotte hoch oben in den Bergen eine vorübergehende Unterkunft, wo er essen, schlafen und sich auf die Jagd vorbereiten konnte. Er sammelte buntes Gestein und Erz, aus dem er Pigmente gewann – Farben, mit denen er Bilder an die Höhlenwand malte. In seiner Einsamkeit blies er in seine Flöte und knüpfte eine Kette aus buntem Federschmuck für Kela, seine auserwählte Frau.

In Omus Welt stirbt kein Tier zu viel, kein Tier umsonst. Jeder nimmt sich, was nötig ist, nicht mehr, so will es Mutter Natur, denn alles ist Teil ihres kostbaren Ganzen, ohne das es kein Überleben gibt. Wenn der Wolf erlegt ist, gibt er sich hin: sein Fleisch, sein Fell, seine Reißzähne, seine Knochen und Sehnen. Sein Tod beweist zudem die Stärke und Klugheit des neuen Anführers.

Am Morgen des fünften Tages erspähte Omu von einem Baum herab ein besonders kräftiges Tier, das ihm wie ein Geist erschien, denn seine Gestalt erinnerte ihn an jene Wölfe, die in den Erzählungen der Ältesten vorkommen – robust, mit schwerem Skelett und starkem Biss. Die alte Watka nannte sie *„Eis-Wölfe"*. Sie hatte sogar noch einen Schädel unter ihren Habseligkeiten und erzählte die Geschichte der Ahnen, die beim Marsch über die große, kalte Landbrücke von diesen Tieren begleitet wurden.

Dass ihm ein Eis-Wolf begegnete, deutete Omu als Zeichen des Himmels. Sein Schicksal würde besiegelt werden.

Alles geschah in einem Augenblick. Der Wolf war wachsam und schnell. Omu traf ihn vom Baum herab. Als die Klinge sich in den Nackenwirbel bohrte, hatte das Tier bereits zum Sprung angesetzt. Durch die Wucht des eindringenden Wurfspeers überschlug es sich in der Luft. In voller Drehung prallte der lange Holzschaft an einen Stein und zerbrach.

Bevor Omu sich vom Baum herabgeschwungen hatte, war der Eis-Wolf auf die Beine gekommen und suchte das Weite. Die Speerspitze saß fest in seinem Halswirbel, ohne ihn durchbohrt zu haben. So überlebte er und konnte fliehen.

Omu brüllte verzweifelt. Schlimmer hätte es nicht kommen können. Hätte er seine Beute verfehlt, wäre er auf eine neue gestoßen. Doch jetzt nahm der Wolf das Heiligste mit sich, das seine Sippe besaß. Der Jäger hatte nun keine Wahl mehr, nahm unmittelbar die Verfolgung auf und lief der frischen Fährte durch den Wald nach. Bald verschmolz er mit der Natur und nutzte seine uralten Sinne. Es gab nur einen Weg: Er musste den Wolf einholen und zur Strecke bringen.

Auf seiner Mission war er nur mit dem Nötigsten ausgestattet. Doch mit erst siebzehn Sommern war er jung, wendig und ausdauernd. Bald spürte er die Nähe zum flüchtenden Tier und er wusste, dass auch das Tier ihn, den Verfolger, spürte. So musste es sein. Diese Verbindung aufrechtzuerhalten, war Omus einzige Chance.

Als es dämmerte, kam er näher an den versehrten, ausgelaugten Eis-Wolf heran. Da tauchte unvermutet ein törichter Reiter auf. Der Bobomann hatte ein Gewehr, schickte sich an, den Wolf zu erlegen und mit sich zu nehmen. Omu schritt ein, griff nach einem Kiefernzapfen und schleuderte ihn aus der Deckung auf das Hinterteil des Pferdes. Es bäumte sich auf und der Wolf entkam.

Die Jagd setzte sich fort. Furcht trieb das Fluchttier an, es war zäh und gewandt, doch immer wieder fand Omu seine Spur. Viele Tage und Nächte vergingen bis zu dieser Nacht.

Omu lauscht. Sein Herz schlägt wie ein schwerer Flusskiesel bis hinauf in seinen breiten Hals. Ja, er fürchtet sich vor den Bobos, den hochstirnigen Menschen, denen er so nahe ist wie nie zuvor. Doch das Schicksal seines Volkes liegt in seinen Händen. Er muss in den Besitz der Speerspitze kommen, bevor ein Fremder erkennt, was sie offenbart. Niemand darf sie betrachten.

Dort ist sie, dort, wo die Bobos leben und die gefangenen Wölfe heulen.

Walkers Handy summte. Er öffnete eine erschütternde Nachricht der Archäologin Keryn Walshe. Vandalen hatten ein wunderbares prähistorisches *Songline*-Kunstwerk indigener Australier mutwillig beschädigt, eines der letzten seiner Art. Ort des Grauens: die Koonalda-Höhle. Die Engstirnigkeit dieser Barbaren war nicht zu überbieten. Was ruinöse Bergbauarbeiten und der Klimawandel von der Kultstätte noch übrig gelassen hatten, schien nun gänzlich verloren.

„Schau jetzt nicht hin, aber das ist eine Todeshöhle", lautete die zynische, eingeritzte Inschrift der herz- und hirnlosen Zerstörer.

Schon aufgrund seiner Herkunft war Walker mit dem kulturhistorischen Hintergrund dieser Stätte bestens vertraut. Die zweiundzwanzigtausend Jahre alten künstlerischen Hinterlassenschaften in der südaustralischen Höhle sind berühmte Zeugnisse der *Whale Dreaming Songlines*. Auf den riesigen Höhlenwänden sieht man Gravuren und grafische Symbole von Ureinwohnern.

Walkers Großmutter kannte noch einige *Songlines*, die zur Schöpfungsgeschichte der Aborigines gehören. Hin und wieder hatte sie die mystischen Worte wiederholt und erklärt, dass *Songlines* gesungene Landkarten sind, die auf geografische Besonderheiten und heilige Stätten hinweisen und dass sie dem Zweck der Orientierung dienen.

Als Jäger und Sammler nutzten die indigenen Aborigine-Clans ihren Lebensraum nachhaltig. Anstatt ein Gebiet exzessiv auszubeuten, ihre Nahrungsgrundlage zu vernichten und ihre Heiligtümer zu beschädigen, zog der Clan rechtzeitig in ein anderes Gebiet weiter. Die alten Jagdgründe konnten sich somit regenerieren. Auf dem Weg durch die riesigen unbekannten Gefilde standen den Wanderern weder Online-Karten noch geschriebene Reiseführer zur Verfügung. Doch sie kannten die magischen Lieder, die *Songlines* ihrer Vorfahren, die diese Gebiete einst durchstreiften. Sie verrieten ihnen kulturelle und geografische Merkmale der neuen Landstriche: Flussverläufe, Gebirge, Wildbestände, Orte anderer Nahrungsquellen und okkulte Stätten ihrer Ahnen wie die Koonalda-Höhle. Es waren gesungene Reiseführer, die es ihnen ermöglichten, sich in den Weiten Australiens zurechtzufinden und über Jahrtausende hinweg dienten sie letztlich dem eigenen Überleben, das nur durch die Schonung der Lebensräume möglich ist.

Walker verspürte Wut und Verzweiflung. Ein solch stilles Zeugnis einer friedlichen Kultur in wenigen Augenblicken zu demolieren, war vollkommener Wahnsinn. Dass im Vorfeld niemand etwas für den Schutz dieser Stätte unternommen hatte, schien skandalös.

Wieder machte sich das Telefon bemerkbar. Er gähnte, streckte sich und öffnete die neue Nachricht. Sie enthielt Bilder eines Autounfalls: ein zerstörter *Toyota Prius*, ein Wolf in seiner Blutlache, daneben eine attraktive Frau in grünem Overall, die der australischen Schauspielerin Margot Robbie ähnelte. Eine Nahaufnahme zeigte eine Verletzung im Genick des toten Wolfs und auf den letzten Fotos waren Vorder- und Rückseite einer Speerspitze zu sehen. Die Bildunterschrift lautete:

„Prof. A. Walker – Was bitte ist das? Dringend!"

Walker verschluckte sich beinahe an seinem Rooibos-Tee. Verdutzt setzte er sich auf und vergrößerte die Aufnahme, starrte gebannt auf sein Smartphone.

„Das ist unmöglich!"

Kaum jemand kannte sich mit Waffen der Steinzeit besser aus als er. Dies war eindeutig eine solche Waffe, doch selbst für ihn war das Objekt äußerst speziell. Man fand es in keinem Museum und es hatte schon gar nichts im Genick eines Wolfes zu suchen. Die Auflösung der Fotos war recht gut. Die Projektilspitze, vermutlich die Klinge eines Speers, sah makellos aus. War sie restauriert oder handelte es sich um eine Nachbildung? So etwas jedenfalls hatte er noch nie gesehen. Eine Seite der zweischneidigen Klinge zeigte filigrane Details, Gravuren, die wie mysteriöse Zeichen oder Symbole aussahen – höchst außergewöhnlich.

Absender der Nachricht: Stan Hardy, *Utah-Naturschutzbehörde.*

Walker kannte den Mann nicht und rief ihn gleich zurück. Das Gespräch war kurz und sachlich. Stan informierte ihn knapp und freundlich über die Unfallsituation und erwähnte Lilly Ferons Wolfspark, in dem das verendete Tier untersucht worden war. Walker fragte, wo sich die Spitze gerade befand.

„Sie ist auf dem Weg zu Ihnen, Professor. Wir bitten Sie, sich das Ding mal genauer anzusehen."

„Selbstverständlich gern. Solche Artefakte fallen in meinen Wissensbereich. Was ich bisher gesehen habe … ehrlich gesagt … ich bin verblüfft."

„Das sind wir auch. Und ich frage mich: Wer tut so etwas, wer jagt einen Wolf mit so einem Wurfgerät? Vielleicht finden Sie ja etwas heraus."

„Haben Sie den Gegenstand schon auf DNA-Spuren hin untersucht?"

„Die Jungs im Labor sagen, ein Teil davon ist wohl aus Knochen hergestellt, dessen DNA allerdings ungewöhnlich aussieht."

„Ungewöhnlich?"

„Ja. Sie meinen, sie ist menschlich, doch irgendetwas ist anders, eben nicht menschlich."

„Was denn nun, menschlich oder tierisch?"

Kurze Stille.

„Weder noch. Keine Ahnung. Irgendwie fremdartig."

„Fremdartig scheint mir die komplette Waffe zu sein, Mr. Hardy."

„So wie der Wolf, der damit gejagt wurde. Vielleicht sollten Sie mal mit Ms. Feron reden. Sie kennt sich aus. Sie spielt Rätselraten, so wie wir."

„Gut, ich werde mich bei ihr melden. Haben Sie ihre Nummer?"

„Ja. Die Lieferung wird Ihnen morgen Vormittag zugestellt. Es ist an Sie persönlich adressiert. Eins noch: Bitte behandeln Sie es vertraulich, der Fall ist noch brandheiß. Kontaktdaten von Ms. Feron liegen bei."

„Verstehe. Ich melde mich, sobald ich etwas herausgefunden habe."

„Danke für Ihre Expertise. Gute Nacht, Professor."

„Walker, einfach Walker. Gute Nacht, Stan."

Ihm schwirrte der Kopf. Was er da gerade von Stan erfuhr, machte ihn noch stutziger.

12

Omu benötigt neue Wegzehrung, bevor er aufbricht. Zielstrebig sucht er nach Holzapfel und Sanddorn, nach Austernpilzen, Steinpilzen und Kräuterseitlingen. Er findet Brombeeren, frischen Breit-Wegerich, Grassamen und Löwenzahn und gräbt essbare Wurzeln aus. Von allem nimmt er nicht mehr, als er selbst braucht und verstaut es.

Wenn Hunger und Durst ihn befallen, erwacht ein Raubtier in ihm, dann schärfen sich seine Sinne und seine unbändige Kraft wird entfesselt, dann ruft das Leben, durchströmt ihn der Geist der Wälder, dann hört, sieht, riecht und fühlt er die Erde, den Fels, die Luft, das Wasser, den Forst und alles Getier darin, dann ist er Teil der Wildnis und vollkommen in seinem Element.

Das heisere Geschrei des Eichelhähers zeigt ihm ein Beutetier. Er wittert es gegen den Wind, nähert sich ihm gewandt und lautlos. Als er die Umrisse des jungen Rehbocks im Gebüsch erkennt, verharrt er einen Augenblick, atmet tief ein und sammelt sich. Dann, mit voller Wucht und enormer Zielgenauigkeit, schleudert er das Steinbeil auf sein Opfer. Das kurze, schwere Beil bahnt sich leise zischend seinen Weg durch die Luft, durchschlägt auf seiner flach-gebogenen Flugbahn krachend lichtes Gehölz, bevor sich sein messerscharfer Steinkopf in die Schläfe des ahnungslosen Bocks eingräbt.

Im Nu hat der Jäger die Beute aufgebrochen und die besten Stücke entnommen: frische Leber, rohes Muskelfleisch und den nahrhaften Magen. Einen guten Teil verschlingt er auf der Stelle, bis sein Bauch sich wölbt, einen anderen hüllt er in Blätter und verstaut ihn. Den Rest schenkt er dem Wald.

Gestärkt nimmt Omu wieder die Verfolgung auf, gleitet wie im Rausch durch die Landschaft. Im Geist verwandelt er sich, ist mal Fuchs, mal

Schwalbe, mal Fisch, mal Motte. Er weicht den Wegen der Bobos aus, umgeht jede Lärmquelle und kommt seinem Ziel, den gefangenen Wölfen, Stück um Stück näher.

Es mag sein letzter Weg sein, doch er ist zu allem bereit. Eine Umkehr ist unmöglich. Ohne die Klinge kann er nicht zu seinem Volk zurück, wird Kela, seiner Auserwählten, nicht mit leeren Händen unter die Augen treten. Geht das Heiligtum verloren, ist er selbst verloren, gelangt es in falsche Hände, ist seine Sippe verloren. Das darf nicht geschehen.

Denn die Speerspitze trägt das geheime Abbild, das offenbart, wo sein Volk sich verbirgt. Hat ein Jäger sich verirrt, weist es ihm den Weg von den drei Riesenlärchen zum See, durch das fallende Wasser in die Felsenhöhle und hinein ins Urwaldtal. Niemand außer seiner Sippe kennt das verborgene Tal. Kein anderer sieht es oder betritt es. Bis heute bietet es den letzten seiner Sippe Schutz und Lebensraum. Von Anbeginn an war es so.

Omus Volk ist wie die braune Spinne. Das Urwaldtal ist das Netz der Spinne. Nur die Spinne selbst bewohnt ihr Netz, nur sie selbst findet hinein und hinaus. So bleibt Omus Sippe unentdeckt. Ein Falter, der sich im Netz verfängt, ist hoffnungslos verloren.

Das fallende Wasser verbirgt den Zugang. Die Felsenhöhle bietet Schutz und Deckung. Dichter, immergrüner Nadelwald bedeckt den abgeschirmten Lebensraum. Nur dort, abgeschnitten von der Welt, war es möglich, seit Anbeginn zu überleben.

Einst kamen Bobo-Menschen in die Nähe. Doch sie waren unklug, waren laut und für jeden sichtbar, denn sie haben das wilde Dasein längst verlernt, haben verlernt, in die Wildnis einzutauchen, eins mit ihr zu werden. Omu erspähte sie sogleich und folgte ihnen. Ihre bunten Gewänder leuchteten grell und sie schnauften unter ihrem schweren Gepäck.

Er machte sich vor ihnen unsichtbar, wurde Teil des Waldes, verband sich mit ihm wie der Wind mit dem Nebel, wie der Fuchs tief im Bau und das Vogelnest im dichten Gras. Omu verschmolz mit dem Bach, dem Schatten, *dem Blatt und der Erde. So sahen und hörten sie ihn nicht und tappten weiter in die Berge.*

Das Urwaldtal und die Deinen sind unsichtbar. Nur die Zeichen des Abbilds, gebannt in der erhabenen Klinge des Speers, der Waffe des Anführers, beschreiben diesen Ort und können Omus Volk verraten.

Der Eis-Wolf nahm die Klinge mit sich, die Bobos nahmen den Eis-Wolf mit sich. Jetzt ist Omu ihnen nahe. Er wird sich holen, was ihm gehört, wird besonnen vorgehen, vorsichtig, still und klug.

Der Tag streift vorüber. Die Nacht wartet.

13

Walker schlief unruhig. Bisher kannte er nur Stans Fotos, aber die allein hatten schon etwas Unergründliches an sich. Am Morgen packte ihn die Unruhe. Er konnte den Eingang der Sendung kaum erwarten. Als sie endlich eintraf, wollte er den DHL-Boten am liebsten umarmen.

Er trug das kleine gelb-rote Paket in die Pantry-Küche, bewaffnete sich mit Gummihandschuhen und Maske und öffnete es vorsichtig mit seinem immer griffbereiten *Leatherman* Klappmesser. Zum Vorschein kamen das in Watte und Kunststoff gepackte Artefakt und ein hastig beschriebener Notizzettel mit Lilly Ferons Kontaktdaten.

So wie das Projektil auf dem frischen Küchenhandtuch vor ihm lag, dachte Walker spontan an den Begriff *Experimentelle Archäologie*, ein Spezialgebiet, in dem sorgfältig rekonstruierte, altertümliche Geräte nachgebaut und in Feldversuchen erprobt werden. Handelte es sich hier etwa um solch ein kopiertes Objekt? Zweifellos war es besonders exquisit, das erkannte er sofort.

Im Studium an der *George Washington Universität* war die Feldhacke – das älteste landwirtschaftliche Werkzeug des Menschen – Gegenstand seines eigenen Feldversuchs gewesen. Bei aller Schlichtheit ist die Hacke als Arbeitsgerät sehr bedeutsam, denn sie wird seit Jahrtausenden zur Bodenbearbeitung in beinahe allen Völkern eingesetzt. Als Student ging es Walker um die Frage, ob Neandertaler bereits in der Lage gewesen sein könnten, Feldhacken herzustellen, um sie zur Lockerung und zum Lösen des Bodens einzusetzen.

Den Beginn der Landwirtschaft verorten Wissenschaftler in die Jungsteinzeit vor etwa zwölftausend Jahren – lange nachdem Neandertaler von der Bildfläche verschwunden waren. Doch es ist bekannt, dass die Frühmenschen mit vergleichbaren Techniken bereits raffinierte Lanzen und Wurfspeere herstellten. Warum also nicht auch Hacken?

Für den Feldversuch baute Walker eine Feldhacke zunächst originalgetreu nach – so, wie anatomisch moderne Menschen sie in der Jungsteinzeit bauten und verwendeten. In die Rekonstruktion floss alles Wissen über die damaligen Fertigungstechniken und Materialien ein, sodass sie äußerlich und funktionell wie ihr altertümliches Pendant beschaffen war. Die nachgebaute Hacke sollte vom Original nicht unterscheidbar sein.

Anschließend stellte er zum Vergleich eine ähnliche Hacke mit Verbindungstechniken her, die die Neandertaler bereits beherrschte, und setzte Materialien ein, die den Frühmenschen damals zur Verfügung standen: Stein, Knochen, Horn, Geweih, Elfenbein, Sehnen und Birkenteer.

Als das erreicht war, führte er verschiedene praktische Experimente durch. In jedem Praxistest gewann er Informationen über die Effizienz und Stabilität seines Geräts. Bei der Auswertung des Feldversuchs kam er zu dem Schluss, dass Neandertaler rein technisch in der Lage gewesen sein dürften, damit den Boden zu bearbeiten – eine wesentliche Voraussetzung für Landwirtschaft.

So speziell sie war, die Speerspitze fiel exakt in Walkers Wissensbereich. Und sie warf Fragen auf. Vordergründig ging es um Wilderei. Doch warum verwendete der Jäger feinste Kunst und besondere Materialien? Die glatt geschliffene, mit Widerhaken versehene zweischneidige Klinge aus Knochen hatte die Größe einer Babyhand. Die Schäftung – die Art der Verbindung von Schaft und Projektilspitze – setzte beträchtliches Know-how und hohe Fingerfertigkeit voraus.

Walker erkannte, dass sich der Hersteller für die Vermählung der Spitze mit dem hölzernen Stiel gleich mehrerer raffinierter Techniken bediente: Die Klinge steckte an dem Schaft in einer sogenannten Tülle und war mit Schlingen und zusätzlich mit klebrigem Erdpech befestigt, was allein bereits eine komplexe Angelegenheit darstellte. Die kegelförmige Tülle war obendrein als unvollständige Lochung gestaltet, was es ermöglichte, jedes verschlissene Projektil gegen ein neues auszutauschen. Beide Teile hatte der Handwerker so fest gebunden und verklebt, dass beim Aufprall eher der hölzerne Schaft als das aufwendig hergestellte Zwischenstück, die Schäftung, zerbrechen würde – eine handwerkliche Meisterleistung!

Insgesamt erschien es Walker, als wären Methoden unterschiedlicher Epochen der Kulturgeschichte in ein und demselben Objekt auf intelligente Weise kombiniert worden. Das Aufregendste aber war der künstlerische Wert der Klinge. Überhaupt nicht zur experimentellen Archäologie passend, befand sich auf einer der abgeflachten Seiten eine höchst eigentümliche, feine Gravur. Das rund zehn Quadratzentimeter große Motiv hob sich kontrastreich von der hellen, glatten Fläche ab. Er nahm eine Lupe zur Hand und ging nahe an das winzige Bild heran. Sein Detailreichtum war atemberaubend. Es sah wie eine miniaturisierte Landkarte aus, die sich aus unterschiedlichen Symbolen und Strukturen zusammensetzte.

Der Künstler hatte die Symbole mit einem sehr spitzen, scharfen Instrument gekonnt graviert. Doch zu welchem Zweck? Die Vorstellung, dass ein so meisterlich gestalteter Wurfspeer für das unberechtigte Jagen von Wildtieren benutzt wurde, erschien widersinnig. Bei aller Euphorie – Walker befiel erneut ein mulmiges Gefühl, dasselbe Gefühl, das er hatte, als Stan von der „fremdartigen DNA" im Material sprach. Er suchte angestrengt nach Erklärungen, doch nichts passte zusammen.

Schließlich kam ihm die attraktive Wolfsexpertin Lilly Feron in den Sinn, die Stan Hardy erwähnt hatte und die auf den Fotos zu sehen war. Er verspürte den Drang, sich mit ihr auszutauschen. Rasch suchte er ein Restaurant im *Tripadvisor* aus, das ihm sympathisch erschien, wählte ihre Nummer und verabredete sich mit ihr zu einem hoffentlich aufschlussreichen Gespräch. Er packte das Artefakt wieder sorgfältig ein und trug es zum benachbarten *Labor für Evolutionäre Genetik*, um es dort forensisch untersuchen zu lassen.

Das Labor wimmelte von Personal und Studenten in ähnlicher Arbeitskleidung, doch Cindy Klein war nicht zu übersehen. Ihr knallgrün gefärbter Kurzhaarschnitt stach aus der Schar von Kittelträgern deutlich hervor.

„Was für ein Glück, ich liebe Grün. Habe Sie gleich gesehen. Vielen Dank an Ihren Friseur!"

Sie mochte ihn, weil er nicht nur kompetent, sondern auch charmant und lustig war. „Werde es ausrichten. Wie lief die Einführungsveranstaltung?"

„Die haben mich geteert und gefedert ... Nein, es macht großen Spaß mit den Studenten. Könnte ich Sie einen Augenblick unter vier Augen sprechen?"

„Natürlich. Jederzeit, Professor."

Die Chemielaborantin schob eine Palette Reagenzgläser in ein Fach und schlenderte mit ihm zu einem Büro im hinteren Laborbereich. Walker schloss sachte die Tür, grinste sie einnehmend an und überreichte ihr das kleine Paket.

„Ich verwette meinen Hals samt Riji-Muschelkette, dass Sie das hier umhaut!"

Ein wenig befangen und verlegen lächelnd nahm sie es entgegen. „Was ist das?" Sie schien freudig überrascht, fast als würde sie persönlich beschenkt.

„Etwas, das irgendwann einmal im *National Museum of Natural History* in Washington landen könnte."

„Woher haben Sie es?"

„Das ist erst mal unwichtig, Cindy. Man bat mich um Diskretion. Vertrauen Sie mir?"

„Absolut, Professor Walker."

„Es geht jetzt nur um das Material, anscheinend ist es Knochen. Doch von welchem Lebewesen und wie alt? – Da hilft uns eine forensisch-genetische Untersuchung weiter."

Wieder lächelte sie ihn warmherzig an. „Wenn Sie möchten, werde ich gleich loslegen."

„Sie sind ein Schatz!"

Das Ergebnis würde in wenigen Stunden vorliegen.

14

Das *Tuscany* an der östlichen Peripherie der Stadt erschien ihm fast zu romantisch für ein formelles Lunch mit einer hübschen Biologin, der er nie zuvor begegnet war. Da Lilly Feron ebenfalls brennend an dem merkwürdigen Vorfall interessiert war, hatte sie spontan zugesagt.

Sie saß bereits am weiß gedeckten Tisch im lauschigen Restaurantgarten mit Glaspavillon, als er eintraf. Die Sonne des frühen Nachmittags tauchte das mediterrane Ambiente in helle Orangetöne. Viele der Gäste kamen vom östlich gelegenen *Old Mill Golfplatz* herüber oder aus dem *Knudsen Park* im Süden.

Walker erkannte sie gleich – nicht viele Frauen sahen Margot Robbie so ähnlich. Er winkte dezent, nahm brav seinen *Akubra* vom Kopf und schlenderte leger durch das gut besetzte Restaurant auf sie zu.

„Hallo Ms. Feron, ich bin Walker, Austin Walker."

Dass sie aufstand und ihm kräftig die Hand schüttelte, gefiel ihm ebenso wie ihre ungeschminkte, natürliche Art.

„Lilly. Gut, Sie zu treffen."

Sie trug auch jetzt ihren verschlissenen grünen Overall mit dem Logo des *Feron-Wolfsparks*, dazu staubige Trekkingschuhe, womit sie im Lokal wohl einige irritierte Blicke auf sich zog. Walker wurde nicht deshalb verlegen, sondern eher, weil sie absolut sein Typ war.

„Danke, dass Sie sich Zeit für mich nehmen." Wie er es sagte, klang womöglich etwas zu förmlich, daher fügte er rasch „Ich ahnte nicht, wie bezaubernd dieses Restaurant ist" hinzu und strahlte sie einnehmend an.

„Ja, das ist es. Es wäre auch meine Wahl gewesen."

Dass sie es bereits gut kannte, ließ sie unerwähnt. Sie gönnte ihrem Gegenüber die Freude der Entdeckung. Walker rückte ihr freundlich den Stuhl zurecht und setzte sich in einen der stilvollen gusseisernen Stühle gegenüber.

„Bitte entschuldigen Sie meine Verspätung. Alles stürzt auf einmal auf mich ein. Vor erst zwei Tagen bin ich in Salt Lake City eingetroffen, sofort werde ich mit diesem seltsamen Objekt konfrontiert und in ein paar Stunden halte ich die erste abendliche Vorlesung meines Lehrstuhls für Paläoanthropologie."

„Das kann ich nachvollziehen."

Eine Servicekraft erschien. Sie schauten in die Speisekarten und bestellten Gemischten Salat, eine Käseauswahl mit Ciabatta und Pesto von der Lunch-Karte, dazu zwei Gläser Vermentino und Mineralwasser.

Lilly hatte sofort Vertrauen zu dem dunkel gelockten Australier. Sie wartete, bis sich die Kellnerin etwas entfernt hatte, dann suchte sie seinen Blick, lehnte sich über den Tisch und sagte leise und ohne Umschweife: „Der Wolf ist ein Exemplar einer prähistorischen Population."

Einen Augenblick lang saß Walker regungslos da und ließ den Satz auf sich wirken. Prähistorisch erschien ja auch die Speerspitze. Verständlicherweise ging es der Wolfsexpertin in erster Linie um den Wolf. Daher antwortete er ebenfalls flüsternd: „Das ist sicher fantastisch, gerade für eine Expertin wie Sie, nicht wahr?"

„So ist es."

„Sind Sie sich bei der Bestimmung sicher?"

„Ich habe das Tier eingehend in meiner Klinik untersucht. Der Gesamteindruck spricht für sich. Es handelt sich zweifellos um einen Beringia-Wolf, offiziell längst ausgestorben. Die Tiere lebten während der großen Vergletscherung auf der Landbrücke zwischen Sibirien und Alaska."

„Im Pleistozän also, in Beringia, daher der Name."

„Und weit, sehr weit ins Holozän hinein. Genauer gesagt bis heute, wie es aussieht."

„Wo und wie dieser Wolf überlebte, wissen Sie nicht?"

„Er hat offenbar eine große Strecke Richtung Süden zurückgelegt. Rund sechshundert Kilometer."

„Sie kennen seine Herkunft?"

„In etwa, ja. Jemand behauptete vor drei Wochen, ein solches Tier östlich des Salmon River gesehen zu haben. Mein Praktikant hat es recherchiert. Der Mann heißt Frank Stolin. Er arbeitet für den *Painted Rocks State Park* in Montana und nebenher wohl auch als Trapper."

„Ein Fallensteller also, einer, der auf Pelze aus ist. Wie sympathisch!"

Lilly seufzte. „Ja, unheimlich sympathisch. Ich glaube, der Wolf wurde dort gejagt. Dafür spricht, dass die Verwundung vor etwa drei Wochen stattfand, etwa zu der Zeit, als er gesichtet wurde."

„Montana, Idaho ... Ich habe von *Coopers Ferry* am Salmon River gehört – ein ausgezeichneter Ort zum Campen!"

„Ah, da spricht der Freizeit-Camper aus Ihnen!"

Walker lachte. „Nein, der Wissenschaftler. Ich spreche vom Campen in der Eiszeit. Ein Ausgrabungsteam hat dort tonnenweise primitive Werkzeuge und sogar die Überreste eines Eiszeit-Pferdes gefunden. Über viele tausend Jahre hinweg fanden sich an dieser Stelle immer wieder Steinzeitmenschen ein. *Homo sapiens* versteht sich. Die Archäologen identifizierten eine vierzehntausend Jahre alte Feuerstelle. Ein faszinierender Ort in einer verlassenen Bergregion."

„In der Tat verlassen. Das ist eine Wildnis, wie sie sonst kaum mehr existiert. Eine der wenigen verbliebenen, die bis heute in Ruhe gelassen werden."

„Noch gibt es doch eine Menge Wildnis", entgegnete Walker vorsichtig.

Lilly musterte ihn aufmerksam. „Wir reden nicht von Australien, Ihrer Heimat, Mr. Walker", sagte sie sanft und selbstsicher zugleich.

„Sie wissen, woher ich stamme?"

„Das ist doch eine *Riji*, oder?"

Walker fasste sich an die Halskette. Lilly schmunzelte wohlmeinend. Sie erkannte es auch an seinem Hut und seinem Gesicht. Er lächelte zurück und zwinkerte verschmitzt.

„Von meinen Vorfahren."

Sie nickte anerkennend. Es klang stolz, wie er es sagte. Er hatte etwas Anziehendes an sich. Um nicht verlegen zu wirken, redete sie gleich weiter.

„Es ist ja unübersehbar. Die Besiedlung der Vereinigten Staaten scheint unaufhaltsam: Fracking in Naturschutzgebieten, Massentourismus, Behörden, die jeden Winkel kontrollieren wollen. Unberührte Wildnis ist bald Schnee von gestern."

Das Essen und die Getränke wurden serviert.

„Bei uns sind es noch vierzig Prozent des Landes. Eine Fläche so groß wie Indien ist in Down Under völlig unberührt."

„Darum sind Sie zu beneiden."

Walker hob sein Glas. „Auf die Wildnis!"

Sie stießen an. Lilly sah sich selbst nicht unbedingt als Umweltaktivistin. Doch sie wusste um die Dringlichkeit und vertrat ihre Position mit Nachdruck, wann immer sich die Gelegenheit bot.

„Gemeinsam mit Kanada ist Amerika das größte Land der Erde. Eine grenzenlose Weite, könnte man meinen. Doch fast überall sind bereits Straßen, Öl- und Gasleitungen. Wenn es um den Schutz von bedrohten Wildtieren geht, ist das ein Problem, denn ihre Wanderrouten werden dadurch gestört."

Walker schenkte ihr Wasser ein, aß und hörte interessiert zu.

„Wenn ich die Zahlen noch richtig im Kopf habe", sagte Lilly, „gibt es in den USA über sechs Millionen Kilometer an öffentlichen Straßen – Privatstraßen, Versorgungsstraßen und Wege für Geländewagen nicht eingerechnet. Dazu kommen vier Millionen Kilometer Öl- und Erdgasleitungen und etwa zweihundertfünfzigtausend Kilometer Hochspannungsleitungen. Ich würde sagen: Eine in mundgerechte Stücke zerteilte Landschaft!"

„Ich bin da ganz bei Ihnen", erwiderte Walker taktvoll. „Und wie sieht es am Salmon River aus?"

Lillys Gesichtsausdruck hellte sich auf und sie sah wahrlich entzückend aus.

„Das ist eines unserer letzten Refugien wilder Natur. Das ursprüngliche Amerika, könnte man sagen. Ein Paradies, über zwei Millionen Hektar groß, zwischen Oregon, Montana und Idaho gelegen. Dort gibt es sie noch, die echte Wildnis. Straßen sucht man vergebens. Der Salmon River gräbt sich in eine Schlucht hinein, die stellenweise tiefer ist als der Grand Canyon. Da gibt es unpassierbare Berge mit senkrechten Felswänden. Einige Abschnitte sind unüberwindbar. Ein perfekter Lebensraum für bedrohte Arten wie Berglöwen, Vielfraße ..."

„... und Beringia-Wölfe!"

Lilly grinste euphorisiert angesichts dieser These, bestrich ein Stück Ciabatta mit Pesto und legte Ziegenkäse darauf. „Ja, das wäre schön für diese spezielle Art und sensationell für die Wissenschaft!"

Walker wurde nachdenklich, zögerte, einen Moment lang war es still, dann meinte er gedämpft: „Der Wolf ... er wurde gejagt ... mit einer unglaublichen Waffe."

„Ach ja, was ist das für ein Ding, Mr. Walker? Konnten Sie etwas herausfinden?"

„Wenn Sie sagen, die Wiederentdeckung eines solchen Wolfs sei sensationell, Lilly, dann glaube ich Ihnen das. Aber die Speerspitze ... sie ist es auch. Ich kenne mich mit prähistorischen Waffen gut aus, aber in dieser Form ... Ich habe so etwas noch nie gesehen."

„Und dieses ausgefallene Ding steckt ausgerechnet in einem Beringia-Wolf. Das kann wohl kaum ein Zufall sein." Sie nippte nachdenklich an ihrem Weißwein.

Walker konnte sich nicht von ihren smaragdgrünen Augen lösen, bis sein Telefon summte. Er nahm den Anruf entgegen. „Cindy!"

Lilly konzentrierte sich auf ihren Salat, während er Cindys Redeschwall ausgesetzt war. Als sie eine Minute später sein Gesicht sah, hörte sie auf zu kauen.

Er war fassungslos, sagte immer nur „Nein, nein, nein ..." und schüttelte den Kopf. Was war passiert? Er sprach mit gebrochener Stimme: „Sind Sie sicher? ... Okay ... Cindy, bitte ... es muss unter uns bleiben ... danke."

Er ließ das Telefon auf den Tisch gleiten und sackte auf dem Gartenstuhl in sich zusammen. Lilly verstand das alles nicht, brachte kaum den Bissen herunter. Der Professor saß bleich und verstört da, fast tat er ihr leid.

Erst nach einer gefühlten Ewigkeit murmelte er wie in Trance: „Die Erbsubstanz. Die DNA des Knochens, aus dem das Projektil hergestellt wurde. Cindy hat sie analysiert und verglichen."

„Was ist mit der DNA? Stimmt etwas nicht?"

„Nun ... die Laborantin, sie sagt, sie habe sie mit Datensätzen des *Max-Planck-Instituts für Evolutionäre Anthropologie* in Leipzig abgeglichen. Vielleicht haben Sie schon mal vom *Neandertaler-Genom-Projekt* gehört?"

„Haben die nicht das Erbgut dieser Frühmenschen entschlüsselt?"

„Richtig. Cindy konnte es selbst nicht glauben."

Lilly beugte sich wieder weit über den Tisch, so nah wie möglich an Walker heran. „*Was* konnten Sie nicht glauben, Walker?"

„Neandertaler! Die Klinge des Speers ... sie besteht aus Knochen ... Knochen eines Neandertalers!", flüsterte er.

„Aus Knochen eines Frühmenschen? Das Ding war doch nicht versteinert. Es war nicht so alt."

„Cindy sagt, nur wenige Jahrzehnte."

„Aber Neandertaler sind längst ausgestorben."

„Richtig. So wie die Beringia-Wölfe."

„Mögliche Verunreinigungen?"

„Sie schließt das aus. Sie ist sich sicher."

„Ein Irrtum beim Abgleich?"

„Kaum möglich."

„Ich fasse es nicht!" Lilly war nun ebenfalls vollkommen perplex.

Walker wollte lachen, doch konnte es nicht, es blieb ihm im Hals stecken. Er konnte nur mit dem Kopf schütteln. Er legte entkräftet sein Gesicht in die Hände. Es schien, als hätte ihn soeben die *Traumzeit*, die Mythologie seiner australischen Vorfahren, eingeholt.

„Ich glaube, ich verliere den Verstand." Er sah sich um und vergewisserte sich, dass niemand sonst ihn hören konnte. „Sie leben! Irgendwo da draußen in der Wildnis. Sie existieren noch heute."

Lilly hielt sich ebenfalls die Hand vor den Mund, um ihre Emotionen zu bändigen. Dann sagte sie halbwegs gefasst: „Und ich ahne sogar, wo: Dort, wo sich der Wolf aufhielt."

„Gut möglich. Sie haben Recht!"

Konnte das sein? Er riss sich zusammen, zwang sich, die Angelegenheit sachlich und kritisch zu betrachten.

„Wissen Sie, Lilly, Neandertaler in Amerika ... Für die Wissenschaft ist das ein Tabu. Diese Geschöpfe besiedelten Europa, den Nahen Osten, Zentralasien und das westliche Sibirien. Und das war's. Die gängige Lehrmeinung besagt, dass sie nie einen Fuß auf diesen Kontinent gesetzt haben. Dafür gibt es null Hinweise, null archäologische Funde. Basta!"

„Es scheint jetzt aber so, dass es sie doch gibt. Basta!"

Walker strahlte sie an. „Wissen Sie, seit Jahren hat mich diese Frage immer wieder beschäftigt. Ich musste mich oft zurücknehmen, denn es gab nur Theorien, nichts Handfestes. Für einen anerkannten Experten ist es ratsam, sich in der Öffentlichkeit von der gängigen Lehrmeinung nicht zu weit zu entfernen, sonst läuft er Gefahr, als Verschwörungstheoretiker abgestempelt zu werden und riskiert seine Reputation."

„Ich bin nicht die Öffentlichkeit, Professor. Nur eine interessierte Biologin."

„Und was für eine!"

Er fragte sich, ob sie wohl liiert war und sie fragte sich, was sie an ihm so anziehend fand. Er war in absolut jeder Hinsicht spannend. Eine kleine Ewigkeit lang konnten die zwei ihren Blick nicht voneinander abwenden, elektrisierten sich gegenseitig, Gegenwehr sinnlos.

Lilly bändigte ihre Gefühle als Erste: „Damit ich es recht verstehe, Professor ... Wir, die modernen Menschen, haben es also vor Tausenden von Jahren bis hierher geschafft, die Neandertaler aber nicht?"

„Weil diese Menschenform – so die Lehrmeinung – zur Zeit der Besiedlung Amerikas bereits nicht mehr existierte. In Abhandlungen zum Thema steht es schwarz auf weiß: Unsere Cousins, die Neandertaler, starben vor rund dreißig- bis vierzigtausend Jahren aus. Die Denisovas könnten bis vor fünfzehntausend Jahren in Neuguinea überlebt haben. Dann sind auch sie verschwunden."

Lilly erkannte die Zerrissenheit in seiner Miene, umso mehr bemühte sie sich, die Zusammenhänge zeitlich einzuordnen.

„Der Jetztmensch, *Homo sapiens*, erreichte Nordamerika also erst, nachdem diese Frühmenschen bereits vom Erdboden verschluckt waren."

„Korrekt. Aber es gibt Gründe, daran zu zweifeln. Wann und wie die anatomisch modernen Menschen, die auch *Cro-Magnon* genannt werden, zum ersten Mal nach Amerika auswanderten, wird seit langem diskutiert und ist noch nicht fest umrissen. Als gesichert gilt nur, dass Amerika die letzte Landmasse der Erde ist, die besiedelt wurde."

„Das war vor etwa achtzehntausend Jahren, richtig?"

„Anscheinend schon wesentlich früher. Im Jahr zweitausendeinundzwanzig haben meine Kollegen in New Mexico eine unglaubliche Entdeckung gemacht. Im Tularosa-Becken, nahe dem Ufer eines alten Sees im *White-Sands-Nationalpark* im Süden der USA, fanden sie dreiundzwanzigtausend Jahre alte menschliche Fußabdrücke. Menschen haben Nordamerika also offensichtlich schon viel früher erreicht."

„Über die Beringstraße, korrekt?", sagte Lilly wie ein schlaues Schulkind. „Mein Vater erzählte mir, dass Beringia damals eine paradiesische Tundra-Graslandschaft war, in der riesige Tierherden und natürlich auch Raubtiere lebten – Beringia-Wölfe zum Beispiel."

„Das stimmt, die Jäger folgten den großen Herden und überquerten die Landbrücke – fünfzig Kilometer breit, fünfundachtzig lang – von der alten Welt zur neuen, von Ost-Sibirien nach Alaska. Heute liegt Beringia fünfzig Meter unter der Wasseroberfläche. Wir wissen aber, dass sie in den letzten einhundertvierzigtausend Jahren wiederholt begehbar war, weil entweder der globale Meeresspiegel zurückging oder eine Eisschicht sie bedeckte."

Lilly lauschte geduldig. Er war inspirierend, gefiel ihr sehr. Walker spürte das und es sprudelte weiter aus ihm heraus.

„Besonders spannend ist für mich die Tatsache, dass vor dreiundzwanzigtausend Jahren, als die Fußabdrücke entstanden, zwei riesige Eisschilde Nordamerika sehr lebensfeindlich machten. Daher war in dieser Zeit eine Wanderung von Alaska Richtung Süden unwahrscheinlich. Die Vorfahren der Menschen im *Tularosa-Becken* mussten die Beringbrücke demnach passiert haben, bevor die Gletscher entstanden, also vor mehr als sechsundzwanzigtausend Jahren. Nicht wenige Experten gehen davon aus, dass es vor über fünfunddreißigtausend Jahren zu ersten Zuwanderungen gekommen sein könnte."

„... zu der Zeit also, als Neandertaler noch existent waren."

„Richtig. Vor elftausendfünfhundert Jahren öffnete sich dann ein eisfreier Korridor innerhalb Amerikas und eine Wanderung von Alaska südwärts war möglich."

„Zuvor mussten sie aber erst einmal die weite Strecke bis Ost-Sibirien bewältigt haben."

„Wenn der *Homo sapiens* es schaffte, schaffte *Homo neanderthalensis* es allemal. Er hatte diesen kompakten, robusten Körperbau, der für ein kaltes Klima wie geschaffen war. Es ist schon bewiesen, dass er bis nach Sibirien vorgedrungen ist. Im Jahr zweitausendzweiundzwanzig fanden Wissenschaftler Überreste einer Neandertaler-Sippe in der sibirischen *Chagyrskaya-Höhle* in der Nähe der Mongolei – eine Grotte hoch oben im Berg mit tollem Weitblick. Von dort aus konnten die Jäger eine weite, paradiesische Ebene überschauen, auf der Herden großer Wildtiere weideten. Davon zeugen Überreste von Steinwerkzeugen und Bisonknochen. Und wenn es die Neandertaler bis dorthin geschafft haben, warum nicht auch bis nach Beringia? Warme Kleidung hatten sie und von Südwesten her bedrängte sie womöglich der sich ausbreitende moderne Mensch."

„Sie zogen nach Nordosten."

„Möglicherweise. Falls stellenweise Wasser zu überwinden war, stellte das auch kein echtes Problem dar. Ein Fluss, ein See oder eine Meerenge waren für sie kein Hindernis. Steinzeitmenschen konnten Australien vor sechzigtausend Jahren höchstwahrscheinlich nur als Seefahrer besiedeln – auf Flößen zum Beispiel. Und wenn die Distanz überschaubar war, schwammen sie. Sie schwammen gut. Das wissen wir auch von einer Population von Neandertalern, die vor etwa einhunderttausend Jahren in Italien lebten. Ihre deformierten Ohrknochen zeigen, dass sie unter einem Schwimmerohr litten. Sie tauchten metertief, um Muscheln zu suchen, die sie aßen und aus denen sie Werkzeuge herstellten."

„Wie so etwas hier?" Lilly streckte den Arm aus und stupste mit ihrem Zeigefinger keck auf die Riji um Walkers Hals. Dann schlug sie mit der flachen Hand leise auf den Tisch. „Da haben wir's also! Wir müssen uns ernsthaft fragen, ob diese Kreaturen wirklich ausgestorben sind. Alles fügt sich zusammen und seit heute gibt es sogar Indizien."

Walker rief einen Kellner und machte das Zeichen zum Zahlen. „Möglich, dass der Beringia-Wolf uns zu einer verschollenen Menschenform führt", flüsterte er.

Lilly grinste ihn zuckersüß an. „Es gibt nur einen Weg für uns, das herauszufinden."

Keine Zeit war zu verlieren. Walker setzte den *Akubra* auf und rückte ihn zurecht. „Wissen Sie, Lilly, Sie sind klug. Können Sie auch reiten?"

Die Sache war viel zu bedeutsam, um auch nur einen Augenblick zu zögern. Vom *Tuscany* fuhren sie umgehend zur nächsten Mall, um Vorräte für eine mehrtägige Trekkingtour einzukaufen. Dann ging es zum *Feron-Wolfspark*, wo in einem der Lagerräume ein Arsenal an Ausrüstung deponiert war: In hohen Regalen lagen Monturen für Arbeitskräfte, Gerätschaften für wissenschaftliche Expeditionen, Outdoorbekleidung, Messinstrumente, Kisten voll mit Werkzeug, Kameratechnik in Koffern, Reitsportzubehör und vieles mehr. Sie stellten zusammen, was sie für ihre Expedition benötigten. Lilly war zufrieden, dass Walker die Trekkingschuhe ihres Vaters passten.

„Dachte ich es mir – Sie haben seine Größe!"

„Habe ich auch seine Kragenweite?", scherzte Walker. „Er war als Wolfsflüsterer ja hoch angesehen."

„Der Wolf, *Canis lupus*, war sein Leben. Oft sagte er, er folge dem Ruf der Wildnis. Ich denke, er wäre gern mit uns gekommen."

„Das hätte mich gefreut."

Lilly wählte eine Nummer und zwinkerte Walker zu. „Onkel Miller, ich bin's, Lilly ... Alles roger? ... Ist dein Baby startklar? Ja, ich brauche dich ... Bestens! ... Großartig! ... Ja, die Wildnis ruft mal wieder! Haha – besser gesagt: Die Lachse rufen ... Nach Montana ... Ja, Montana! ... Ja, richtig, ist nicht gerade um die Ecke. Du kennst doch den Painted Rocks See. Kannst du auf ihm landen? ... Ja, schon diese Nacht – wenn möglich? ... Nur ein paar Tage ... Gut, im Morgengrauen an der Anlegestelle am Salzsee ... okay ... okay ... Mach den Tank schön voll, Onkel Miller. Bis nachher."

„Das ging aber ruckzuck", meinte Walker sichtlich beeindruckt.

„Ein alter Freund der Familie. Seit meiner Kindheit nenne ich ihn Onkel. Der netteste und beste Pilot, den ich kenne."

„Dann haben Sie mich noch nicht kennengelernt."

„Sie fliegen auch?"

„Helikopter und einmotorige Flugzeuge. Ein Wasserflugzeug war noch nicht dabei."

„Nicht übel!" Jetzt war es Lilly, die sich beeindruckt zeigte.

Fred half, Kleidung, Ausrüstung und Proviant in den Rucksäcken zu verstauen. „Wenn ich darf, komme ich gerne mit", bettelte er. „Ich kann euer Sherpa sein. Wir haben doch Tom, unser Wolfskind. Der kommt schon klar ohne mich."

Lillys Vater Leo Feron hatte vor vielen Jahren den strohblonden, autistisch veranlagten Sohn seiner Schwester in den Betrieb geholt und geduldig eingelernt. Tom, nur vier Jahre jünger als seine Cousine, doch bis zum heutigen Tag ein Kind geblieben, ging vollkommen in seinen mühsam angeeigneten Tätigkeiten auf. Zwar hatte er Schwierigkeiten, mit anderen Menschen zu sprechen, Gesagtes richtig zu interpretieren, Mimik und Körpersprache einzusetzen und zu verstehen, er war mit vielen Dingen schlicht überfordert. Doch er versorgte zuverlässig die Wölfe, die ihn liebten wie keinen anderen. Fast schien es, als ob die Tiere an Tom, gerade wegen seines seelischen Zustands, besonders hingen. Mit ihnen kommunizierte er intuitiv – eine außergewöhnliche Fähigkeit, die Lilly auf eine durch den Autismus bedingte Inselbegabung zurückführte. Wölfe waren Toms Wahlverwandtschaft, seine Familie, weshalb die Mitarbeiter des Parks ihn das ‚Wolfskind' nannten.

Am liebsten hielt er sich innerhalb des Timberwolfgeheges auf, wo er hin und wieder sogar heimlich übernachtete. Die zwölf Rudelmitglieder umschwärmten ihn unaufhörlich, jedes Tier wollte ihn persönlich in

Schutz nehmen. Nicht selten gab es Rangeleien um den besten Platz an seiner Seite. Vollkommen angstfrei stürzte er sich dann auf die streitenden Vierbeiner und rangelte mit. Kein einziges Mal wurde er bisher verletzt.

Menschenscheu wie er war, hauste Tom in Leo Ferons altem Wohnmobil, einem 1983er *Ford Econoline* Camper, noch funktionstüchtig, doch seit Jahren an einer ruhigen Seite des Gebäudekomplexes abgestellt. Auf dem Trittbrett des Campers sitzend, rasierte Lilly dem schüchternen Jungen regelmäßig die hellen Haare so kurz, dass er wie ein goldiges Küken aussah und versorgte ihn mit Getränken, Essen, Kleidung und allem, was er brauchte. Das war nicht viel, nie hatte er Wünsche, Besitz bedeutete ihm nichts. Die Tiere und der Wald genügten ihm, füllten ihn aus und beruhigten seine Seele.

Täglich streunte er durch die Gegend, erschien mal hier, mal dort wie ein Geist, niemand wusste jemals, wo er sich gerade aufhielt, er war überall und nirgends, aber alle hatten ihn in ihr Herz geschlossen. Tom war die gute Seele des *Feron-Wolfsparks*.

Mit beiden Händen ergriff Lilly Freds Schultern, der sie mit seinem bettelnden Hundeblick ansah, um sie zu erweichen.

„Hab Dank, Rotschopf, aber ich brauche dich hier", sagte sie eindringlich. „Du weißt doch, dass unser Wolfskind in vielen Situationen hilflos ist. Jetzt kannst du zeigen, was ich dir beigebracht habe. Die Fleischkammern sind gut gefüllt. Tom bleibt im Außenbereich, um die Rudel im Auge zu behalten. Über das Walkie-Talkie könnt ihr euch immer erreichen. Du bist die Basis und hältst in der Zentrale die Stellung. Halte Besucher fern, wenn möglich. Wahrscheinlich wird Stan Hardy hier aufkreuzen. Sag ihm einfach, wir sind auf Wolfsafari und in ein paar Tagen zurück!"

Fred war geknickt, riss sich aber zusammen. „Na gut, Boss. Ich hoffe, Sie finden noch mehr Beringia-Wölfe. Werde hier die Stellung halten, das Haus hüten, die Kühltruhe leerfressen ... Verlassen Sie sich auf mich, Ms. Feron."

„Das tue ich, Freddy. Und noch eine Bitte: Wir werden bereits am Vormittag den See erreichen. Es wäre großartig, wenn du diesen Trapper dazu bringst, uns dort zu treffen und uns die Stelle zu zeigen, wo er den Wolf sah. Vielleicht bringen wir es ja gemeinsam fertig, ein paar Wildkameras zu installieren und Fotos von einem ganzen Rudel zu schießen, falls es existiert. Na ja, das wäre jedenfalls genial!"

„Geht klar, Boss. Ich kann mir gut vorstellen, dass er mitmacht. Er hat dick aufgetragen. Das wäre seine Chance, es zu beweisen."

„Bingo! Du bist mir eine große Hilfe, Dicker", lobte sie ihn. „Und außerdem mein bester Praktikant."

„Bin ja auch der einzige!"

Fred musste nicht in alle Details eingeweiht werden. Die mögliche Existenz eines Neandertalers hätte ihn nur verstört. Die Angelegenheit war brisant, Diskretion ratsam.

Für Walker wurde es Zeit, zurück zur Uni zu fahren. Seine Abendvorlesung war für neunzehn Uhr angesetzt. Er trat auf den Hof, dachte angestrengt nach. Irgendwo tief im Innern, fühlte er, war noch etwas, das er vor der Exkursion erledigen musste – nur was? Das vage Gefühl konkretisierte sich nicht. Er schloss die Augen, atmete frische Waldluft, lauschte in sich hinein und auf einmal war ihm, als höre er eine *Songline* seiner Ahnen. Die Stimmen des Wandergesangs beschrieben die schneebedeckten Berge der australischen Alpen, ihre Kälte, ihr Eis ... Da wusste er, was zu tun war.

Das Navigationssystem des *Wranglers* lenkte ihn über die dunklen Waldstraßen und den Highway auf dem schnellsten Weg zum Universitätsgelände. Problemlos passierte er den Sicherheitsdienst, dem er seinen Professurausweis vorzeigte. Mit seiner Chipkarte und einem

Daumen-Scan verschaffte er sich Zugang ins Innere des *Labors für Evolutionäre Genetik.*

Im Eisschrank mit dem Schild „Cindy Klein" fand er, umhüllt von einer doppelten Sterilpackung, wonach er suchte.

16

Walkers abendlicher Vortrag über die ‚Wurzeln der Menschheit' verlief turbulenter als erwartet. Die Studentenschaft erwies sich als lebendige, fröhliche Truppe von wissbegierigen Möchtegern-Abenteurern. Es machte ihm große Freude, sie für das Thema zu begeistern, das ihn selbst fesselte.

Seine eigene Leidenschaft für die Stammesgeschichte der Menschheit wuchs seit der Besichtigung der Felsmalereien in Kimberley bis zum heutigen Tag. Mit wachsendem Kenntnisstand bekam er eine immer genauere Vorstellung unserer geheimnisvollen Vorfahren. Details über ihre Kultur und Anatomie machten sie fast real und sie begegneten ihm in vielen seiner Träume.

„Wisst ihr, lange Zeitspannen machen es der Paläoanthropologie schwer, denn die Zeit verwischt alle Spuren – na ja, *fast* alle. Dank neuer Technologien werden archäologische Funde heute wesentlich effektiver ausgewertet als noch vor wenigen Jahrzehnten. Ein Beispiel ist die Ausgrabung eines winzigen, sechzigtausend Jahre alten Knöchelchens in einer Höhle im sibirischen Altaigebirge im Jahr zweitausendacht. Die Auswertung des daraus extrahierten genetischen Materials offenbarte, dass es sich um das Fingerglied eines etwa dreizehn Jahre alten Mädchens handelte, das weder eine Neandertalerin noch ein anatomisch moderner Mensch war. Sie war ein Denisova-Mensch, eine weitere Menschenform, die im asiatischen Raum einige hunderttausend Jahre lang genetisch weitgehend isoliert existierte. Entsprechend eigenständig war die evolutionäre Entwicklung dieser Hominiden.

Neandertaler, Denisovas, Homo sapiens – sie unterschieden sich stark voneinander, was jedoch nicht verhinderte, dass es vor rund fünfzigtausend Jahren zur gemeinsamen Zeugung von Nachwuchs kam. Das Resultat sind wir. DNA lügt nicht. Wir alle in diesem Raum tragen Erbanlagen dieser drei unterschiedlichen Menschenformen in uns."

„Machen sich diese Erbanlagen denn irgendwie bemerkbar?", fragte ein Student mit roten Haaren und Sommersprossen.

„Oh ja, und zwar ganz deutlich und in vielerlei Hinsicht. Ihre Gene haben zum Beispiel einen Einfluss auf unsere Fähigkeit, Fett effektiv zu verwerten oder Gifte abzubauen und auch auf unsere Pigmentierung: Einige von uns – so wie Sie – haben die helle Haut und die rötlichen Haare der Neandertaler. Und falls irgendjemand hier ein Frühaufsteher ist ... Das ist ihnen ebenfalls zuzuschreiben. Interessant ist auch die Fähigkeit der Menschen in Tibet, sich an das sauerstoffarme Hochland anzupassen. Das verdanken die Tibeter dem Genpool des Denisova-Menschen, der diese Region bereits vor einhundertsechzigtausend Jahren, lange vor dem *Homo sapiens,* erreichte und sich daran gewöhnte."

„Weiß man auch, was Neandertaler fraßen – sorry: aßen?"

Walker wusste, dass Sachverhalte, die unter die Haut gehen, Zuhörer besonders begeisterungsfähig machen. Er zog ein angeekeltes Gesicht. „Ich denke, so genau wollt ihr das gar nicht wissen."

Alle lachten und waren umso brennender an seiner Antwort interessiert.

„Sie waren Allesfresser, Omnivore, sie aßen bestimmte Tiere, Pflanzen und Pilze. Von einem erlegten Rehbock blieb kaum etwas übrig, gewöhnlich wurde er komplett verwertet. Da gibt es diese Analyse pflanzlicher Rückstände im Zahnschmelz der Neandertaler. Sie beweist, dass sie bevorzugt den vorverdauten Mageninhalt des erlegten Wildes verspeisten, um an bestimmte Nährstoffe zu gelangen. Womöglich gefiel ihnen sogar das Aroma. Angeblich hat es etwas Käsiges an sich. Na ja, vielleicht passt es toll zu halbverwestem Aas. Ob sie Aasfresser waren, wissen wir allerdings nicht. Sicher ist, dass sie wahnsinnig gerne grillten, und zwar alles, was nicht schnell genug weglaufen konnte."

Solch schaurig-schöne Details verzückten Walkers Zuhörer ungemein. Sein Repertoire an faszinierenden Geschichten und Einblicken war unerschöpflich. Doch heute konzentrierte er sich auf einen für dieses Studium fundamentalen Sachverhalt.

„Wenn wir, liebe Studenten, uns *Mensch* nennen, wer sind wir dann? Sind wir *Homo sapiens*? Nein, nicht ausschließlich! Ich möchte euch von einer Wanderung erzählen, die zur verhängnisvollsten Begegnung der Menschheit führte.

Nachdem sich in Afrika *Homo sapiens*, der anatomisch moderne Mensch, als eigenständige Art der Gattung *Homo* aus *Homo erectus* entwickelt hatte, wandert ein Teil dieser Geschöpfe in Gruppen von Jägern und Sammlern in mehreren Auswanderungswellen die Küsten entlang Richtung Eurasien. Vor siebzigtausend Jahren erreichen sie Südostasien, Australien und Nordafrika, vor rund fünfzigtausend Jahren erreicht eine große *Homo sapiens*-Population das heutige Europa.

In Eurasien finden folgenschwere Begegnungen statt: *Homo sapiens* stößt auf die andersartigen vormodernen Menschenformen: Neandertaler und Denisova-Mensch. So grundverschieden sie sind, teilen sie sich denselben Lebensraum. Es ist anzunehmen, dass es Feindschaft unter ihnen gibt, wir wissen es nicht. Sicher ist, dass sich einige untereinander verpaaren.

Neandertaler und Denisovas beherrschen das Ökosystem Eurasiens also bereits seit ein paar hunderttausend Jahren, während der anatomisch moderne Mensch nach und nach in dieselben Landstriche einwandert. Bis zu seinem Eintreffen sind sie die unangefochtenen Spitzenprädatoren der Nahrungspyramide, sind versierte Jäger, sind viel schlauer, als ihr Erscheinungsbild vermuten lässt.

Unser Wissen über sie wird stetig umfangreicher. Sie als stupide zu bezeichnen, ist veraltet und unzutreffend. Ihr Gehirn ist mindestens ebenso groß wie das heutiger Menschen. Sie haben eine Sprache, stellen raffinierte Werkzeuge aus diversen Naturmaterialien her, sie jagen im Team, fertigen Kleidung und Schmuck, sie beherrschen die komplizierte Herstellung von Birkenpech, des Klebstoffs der Steinzeit, Sippenmitglieder werden umsorgt und vermutlich glauben sie bereits an ein Jenseits, denn sie bestatten ihre toten Brüder und Schwestern.

Die *El Sidrón* Höhle im Norden Spaniens bewohnen Neandertaler über einen erstaunlichen Zeitraum von mehreren zehntausend Jahren. Im Belag einiger dort ausgegrabener Zähne haben Wissenschaftler unlängst Substanzen mithilfe eines Massenspektrometers detektiert, die uns spannende Details über ihre Essgewohnheiten verraten. Auf ihrem Speiseplan steht nicht nur rohes Fleisch, sondern auch Geräuchertes, Gekochtes und Gewürztes. Sie verspeisen unterschiedlichste Pflanzen der Wildnis, darunter auch stärkehaltige wie Knollen oder wilden Weizen.

Und da wir wissen, dass auch sie über das Gen verfügen, welches uns Bitterstoffe schmecken lässt, ist es aufschlussreich, Bestandteile von Kamille und anderen bitteren Pflanzen nachzuweisen. Kamille nämlich hat keinen Nährwert, keinen physiologischen Wert, sie stellt unserem Körper bei der Nährstoffverwertung keine Energie zur Verfügung. Die Neandertaler aber kauen die bittere Blüte trotz ihres abstoßenden Geschmacks, weil sie eine heilende Wirkung hat. Unsere erstaunlichen Cousins kennen demnach Heilpflanzen, nutzen sie und geben ihr Wissen an andere weiter.

Ihr robuster, muskulöser Körper benötigt, verglichen mit uns, zur Energieversorgung die doppelte Menge an Kalorien. Trotz enormer Kraft sind sie ungeheuer feinfühlige und leichtfüßige Jäger, die auf der Pirsch koordiniert und strategisch vorgehen. Im Verbund mit dutzenden Sippenmitgliedern bezwingen sie selbst das größte Landsäugetier des

Pleistozäns, den Europäischen Waldelefant. Die Elefantenbullen erreichen eine Schulterhöhe von über vier Metern bei einem Lebendgewicht
von elf Tonnen. Damit sind sie fast doppelt so schwer wie die heute
lebenden Afrikanischen Elefanten.

Als Jagdbeute stellen die kolossalen Rüsseltiere ungleiche Gegner
dar. Doch bestens koordiniert, treiben die Frühmenschen sie in Gruben
oder Moore. Das anschließende Zerlegen über mehrere Tage hinweg
ist Schwerstarbeit, die sich aber lohnt: Ein einzelnes Exemplar lie-
fert vier Tonnen Frischfleisch, das am Feuer getrocknet und dadurch
haltbar gemacht wird, was Kohlereste in unmittelbarer Nähe der
Ausgrabungen nahelegen. Über Wochen hinweg ernähren sich hunderte Sippenmitglieder von einem einzigen dieser Giganten.

Neandertaler sind kaum die schwerfälligen, trägen Höhlenbewohner,
als die sie noch im zwanzigsten Jahrhundert dargestellt werden. Sie
schwimmen und tauchen, beherrschen sogar die Seefahrt, nehmen
einige Wissenschaftler an."

Walker hielt inne. Der Gedanke an die Seefahrt beschäftigte
ihn seit Jahren. Bekannt ist, dass mehrere Inseln Griechenlands von
Neandertalern besiedelt wurden, obwohl sie vom Meer umschlossen waren. Und auch *Flores* konnte von *Homo erectus* damals nur mit
Wasserfahrzeugen erreicht werden. Wohin konnten diese Wesen noch
gelangt sein, wenn die Reise über das Wasser für sie möglich war?

Er schloss seine erste Lesung mit einem Gedankengang, der ihn
in den vergangenen Jahren immer wieder beschäftigt und zu weiterer
Forschung motiviert hatte:

„Die Gründe und der Zeitpunkt des Aussterbens unserer archaischen Verwandten sind bis heute nicht eindeutig geklärt. Neue
Forschungsergebnisse korrigieren fortlaufend das Bild der Wissenschaft.
Galten die Frühmenschen gestern noch als seit fünfunddreißigtausend Jahren ausgestorben, finden wir heute Belege, dass noch vor rund

zwanzigtausend Jahren ein Genfluss vom Denisova-Menschen zu uns stattfand.

Was werden wir morgen herausfinden? Nun, da sind wir offen. Die Wissenschaft versteckt sich nicht vor neuen Erkenntnissen, sie sucht nach ihnen, denn dazu ist sie da!"

Am Ende des Vortrags wurde Walker noch mit vielen Fragen bombardiert. Alle liebten seine formlose, lockere Art, und so wollte er es.

Die Lesung bereitete auch ihm selbst Vergnügen, dabei hatte er ständig die bevorstehende Expedition im Hinterkopf. Selbstverständlich verbat es sich, darüber zu sprechen. Diskretion war jetzt das A und O.

17

Als Lilly den Salzsee erreichte, war Onkel Miller intensiv mit der Vorflugkontrolle beschäftigt. Gewissenhaft prüfte er die Tragflügel, den Propeller, die beiden Schwimmer samt Wasserrudern, die Kraftstoffmenge, die Tankbelüftung und alle Lichter. Nebenbei scherzte er mit ihr, sie solle sich bloß niemals einem Mann anvertrauen, sei doch ohnehin keiner gut genug für sie. Zu seiner Überraschung erwiderte sie, sie sei sich diesbezüglich seit heute nicht mehr so sicher.

Nachdem die Expeditionsausrüstung verstaut war, verriegelte Miller den Gepäckraum und putzte die Flugzeugfenster. Ständig musste Lilly an den Professor denken, der so spät noch seinen Vortrag hielt und sich anschließend wegen fehlender Ortskenntnisse über das Navi zur Abflugstelle leiten ließ. Ohne ihn, gestand sie sich ein, hätte sie sich kaum auf dieses Abenteuer eingelassen. Mehr noch wurde sie den Gedanken nicht los, dass sie sich mit diesem Mann auf jedes Abenteuer einlassen würde.

Endlich sah sie die Scheinwerfer des *Wranglers* auf sich zukommen. Noch vor Sonnenaufgang saßen sie im geräumigen Mehrzweckflugzeug, einer *Cessna 208 Caravan Floats*. Miller hob vom großen Salzsee ab, nach dem Utahs Hauptstadt benannt ist, ließ das Gewässer hinter sich und folgte dem Verlauf des *Veterans Memorial Highway* tief unter ihnen in nördlicher Richtung. Der Flug in der blau-weißen Maschine würde rund zwei Stunden dauern. Aufgrund der klobigen Schwimmer erreichte sie lediglich eine Höchstgeschwindigkeit von etwa dreihundert Stundenkilometern, Miller aber genoss sein entschleunigtes Leben. Das Wort *Eile*, pflegte er zu sagen, habe er an seinem sechzigsten Geburtstag offiziell aus seinem Vokabular gestrichen, nachdem er sich über Jahrzehnte hinweg als Pilot für Flugschulungen, Luftfracht und humanitäre Missionen einen Namen gemacht hatte. Eine *Cessna* ist äußerst vielseitig einsetzbar und auch seine war für diverse Zwecke mehrfach komplett umgerüstet worden. Für den Ruhestand schließlich hatte er sein Schätzchen im Innern fein herausgeputzt, die Wände mit Spanntuch verkleidet, angenehme Beleuchtung installiert, Flachbildschirme, polierte Klapptische und sechs komfortable Ledersitze eingebaut. Damit sprach er eine neue Klientel an: Fortan buchten ihn bevorzugt ausgebrannte Investmentbanker und erlebnishungrige Millionärswitwen für ihre persönlichen Abenteuer. Einige Aufträge nahm Miller gerne an, andere lehnte er umso lieber ab – wie es ihm gerade passte. Nicht selten entschied er sich gegen das einträgliche Geschäft zugunsten des zwanglosen Angel-Wochenendes am See.

„Im Alter geht es mehr ums Herz", pflegte er zu sagen. „Weniger um den Geldbeutel."

Höher und höher stiegen sie. Bald erreichten sie das riesige Gebiet der nördlichen Nationalparks, die der in die Jahre gekommene Flugveteran wie seine Westentasche kannte. Im Osten lagen *Bridger-Teton* und *Yellowstone*, im Westen *Salmon-Challis* und *Payette*. Die Stimmung im Flugzeug war ausgelassen. Miller kramte in seinem Schatz von Erinnerungen, erzählte von spektakulären Notlandungen, heiklen Rettungsaktionen und einem unvergesslichen Erlebnis mit seinem alten Freund Leo, Lillys Vater.

„Leo war beinahe selbst schon ein Wolf, kannte diese Tiere in- und auswendig. Einmal ließ er mich drei eiskalte Tage und Nächte in meiner *Cessna* in Colville zurück, weil er sich verdammt noch mal nicht von einer verletzten Wölfin trennen wollte. Die bekam im Wald Junge und starb darauf. Als Leo schließlich am See auftauchte, hatte er zwei winzige Welpen in den Manteltaschen. Sie waren noch taub und blind. Wir nahmen die Nesthocker mit zum Wolfspark, wo er sie, gemeinsam mit dir, Lilly, aufzog, richtig?"

„Einer der beiden lebt noch. Er heißt Romulus und ist stolze siebzehn Jahre alt."

„Remus ist also gestorben", folgerte Walker.

„Richtig, so hieß der andere. Schlauer Professor", witzelte sie.

Das Wasserflugzeug überflog eine farbenprächtige Berglandschaft.

„Da sind sie auch schon, die Painted Rocks", rief Miller. „Die bunten Felsen da unten bestehen aus Granit und Rhyolith. Ihre Farbschattierungen kommen von den grünen, gelben und orangefarbenen Flechten, die sie bedecken."

Er holte sich per Funk Informationen über Wind und Wetter und die Verkehrslage ein. Die ganze Zeit über flog er nur auf Sicht, so mühelos und unverzagt, als würde er ein Spielzeug steuern.

„Und da liegt der Painted Rocks See. Na ja, eigentlich ist es ein Staudamm."

Zur Orientierung machte Miller eine große Runde über dem Gewässer, dann ging er in den Sinkflug, setzte elegant auf der Wasseroberfläche auf und bewegte das Flugzeug an einen Anlegesteg. Er half noch beim Ausladen und versprach, sich für den Rückflug bereitzuhalten. Zum Abschied umarmte Lilly ihn, dankte ihm und gab ihm einen Kuss auf die Wange. Walker bedankte sich ebenfalls herzlich.

„Passen Sie gut auf sie auf", bat Miller ihn in ernstem Ton und schüttelte ihm kräftig die Hand.

„Gewiss. Keine Sorge, Sir! Ich revanchiere mich gern mit einem Flug über das Outback – falls Sie mal ein paar Tage frei haben."

„Sie fliegen selbst?"

„Das tue ich. Mit großem Vergnügen." Walker zwinkerte ihn freundlich an und lupfte respektvoll den Hut.

„Holm- und Rippenbruch, Onkel Miller!", rief Lilly ihm zu.

Ein Reiter in beigefarbener Tarnkleidung, der drei weitere Pferde führte, näherte sich dem Anlegesteg.

18

Sie winkten der startenden blau-weißen *Cessna* noch eine Weile hinterher, dann wandten sie sich dem Reiter zu, der die Pferde am Anlegesteg anband und Wasser in seine Schläuche füllte. Dem untersetzten Mittfünfziger mit braunem Backenbart zitterten deutlich die Hände, er roch unangenehm nach Whisky und Schweiß.

Als Fred ihn angerufen hatte, um zu fragen, ob er an einer spontanen Expedition interessiert sei, hatte Stolin prompt zugesagt. Es war seine Chance auf Rehabilitierung. Im Bekanntenkreis hatte er sich mit seiner Wolfsstory gehörig blamiert, niemand kaufte sie ihm ab. „Das war ein Waschbär, kein Beringia-Wolf", machten sie sich über ihn lustig. „Oder ein Kaninchen." Weil er unbeliebt war, wurden bereits Wetten gegen ihn abgeschlossen, was ihn in Zugzwang brachte, einen Nachweis zu erbringen. So kam ihm Freds Vorschlag, mit einer Wolfsexpertin zusammenzuarbeiten, sehr gelegen. Ihre Expertise könnte ihm nützlich sein, das Tier aufzuspüren und sachgemäß zu bestimmen. Der Pelz gehörte ihm dann obendrein.

Dass ebendieser Wolf vor zwei Tagen sechshundert Kilometer weiter südlich überfahren worden war, ahnte er nicht und brauchte es auch nicht zu wissen.

„Sie haben Glück!", sagte Frank Stolin zur Begrüßung. „Habe die Woche frei." Ungeniert stierte er auf Lilly, Walker warf er einen herablassenden Blick zu. Schon beim ersten Wortwechsel wurde klar, dass er den Wolf im Falle einer erneuten Sichtung abzuschießen gedachte. „Wir haben hier schon mehr als genug von diesen Viechern", beklagte er sich, „und welche, die seit langer Zeit ausgemerzt sein sollten, brauchen wir schon gar nicht."

Eine ebenso zynische wie klare Ansage! Die beiden wussten Bescheid. Fortan mussten sie wachsam sein und besonnen mit diesem Mann umgehen. Nur er konnte sie zu der Stelle führen, wo er dem Tier begegnet war, doch mit dieser Einstellung ging eine Gefahr von ihm aus, der mit Klugheit und Vorsicht zu begegnen war.

Walker lobte ihn für seinen Mut und bedankte sich für die Bereitstellung der Pferde. Um die Beringia-Wölfe machte sich der Australier wenig Sorgen, denn die Chance, einem weiteren dieser seltenen Tiere zu begegnen, war gering. Falls doch, würde er allein Lilly zuliebe alles tun, den Abschuss zu vereiteln. Vor allem aber ging es darum, Neandertalern, die möglicherweise in diesem Gebiet jagten, auf die Spur zu kommen.

Lilly war das ebenso bewusst. Trotzdem bemühte sie sich, dem Fallensteller zu erklären, dass es für seinen Ruf vorteilhafter sei, der Öffentlichkeit Bilder eines lebenden anstatt eines toten Beringia-Wolfs zu präsentieren.

„Sie sind doch schlau, Mr. Stolin", meinte sie kühl. „Machen Sie sich die Hände nicht schmutzig! Seien Sie der gute Naturbursche, der seltene Arten beschützt. Sie werden sicherlich gelobt, wenn Sie dieses prähistorische Tier entdeckt haben. Das sorgt garantiert für Furore, nicht nur unter Ihren Freunden, sondern auch bei der Presse."

„Ms. Feron hat Recht", pflichtete Walker bei. „Sie werden als wahrer Held in die Geschichte Montanas eingehen."

Stolin musste zugeben, dass ihm diese Version mindestens so gut gefiel wie die Abschussversion. Er würde es sich noch überlegen, sagte er und erzählte, was sich bei der Sichtung des Beringia-Wolfs ereignet hatte:

„Der Wolf hatte Schwein", verkündete er verbittert. „Ich wollte ihn abknallen, doch irgendwas hat mich daran gehindert. Werde es nicht vergessen."

„Was ist passiert?"

„Also, ich sitze auf dem Pferd, reite durch die verdammte Landschaft, und plötzlich taucht er vor mir auf. Ich kenne Grauwölfe, will ich meinen, habe schon einige erlegt. Aber dieser ist anders. Er sieht aus wie eine der Bestien, die im *Beringia-Museum* in Yukon ausgestellt sind. Sofort nehme ich ihn sorgfältig aufs Korn. Doch kurz vor dem Schuss höre ich einen Schlag und mein blöder Gaul steigt, als hätte ihn eine Tarantel gestochen. Bis heute weiß ich nicht, was zum Teufel das war. Seine Vorderläufe gehen in die Höhe. Fast wirft der Mistkerl mich ab. Normalerweise bleibt er ruhig, selbst wenn ein Mords-Grizzly aufkreuzt."

„Was war das nur? Was hat Ihr Pferd denn so wild gemacht?"

„Habe keinen Schimmer. Hatte nur ein echt blödes Gefühl. Als wären wir nicht allein. Verstehen Sie? Als wäre da noch jemand."

Lilly und Walker nickten sich flüchtig zu.

„Na ja, als sich mein Gaul endlich beruhigt hat, war der Wolf schon verschwunden. Wie gesagt, er hatte Schwein. Ist noch mal davongekommen!"

Die drei machten sich daran, ihre Ausrüstung auf dem Packpferd zu verschnüren. Anschließend breitete Stolin eine große Landkarte auf dem Boden aus. Mit einem roten Stift markierte er ein Gebiet, das etwa fünfzig Kilometer in nordwestlicher Richtung lag. Es befand sich in den Bergen der *Selway-Bitterroot-Wilderness*, eines der größten ausgewiesenen Wildnisgebiete der Vereinigten Staaten. Stolin ging näher an die Karte heran, suchte sie ab und drückte schließlich mit seinem langen, schmutzigen Fingernagel ein kleines Kreuz in das Papier.

„Ich glaube, da war es", sagte er. „Können gleich aufbrechen. Hoffe, Sie sind keine Anfänger, was das Reiten angeht. Wir werden wohl zwei, drei Tage im Sattel sitzen und keiner Menschenseele begegnen. Wissen Sie, hier unten am See gibt es noch vereinzelt Campingplätze, Standorte für Wohnmobile, eine Bootsrampe und eine Anlegestelle. Aber da oben ist nur die elende Wildnis. Viele tausend Quadratkilometer nichts als verdammte Wälder und Berge. Da leben Elche, Weißwedelhirsche und Dickhornschafe. Und natürlich auch Bären, Kojoten und Wölfe. Sagen Sie's gleich, falls Sie nicht gut zu Pferd sind."

Walker hatte sich bereits mit einem Satz auf den gescheckten Mustang geschwungen, schob lässig seinen *Akubra* in Position und führte ihn gekonnt einmal um seine eigene Achse, ohne sich vom Fleck zu bewegen. Beweis genug! Anschließend klopfte er seinem Pferd sanft auf den Hals und raunte ihm etwas in der Sprache seiner australischen Ahnen ins Ohr.

Lilly stieg ebenfalls auf, schnalzte mit der Zunge und lenkte ihre hellbraune Stute routiniert zum schmalen hölzernen Anlegesteg. Mit einem Satz sprang sie darauf, trabte bis ans Ende, machte eine Pirouette auf kleinstem Raum und galoppierte wie der Teufel zurück zu den Männern.

„Sie ist folgsam und wunderschön", schwärmte sie. „Eine Morgan-Stute, nicht wahr?"

„Gut erkannt. Dann wollen wir mal", rief Stolin, sichtlich zufrieden über die gelungene Demonstration.

Zwei Stunden später waren die drei Reiter umgeben von duftenden Kiefernwäldern, schroffen Felsen und malerischen Schluchten. Hoch über der überwältigend schönen Gebirgslandschaft machten sie am strahlend blauen Himmel Wanderfalken aus. Nur hundert Meter vor ihnen trottete ein gewaltiger Elch seelenruhig ins Gehölz und an einem Bergsee, voll von Forellen, gingen Kanadareiher und Weißkopfseeadler auf Fischfang.

Am Mittag legten sie eine erste Rast ein. Walker versorgte die Pferde. Lilly hatte sich Stolins topografischen Plan geborgt und faltete ihn auf dem Boden auseinander. Der Trapper suchte derweil nach eventuell beschädigten Patronen in seinem Etui und überprüfte sein Jagdgewehr. Er vergewisserte sich, dass der Verschluss des Gewehrs Spiel hatte und der Büchsenlauf die nötige Präzision gewährleistete. Der Fallensteller schwärmte von seiner Repetierbüchse, als sei sie sein Fleisch und Blut. Die technischen Details kannte er in- und auswendig.

Eine *Ruger American Rifle Predator* hat einen sechsundfünfzig Zentimeter langen freischwingenden Stahllauf, kaltgeschmiedet, präzise und langlebig. Sie verfügt über ein Mündungsgewinde für Schalldämpfer. Serienmäßig ist eine *Picatinny-Schiene* montiert, die das Installieren eines Zielfernrohrs vereinfacht, so konnte Stolin aus sicherer Entfernung auf lukrative Jagdtrophäen und alles schießen, das ihm etwas einbrachte.

Wegen ihres günstigen Preises sah er gern über die kleinen Schwachstellen seiner *Ruger* hinweg, was er aber für sich behielt. Gelegentlich gab es leichte Zuführungsprobleme, wenn das Magazin nicht oft genug gereinigt wurde. Um dem entgegenzuwirken, säuberte er sie regelmäßig. Er gewöhnte sich an die häufige Pflege seiner Repetierbüchse, was seine innige Beziehung zu ihr noch vertiefte. Gern sah er über ihre kleinen Makel hinweg, verdankte er ihr doch ein sattes Zubrot. Abends im Bett küsste er ihren kühlen Stahllauf und schlief an ihrer Seite ein.

Der Trapper nahm eine Patrone der Länge nach zwischen Daumen und Zeigefinger und besah sie sich von Nahem. Sie war ein ganz besonderes Schätzchen: Kupfer-Aluminium-Legierung, Kaliber *223 Remington*, relativ leicht, so konnte er mehr Munition auf seine Jagdausflüge mitnehmen. Außerdem war der Rückstoß geringer – ein nicht zu unterschätzender Vorteil bei häufigem Gebrauch. Für ihn glich das Projektil einer technischen Meisterleistung.

Besonders beeindruckte ihn die Beschreibung eines Waffenhändlers. Da hieß es: „Die Polymerspitze der Patrone und der darunter liegende Hohlraum sorgen für eine hohe Präzision und eine kontrollierte, gleichmäßige Expansion im Wildkörper" – seiner Meinung nach war das geradezu poetisch formuliert und obendrein absolut zutreffend. Die Einschussstellen schienen in der Tat extrem gleichmäßig, was ihn immer wieder stolz machte. Im Körper des vom Aussterben bedrohten Beringia-Wolfs würde es nicht anders sein, freute er sich bereits.

Stolins topografischer Plan, sah Lilly auf den ersten Blick, gab nicht viel her. Sie kannte sich gut mit Landkarten aus; ihr Vater hatte sie schon als Kind mit unterschiedlichen Varianten vertraut gemacht. Das Bild dieses Plans nun war besonders detailarm und unzuverlässig. Der Trapper verwendete eine ungenaue, digital hergestellte Karte. Wie so oft bei modernen Landkarten war es fast unmöglich, die Wesensmerkmale der Landschaft eindeutig zu erkennen.

In diesem Fall hatten die grafischen Bearbeiter die gegebenen Daten zudem ohne ausreichende örtliche geografische Kenntnis umgesetzt. Ein Abgleich der Details war in weiträumigen, verlassenen Gegenden wie dieser ja auch kaum möglich. Diese Landkarte half also reichlich wenig, dabei stellte sie die einzige Möglichkeit zur Orientierung dar.

Während Stolin Gewehr und Zubehör verstaute, kam Walker von den Pferden herüber und zeigte Lilly ein Bild auf seinem Smartphone. Es war ein scharfes Foto der mysteriösen Gravur auf der abgeflachten Seite der Knochenklinge. Walker hatte es in seiner Pantryküche im Makromodus aufgenommen und den Kontrast per Digitalfilter verstärkt.

„Sieht das hier nicht ebenfalls wie eine miniaturisierte Landkarte aus?", fragte er sie. Er legte das Handy auf den großen Plan. „Vielleicht ist es ja ein bestimmter Ort, der unserem entfernten Cousin besonders wichtig ist."

„Du meinst, eine Art geografische Symbolik?", fragte Lilly.

„Möglicherweise."

„Also, gehen wir mal davon aus, dass das eine Miniaturkarte ist und der Speerwerfer den Beringia-Wolf in diesen Bergen jagte …"

„... dann könnte es theoretisch irgendwo eine Übereinstimmung beider Darstellungen geben", beendete Walker den Satz. „Dann müssten wir die Anordnung der eingravierten Symbole irgendwo auf dieser Bitterroot-Karte wiederfinden."

„Stolins Karte ist mies", sagte Lilly enttäuscht. „Sie zeigt nur das Gelände, durch Höhenlinien dargestellt und ein paar andere Strukturen. Man kann nur mutmaßen: Das hier ist vielleicht ein Gipfel, das ein Gebirgssattel, das ein See und das ein Flussverlauf. Doch es sind nur Vermutungen, wir haben keine Gewissheit, weil es keine eindeutigen Orientierungspunkte gibt und zu wenig Details."

„Straßen, Ortschaften, Wasser- oder Stromleitungen existieren in dieser Wildnis ohnehin nicht. Also müssen wir mit dem Bisschen zurechtkommen, das wir haben."

Beide erschraken, denn Frank Stolin stand direkt hinter ihnen und blickte auf sie hinab.

„Was auszusetzen?", fragte er provokant. „Habe keinen besseren Plan. Wenigstens ist der Maßstab groß: eins zu fünfzigtausend. Los, klappen Sie ihn auf!"

Der Australier half Lilly, das große Papier komplett auszubreiten und legte auf jede Ecke einen Stein.

Stolin wurde misstrauisch: „Was für ein seltsames Ding ist das auf Ihrem Handy?"

Er hatte es gesehen, Walker musste ihn einweihen, doch er verriet nur die halbe Wahrheit: „Es ist von meinem Cousin. Er ist dem Beringia-Wolf ebenfalls begegnet. Wir fragen uns, ob es eine Miniaturkarte ist."

Stolins Blick verfinsterte sich. „Ihr Cousin? Hören Sie, das hier ist keine Schnitzeljagd! Was treibt Ihr Cousin sich in dieser Einöde rum? Spielt er ein Spielchen mit uns? Hören Sie mir gut zu! Ich lasse mich nicht zum Narren halten, kapiert? Ich will nur den Wolf ausfindig machen, ist das klar?"

Lilly gelang ein deeskalierendes „Keine Sorge, Mr. Stolin."

Walker kniete sich dicht neben sie, drehte sein Telefon herum, vergrößerte das Foto und zeigte auf einzelne Symbole der Gravur. „Nehmen wir mal an", sagte er, „diese Zeichen weisen jemandem den Weg. Oben hat der Künstler drei wunderschöne, rundliche Kiefernzapfen eingraviert. Von ihnen führt eine gewundene Linie zu diesem unförmigen Fleck."

„Die Linie könnte ein Bach sein und der Fleck ein Fels", ergänzte Lilly. „Und die große Eingrenzung daneben vielleicht ein Wald. Schau mal. In ihm ist ein kleines Strichmännchen mit Kopf, Armen und Beinen dargestellt."

„Das Menschensymbol könnte einen Aufenthaltsort symbolisieren."

„Humbug!", meinte Stolin abfällig. „Kein Berg hier gleicht dem anderen. Seen und Bäche gibt es zuhauf in allen Variationen. Gebirge, Täler, Felsen, Hochebenen, natürliche Pfade, Wiesen und Wälder existieren in allen möglichen Formen und tausend Kombinationen."

Was der Trapper nicht begriff: Wenn es viele Variationen gab und keine Form der anderen glich, bestand die Möglichkeit einer eindeutigen Zuordnung. Falls es sich bei der Gravur um eine Landkarte handelte, hatte die Darstellung irgendwo da draußen ihr reales Pendant. Gerade dies bot eine Chance. Sie mussten lediglich die Entsprechung auf Stolins topografischem Plan ausfindig machen.

Systematisch suchten sie weiter nach Übereinstimmungen, wobei sie sich auf die Region um den Boulder Peak, in dessen Richtung sie sich bewegten, konzentrierten. Einige Seen waren ähnlich geformt, doch die anderen Motive deckten sich nicht mit der Vorlage. Stolin sah zunehmend mürrisch aus.

Unvermittelt stieß Lilly Walker an und zeigte auf eine der gewundenen Gebirgsformationen. „Diese Höhenbegrenzung auf dem Plan …", sagte sie erregt, „… hat sie nicht exakt die gleiche Form wie das, was ich als Wald bezeichnete?"

Beide Umrisse schienen beinahe identisch. Die Linien auf dem großen Plan waren an dieser Stelle sehr dicht. Der Höhenunterschied nahm demnach nach innen rapide ab. Und nicht nur das. Walker drehte und verschob sein Telefon, bis beide Abbildungen nebeneinander lagen.

„Das Übrige scheint ebenfalls zu passen", bestätigte er. „Es ist also ein Tal, eine tiefe Schlucht inmitten der Berge. Und der vermeintliche Fels auf der Gravur könnte in Wirklichkeit ein See sein. Die Formen stimmen überein."

Lilly bemühte sich, nicht zu euphorisch zu klingen: „Dem Maßstab nach müsste der See rund hundert mal hundert Meter groß sein. Und anscheinend mündet ein Gebirgsbach in ihn."

„Ob Bach oder Pfad – der Verlauf ist jedenfalls parallel zu dieser Höhenlinie."

Alles passte zusammen. Das konnte kein Zufall sein. Auch Frank Stolin erkannte die Übereinstimmungen. Wie abwesend starrte er auf die Karte. Ein Anflug von Furcht huschte über seine ungepflegte Visage.

„Nein, nein, nein!", rief er scheu. „Da bringen mich keine zehn Pferde hin."

„Warum denn?", wollte Walker wissen.

„Ich sag's Ihnen: Die Gegend ist gefährlich. Wir Trapper meiden sie. Das Gebirge ist steil, tückisch und vollkommen unzugänglich. Unter uns haben wir sogar einen Namen für dieses Gebiet: die *Bermuda-Berge*."

„*Bermuda-Berge*? So, wie das *Bermuda-Dreieck*?"

„Ja. Mehrere Menschen sind dort verschollen. Steile Felswände, dichte Wälder, unpassierbare Hindernisse, keine Möglichkeit zu landen – nicht einmal für Helikopter. Von oben, aus der Luft, sieht alles dicht bewaldet und felsig aus. Zu Fuß möchte man da aber nicht reingeraten. Man findet nie mehr heraus."

„Da müssen wir hin!", riefen Walker und Lilly fast synchron. Gemeinsam falteten sie die Karte zusammen und gaben sie dem Trapper zurück.

Stolin war die Angst deutlich ins Gesicht geschrieben. „Wir sind bereits auf tausendzweihundert Metern Höhe", sagte er mit gebrochener Stimme. „Das Wetter könnte dort oben zum Problem werden."

Lilly schritt energisch auf ihn zu. „Wir kommen auch gut ohne Sie zurecht, Mr. Stolin", sagte sie selbstsicher. „Keine Sorge!"

Stolin dachte angestrengt nach, dann meinte er kleinlaut: „Also gut, ich komme mit. Auf Ihre Verantwortung."

Sie machten sich zügig fertig und sattelten auf. Mittags war der Sommerhimmel noch immer wolkenlos, die Luft aber bereits deutlich kälter. Immer weiter, immer höher ging es hinauf Richtung Boulder Peak. Die *Bermuda-Berge* lagen hinter einer weiteren Gebirgskette, noch rund zwanzig Kilometer entfernt. Frank Stolin riet dazu, einige hundert Meter unterhalb des Gipfels um den Westhang herum zu trecken und dann in nördlicher Richtung abzusteigen. Das gelang, obgleich der Abstieg sich als riskant und beschwerlich erwies. Hin und wieder gab es Steinschläge, oft mussten die Reiter zu Fuß gehen und die Pferde am Halfter führen. Bei jedem Schritt hinab wurde es wieder deutlich wärmer.

Am Nachmittag erreichte das Expeditionsteam den märchenhaft schönen Boulder Creek, ein bewaldetes Tal, unverändert seit Tausenden von Jahren, durch das sich das glasklare Wasser eines Bachs seinen Weg bahnt. Die Pferde grasten am Ufer. Stolin entfachte ein Lagerfeuer. Mit einem Fangnetz fing Walker einen stattlichen Gebirgsweißfisch, den er ausnahm, aufspießte, grillte und mit Meersalz bestreute. Lilly machte in der Nähe Waldheidelbeeren und leuchtend rote Hummerpilze aus, die geröstet nicht übel waren und wirklich ein wenig nach Meeresfrüchten schmeckten. Die Beeren gab es zum Nachtisch. Stolin putzte sein Gewehr, betrank sich und schlief bald ein.

Tief bewegt vom unverfälschten Liebreiz dieser einzigartigen Landschaft, schlenderten die zwei noch ein Stück den Strom entlang. Wo war es friedlicher, wo sorgenloser als hier? Sie wussten, sie teilten ihre Hinwendung zur Tier- und Pflanzenwelt, zum Ursprünglichen und auch zur Wissenschaft, doch da war noch mehr: eine Seelenverwandtschaft. Mit und ohne Worte – sie verstanden einander, empfanden das Gleiche, spürten eine wunderbare Anziehungskraft.

Rund fünfzig Meter vor ihnen rekelten sich vier junge Füchse in der Abendsonne.

„Komm, sei leise!"

Lilly und Walker konnten sich ihnen auf wenige Schritte nähern, ohne dass die Tiere Notiz von ihnen nahmen. Erst im letzten Moment rissen drei von ihnen aus. Der vierte Jungfuchs sah keine Chance mehr zu entkommen und anstatt wegzuspringen, setzte er mit seltsam-ruckartigen Bewegungen eine Pfote vor die andere.

„Schau mal, er stiehlt sich mit einem Breakdance davon", flüsterte Walker. „Warum tut er das?"

„Camouflage! Ich nehme an, es dient der Tarnung. Chamäleons und Gottesanbeterinnen tun das auch."

„Ja, du hast recht. Wenn sie sich der Beute nähern, wippen sie, führen einen kleinen Tanz auf. Das scheint andere zu verwirren."

Um den jungen Fuchs nicht zu sehr zu verängstigen, entfernten sie sich von ihm. Im Gehen drehte Walker sich und imitierte Michael Jacksons berühmten *Moonwalk*.

Lilly lachte in ihrer entzückenden Art. „Oh nein, bitte verwirre mich nicht!"

In der Ferne stieg der Rauch des Lagerfeuers grau und still empor, das Abendkonzert der Waldvögel hatte begonnen und vermischte sich mit dem Murmeln des Wildbachs. Für Lilly schien das vollkommene

Lebensglück an diesem Ort und in diesem Moment zu sein, und ihr wurde klar, dass der Mann neben ihr ein wesentlicher Teil davon war.

Walker, der das Gleiche empfand, ergriff ihre Schultern, zog sie sanft zu sich heran und raunte ihr zu: „Du und ich im Paradies."

„Ich und du im Paradies", antwortete Lilly und schmiegte sich eng an ihn.

Ein weiterer Tag ist vergangen. Schwer legt sich das Dämmerlicht auf den schattigen Wald, bis alle Schatten verloren gehen. Unbemerkt schleicht der Jäger zu den gefangenen Wölfen bei den Behausungen der Bobos. Die Lichter der Hochstirnigen strahlen wie viele winzige Feuer in der Dunkelheit. Er selbst bleibt Teil des Schattens, schwarz wie Birkenteer, unsichtbar und lautlos. Er ist gekommen, um sich zu holen, was sein ist.

Nahe kommt er den unfreien Wölfen, umschlossen von einem glänzenden Netz. Wie eine Reuse ist es mit einer Öffnung versehen, doch sie ist verschlossen. Er staunt über das harte Material des Netzes. Als die Tiere ihn wittern, spürt er ihre Furcht, die Ehrfurcht vor ihm, dem Herrn des Waldes und der Berge. In ihren leuchtenden Augen schimmert Unterwerfung. Er beherrscht sie ohne Worte, weist sie an, still zu sein und sie gehorchen. Im Schutz der Nacht verlässt er sie und nähert sich den wundersamen Bauten der Bobos. Dort ist es ebenfalls totenstill. Lautlos wie ein Berglöwe umkreist er sie.

Die alte Watka erzählte von den hochstirnigen Menschen – genug, um sie zu meiden. Ihre Lebensweise macht keinen Sinn. Sie verletzen die Wildnis, füllen ihr Dasein mit unnützen Dingen, vernichten den Lebensraum der Pflanzen und Tiere, anstatt ihn zu bewahren, sie verbrennen den Wald und vergiften das Wasser, schaffen Stoffe, die nicht verwesen und werfen sie ins Pflanzenreich. Sie bekriegen sich untereinander, weil sie glauben, dass es ihnen nutzt, sie wollen immerzu wachsen und alles verändern. Warum verändern, was bereits gut ist?

Aus einem der Bauten strahlt unvermutet heller Schein, der Omu blendet. Er schließt die Augen. Als er sie wieder öffnet, erkennt er Bewegung im Innern. Er sieht einen dicken Bobo, der von einem Raum in einen anderen läuft und erkennt ihn wieder: Es ist der Rothaarige, der den Wolf verschleppte. Nun ist er der Hüter des toten Wolfs.

Die Behausung ist dicht wie der Bau des Murmeltiers. Doch Omu muss hinein. Nun jaulen die festgesetzten Wölfe, denn ein Fahrzeug nähert sich. Seine Lichter zerschneiden die Finsternis. Omu geht in Deckung.

Ein hagerer Mann steigt aus. Der Rothaarige öffnet und lässt ihn in seine Behausung.

20

Wie alles an diesem spannenden Vorfall war auch Stan Hardys überraschender abendlicher Besuch für Fred hochinteressant. Mächtig stolz führte der Praktikant den Ranger durch die Räumlichkeiten der Wolfspark-Anlage, deren vorübergehender oberster Verwalter er nun sein durfte und stellte ihm haufenweise Fragen zum *Uinta-Wasatch-Cache Nationalpark*, in dem Stan seinen Dienst tat.

Als gruselige Krönung des Rundgangs zeigte er ihm den im kleinen Kühlraum aufgebahrten Beringia-Wolf und erzählte von Stolins erstaunlicher Sichtung des Tieres östlich des Salmon River.

„Eine verdammt weite Strecke von dort oben bis hierher", fand Stan, während er penibel den Staub von seiner Rangerhose bürstete.

Bei einem dampfenden Kaffee am Küchentisch erkundigte er sich, wann Lilly Feron zurück sein würde. Als er erfuhr, dass sie sich gemeinsam mit dem Professor zu einer spontanen Expedition entschlossen hatte, fragte er: „Warum so Hals über Kopf? Weißt du, das alles ist sehr ominös – so ominös wie dieses irre Ding, das sie entdeckt hat."

„Was für ein irres Ding?"

Stan berichtete von der rätselhaften archaischen Speerspitze und bald zählten auch sie eins und eins zusammen. Fred erinnerte sich, was seine Chefin über die ungewöhnlich lange Wegstrecke des Beringia-Wolfs gesagt hatte, dass irgendetwas den Wolf über diese Distanz angetrieben haben könnte.

„Was konnte das sein?"

„Nun ja", kombinierte Stan. „Es ist vorstellbar, dass er von seinem Jäger verfolgt wird. Der will sich diese besondere Waffe zurückholen."

„Bis hierher verfolgt?"

Fred lief es kalt den Rücken herunter. Er schaute durch die breite Panoramascheibe. Draußen war es fast stockdunkel. Nur einige kleine LEDs umringten den weiten Platz vor dem Gebäude.

„Dann muss es ein verdammt fähiger Jäger sein", meinte er.

„Da hast du Recht", sagte Stan und dachte an Jack Manchins Worte. „Vielleicht ist es ein amerikanischer Ureinwohner. Du weißt schon: *First Nations People*. Einige dieser letzten Indianer wollen nicht in den Städten leben. Manche verwenden bis heute traditionelle Jagdwaffen, um ihre Kultur zu bewahren. Zu dieser Kultur gehören Erfahrungen und Fähigkeiten ihrer Ahnen, wie man jagt und Fährten liest und so weiter."

Fred starrte noch in die Dunkelheit, als ihm auffiel, dass die Gehegewölfe sich heute ungewöhnlich verhielten. Seit Stans Ankunft wollten sie nicht still sein. Inzwischen war der Besuch fast eine halbe Stunde im Haus, doch das Knurren und Jaulen brach nicht ab.

Lautäußerungen der Gehegewölfe gehören zu jedem Wolfspark. In der Dämmerung ist das Heulen noch im Umkreis von einigen Kilometern vernehmbar. Neben ihrer differenzierten akustischen Sprache kommunizierten Wölfe mittels Körpersprache, Blicken, Duftstoffen und Berührungen. Lilly Feron war damit seit ihrer Kindheit vertraut und imstande, die komplexe Kommunikation meisterlich zu interpretieren und zu nutzen. Das Arbeiten innerhalb der Gehege wäre ohne diese Kenntnisse nicht möglich, sogar hochgefährlich. Fred wusste, dass er noch viel zu lernen hatte, bevor ihm der volle Zutritt zu den Rudeln gewährt würde.

Die nicht nachlassende Nervosität der Wölfe an diesem Abend war zweifellos ungewöhnlich. Er lief von der Essküche in die Zentrale, Lilly

Ferons großen Arbeits- und Wohnbereich. Stan folgte ihm. An einer Wand war der Monitor der Überwachungsanlage installiert.

„Die Wölfe sind verstört", murmelte Fred, während er auf einen Monitor schaute. „Normalerweise relaxen sie, sobald der Besuch im Haus ist."

Drei der vier umzäunten Bereiche des Parks waren mit jeweils zwei Überwachungskameras mit Nachtsichtfähigkeit ausgestattet. Die größte separate Zelle, in der das Dutzend Timberwölfe ein Rudel bildete, mit vier Kameras. Fred sah live, wie drei Tiere im großen Gehege ihren Kopf in den Nacken legten und heulten, andere trabten aufgeregt den Zaun auf und ab und einige hockten still da und starrten in Richtung der Gebäude, in denen sich Fred und Stan befanden. Hatten sie etwas ausgemacht?

„Sie heulen sicher nicht den Mond an, denke ich", sagte Stan.

„Das mit dem Mond ist ohnehin ein Mythos."

„Einer bellt sogar. Ich dachte, Wölfe bellen nicht."

„Mythos Nummer zwei. Sie tun es."

Stan stellte sich dicht vor den Monitor.

„Zeig mir doch mal, wie es vor einer Stunde aussah!"

„Okay, das kann ich."

Fred benutzte die Recall-Funktion des Steuergeräts und ging in der Aufzeichnung sechzig Minuten zurück. Alles sah normal aus. Die Wölfe waren über das Areal verteilt, schliefen oder dösten vor sich hin.

„Um diese Zeit", sagte Stan, „war ich noch nicht eingetroffen, wenn ich mich nicht irre. Da waren sie ruhig."

Fred klickte Minute um Minute vorwärts, bis man sah, dass sich zwei der Tiere aufrichteten, die Ohren spitzten und gebannt in eine bestimmte Richtung schauten. In den folgenden Minuten versammelte sich das Rudel, Tier für Tier, um den Leitwolf, einen mächtigen, fast zwei Meter langen schwarz-grauen Rüden.

„Der Große da in der Mitte heißt Spirit", sagte Fred. „Hat stechend-gelbe Augen, die einen förmlich hypnotisieren. Daher sein Name."

Die Aufzeichnung lief weiter. Anstatt ihre Rangordnung untereinander auszutragen, rückten die Tiere immer dichter zusammen. Die Bürste auf ihrem Rücken hatten sie aufgerichtet. Einige zogen die Rute ein und stellten die Ohren nach hinten. Sie sahen eingeschüchtert aus.

„Was passiert da?", fragte Stan. „In welche Richtung blicken sie?"

„Warten Sie!"

Fred klickte und wechselte zu einer weiteren Kamera mit versetztem Blickwinkel. Er erschrak.

„Da!"

Dicht am Zaun stand, wie ein Geist, eine athletische, gedrungene Gestalt, deren wuchtige Silhouette Fred nicht einzuordnen vermochte. Lillys autistischer Vetter Tom, das Wolfskind, konnte es nicht sein. Der war viel schlanker. Die Gestalt schien die Gehegewölfe so eindringlich anzustarren, dass sie vollkommen unterwürfig wurden.

„Wer ist das?", presste Fred hervor.

Stan flüsterte: „Ich vermute ... das ist dieser Kerl."

„Der Verfolger? Der Indianer? Oder was auch immer?"

„Das ist der Jäger. Er sucht den Wolf. Er will zu ihm."

Dem Dicken kroch Unbehagen in die Magengrube. Er begann zu schwitzen.

„Verdammt. Verdammt. Was tun wir jetzt? Haben Sie ein Gewehr?"

„Im Wagen."

„Nein, nein, gehen Sie nicht raus", beschwor ihn Fred. „Bleiben Sie besser im Haus!"

„Hast du eins hier? Ist ein Gewehr im Gebäude? Oder eine andere Waffe?"

„Ich glaube schon. Aber wo?" Fred dachte angestrengt nach, rieb sich die Schläfen. „Warten Sie, ich suche sie." Er verschwand in einem der Lagerräume.

Stan steckte sich nervös sein Hemd in die Hose, sah sich im Raum um und überlegte fiebrig, was er nun tun sollte. Weil ihm nichts Besseres einfiel, dimmte er die Beleuchtung im Wohnbereich. Im Dunkeln, dachte er, ist es sicherer. Dann tastete er sich durch verschiedene Zimmer und prüfte Fenster und Türen.

Ein Badezimmerfenster war nicht verschlossen. Er verriegelte es und verharrte, lauschte wie gelähmt, hörte sein eigenes Herz klopfen, hörte Fred in einem der hinteren Räume herumstöbern ... und er vernahm noch etwas anderes. Ein Knurren? Kam es von draußen oder aus dem Haus?

Wo nur blieb Fred?

Als umgebe ihn zäher Morast, stapfte er vom Bad in den Flur. Animalischer Schweißgeruch erfüllte den Gang, löste einen Brechreiz in ihm aus. Am Ende des Flurs schimmerte die Stahltür des kleinen Kühlraums, in dem der Beringia-Wolf aufgebahrt war.

Er stellte fest, dass die Tür nicht zu war, sie stand eine Handbreit offen. Frostige Luft drang heraus. Hatte der Praktikant sie vorhin nicht geschlossen? Das hatte er doch!

Ihm stockte der Atem. Jetzt kam er keinen Schritt mehr weiter, konnte sich vor Angst nicht rühren. Unweigerlich konzentrierte er sich auf die feinsten Geräusche. Da war das leise Brummen der Klimaanlage und noch etwas hallte aus dem kleinen Raum vor ihm: ein eigenartiges

Schnauben, röchelnder Atem wie der eines Tieres, vielleicht eines Bären, dann ein stumpfes Krachen, als würden Knochen zerbersten.

Er wollte weglaufen, doch vermochte es nicht. Wie verwurzelt stand er da und starrte auf die Stahltür. Austretende Kälte umströmte seine Füße, ließ seine Zehen zu Eis erstarren, bis es schmerzte.

Wo um Gottes Willen steckte Fred?

21

Der Eis-Wolf liegt kalt und steif vor dem Jäger. Endlich hat er ihn erreicht. Er und der Wolf, der Wolf und er – beide haben es bis hierher geschafft, beide sind am Ziel.

Mit seiner Linken packt Omu den Kopf des Tieres, mit seiner Rechten die Schulter. Wie die Klauen des Steinadlers greifen seine Finger unerbittlich zu, graben sich tief ins leblose Fleisch. Dann spannt Omu seine Muskeln an, verdreht mit seinen Armen die Wirbelsäule des Toten, als sei sie ein morsches Stück Holz. Er dehnt den Hals des Wolfs nach vorn, drückt den Kopf hinab zur Brust, bis er mit einem heftigen Ruck den Nacken des Tieres aufbricht.

Der Jäger starrt in die offene, leere Wunde inmitten des felllosen Flecks. Als hätte ihn der Blitz getroffen, erkennt er, dass die erhabene Klinge nicht mehr im Genick steckt.

22

„Uuaahhrr ...“

Ein markerschütternder Urschrei aus dem Inneren des Kühlraums zerriss die Luft und fuhr in Stan Hardys steife Glieder. Mit einem gewaltigen Schlag sprang die Stahltür auf und Omu stand vor ihm. Der Ranger fühlte sich wie in Beton gegossen, konnte nur noch geradeaus und auf ihn starren.

Groll und Missmut verzerrten das vorgewölbte, von dicken Augenwülsten und einer breiten, fleischigen Nase geprägte Gesicht des Neandertalers zu einer wahrhaft gruseligen Fratze. Sein rötliches Haupthaar war kurz und struppig. Aus der von Sonne, Wind und Wetter ledrig gegerbten, von tiefen Furchen durchzogenen Haut sprossen Inseln feiner, rostroter Barthaare.

Besonders beunruhigte Stan der willensstarke, kluge, menschliche Blick aus Omus tiefen, schattigen Augenhöhlen, der nicht zur eigenartig-primitiven Schädelform passen wollte. Mühelos schien Omu ihn zu durchdringen.

Dem muskulösen Bündel schierer Kraft und Angriffslust hatte er nicht das Geringste entgegenzusetzen. Sein Gegenüber überwältigte ihn kampflos, traf ihn wie ein Donnerschlag. Mit butterweichen Knien registrierte Stan noch, dass Fred unmittelbar hinter ihm stand. Er hörte einen Schuss, dann wurde ihm schwarz vor Augen. Seine staksigen Beine gaben nach und er sackte unkontrolliert in sich zusammen.

23

Der Blackout dauerte nur wenige Sekunden, dennoch fiel es ihm schwer, das volle Bewusstsein wiederzuerlangen.

Irgendjemand rüttelte ihn und schrie: „Stan ... Mr. Hardy ... wachen Sie schon auf! Schnell, helfen Sie mir!"

Eine grelle Neonlampe blendete ihn von der Decke herab. Wo befand er sich? Im Aufwachraum nach einer Vollnarkose? Nein, er lag auf dem harten, kalten Boden. Der Raum war schmal und lang. Er musste gestürzt sein, war mit dem Kopf aufgeschlagen. Durch den engen Gang strömte eiskalte Luft zu ihm. Und da war noch etwas anderes, etwas, das ihn emotional beherrschte, ihn vor Angst lähmte. Etwas Furchterregendes.

Wieder hörte er die drängende Stimme: „Stan, bitte ... Er ist zu schwer. Wir müssen ihn in die Zentrale ziehen."

Stück für Stück fügte sich das Bild der Realität zusammen. Er war nicht im Krankenhaus, nicht zu Hause, sondern im Wolfspark. Mit großer Mühe stemmte er sich hoch, stützte sich auf seinen Ellbogen und schaute den Flur hinunter. Jetzt sah er es: Vor ihm ruhte das fürchterliche, missgebildete Geschöpf mit dem abartig wulstigen Kopf und dem rötlich-behaarten Körper eines Gewichthebers. Wie erlegtes Wild lag es schlaff und regungslos da, was ihn wenig beruhigte. Es war mit Leder und Fell bekleidet, daneben lagen ein Beutel, ein seltsames Beil und ein ebenso obskures Messer. Aus seinem großen Maul hing schlaff eine violette Zunge. Es musste sehr schwer sein, denn ein dicker Junge zerrte heftig, fast panisch an seinem Arm, ohne dass es sich vom Fleck bewegte.

Nun realisierte er, dass es Fred war, der sich da vergeblich abmühte – Fred, der Praktikant, verzweifelt, pausbäckig und vor Anstrengung rot angelaufen.

Stan kämpfte gegen die Gravitation an und stand auf. Sein Kopf dröhnte, er schwankte. „Warte, ich helfe dir."

„In die Zentrale mit ihm, in den großen Raum dort hinten!", hechelte Fred. „Los, los, da ist ein Zwinger!"

„Ist er nicht tot?"

„Nein, nur getasert. Ich habe ihn getasert. Ich war direkt hinter Ihnen, als Sie ohnmächtig wurden. Sie klatschten auf den Boden – wie ein nasser Kartoffelsack. Da hatte ich freie Bahn, habe abgefeuert und ihn voll erwischt. Damit hat er nicht gerechnet. Kommen Sie, schnell! Er kann jeden Augenblick aufwachen!"

Jetzt sah Stan die Elektroschockpistole auf dem Boden liegen und zwei isolierte Drähte, die zu dem betäubten Wilden führten. Eins der zwei Projektile steckte in seiner Brust, das zweite in seiner Wange. Er fragte nicht weiter, ergriff den anderen Arm und zog.

Gemeinsam schleiften sie den bleischweren Körper mit kleinen Rückwärtsschritten samt Taser-Schwanz durch den schmalen Gang in die Zentrale, weiter über den weiß gefliesten Boden des Behandlungsbereichs, vorbei an Operationstisch und Couch zur Nische, in welcher der solide, mobile Wolfszwinger aus Edelstahl stand. Dort angelangt, kroch Fred keuchend und schwitzend durch die Luke voran hinein und zerrte den Niedergestreckten mit aller Kraft ins Innere, während Stan von außen hob und schob, so gut er konnte. Es schepperte heftig, als Omus Schädel versehentlich gegen den Metallrahmen knallte.

„Der Kopf ist schwerer als eine Kanonenkugel."

Stück um Stück wuchteten und wälzten sie ihn in den Käfig. Noch ein Ruck und sie hatten es geschafft. Ausgepowert und verschwitzt lehnte sich der dicke Praktikant ans Gitter, um kurz zu verschnaufen.

„Jetzt aber raus da!", drängte Stan ihn. „Los, los!"

Freds Hornbrille war beschlagen. Er wollte sie schnell noch sauber machen, suchte nach dem Putztuch, fand es aber nicht – weder in den vorderen noch in den hinteren Jeanstaschen. Also benutzte er sein Sweatshirt.

„Was tust du da? Mach doch! Komm schon!"

Fred putzte weiter. Die Brille endlich wieder auf der Nase, schickte er sich an, über den miefenden regungslosen Körper hinweg ins Freie zu klettern ... da begann sich dieser zu rühren. Omu war erwacht! Er keuchte vor Schmerz, röchelte und drehte sich behäbig herum. Fred schreckte zurück, drückte sich schockiert in die Zwingerecke. An ihm vorbeizukommen, war unmöglich. Nun saß er gemeinsam mit dem Unhold in der Falle.

Schwerfällig und benebelt richtete Omu sich auf. Er bemerkte den Rotschopf neben sich, interessierte sich aber vorerst mehr für das seltsam glänzende Objekt, in dem sie sich befanden. Es hatte glücklicherweise eine Öffnung, aus der er jederzeit herausklettern konnte. Weitaus mehr beunruhigten ihn die noch immer in seiner Haut verankerten Drähte und jetzt erinnerte er sich: Der Rotschopf hatte sie auf ihn abgefeuert, also musste der Rotschopf sie auch wieder entfernen. Empört griff er nach Freds Fuß, zog ihn wie eine Stoffpuppe an sich heran, packte ihn am Kragen, wies auf das Projektil in seiner Brust und gab seltsame Laute von sich.

Fred hatte nur noch Todesangst. „Nein, nein, bitte nicht!", flehte er, wissend, dass er seinem Schicksal nicht entrinnen konnte. Unfähig, einen klaren Gedanken zu fassen, nahm er lediglich Omus beißenden Körpergeruch wahr und faselte: „Ich bin so was von geliefert!"

Doch nun war es Stan Hardy, der abdrückte. Geistesgegenwärtig hatte er die Elektroschockpistole ergriffen und den Abzug ein zweites Mal betätigt. Er musste nicht zielen, die Drähte steckten ja noch in der Haut. Noch einmal erreichten die elektrischen Impulse des Geräts Omus motorische Synapsen, riefen tonische Muskelkontraktionen hervor und immobilisierten ihn schlagartig. Der Frühmensch krachte zuckend auf den Gitterboden. Abermals war er außer Gefecht gesetzt.

„Jaaa!", schrie Fred begeistert, als hätte er ein Tor im WM-Endspiel geschossen, entfernte flink die mit Widerhaken versehenen Projektile aus Omus Körper und zwängte sich durch die Luke des Zwingers ins Freie. Geistesgegenwärtig warf er noch drei Wasserflaschen hinein und verriegelte die Stahltür mit einem Vorhängeschloss. „Was für ein Wahnsinn!"

Die Elektroschockpistole in der Hand, saß Stan matt auf einem Klappstuhl und starrte fassungslos auf den Edelstahlkäfig. „Das war ich dir noch schuldig", meinte er abgekämpft.

„Oh, mein Lebensretter!"

„Was machen wir jetzt?"

„Wir erholen uns von den Strapazen und warten auf meine Chefin. Keinesfalls rufen wir die Polizei an. Das ist ein Fall für die Wissenschaft, nicht für den Staat oder die Presse. Ms. Feron soll entscheiden, was wir mit ihm machen. So etwas hat die Welt noch nicht gesehen. Das ist kein Einbrecher, das ist was ganz Eigenartiges!"

„Gefangen wie ein Raubtier. Könnte einem fast leidtun. Na ja, ein Schoßhündchen ist er aber auch nicht gerade."

Fred holte ein Sixpack *Templin Lager* aus dem Kühlschrank und rückte einen zweiten Klappstuhl neben den des Rangers. Das Bier floss kühl in ihren Schlund, sie reflektierten das Geschehene und bald erzählte Fred freimütig Geschichten seiner peinlichsten Missgeschicke – von der unverschlossenen Sicherheitsnadel, die er als Säugling verschluckte und die nie wieder zum Vorschein kam, vom Schwimmbecken, in dem er fast ertrank, nachdem er als Kleinkind über eine Portion Rumfrüchte hergefallen war und von der groß angelegten Suchaktion, nachdem er bei einer

Nachtwanderung der *Boy Scout Troop* im Wald verloren gegangen war und tagelang orientierungslos umherirrte. Besonders glücklich schätzte er sich, ausgerechnet während des beruflichen Vorstellungsgesprächs bei der UFA, Utahs größter Feuerwehr, seinen einzigen Asthmaanfall bekommen zu haben – ein weiteres Missgeschick, doch letztlich brachte es ihn zu einem besseren Ort:

„Furchtloser Tierpfleger gesucht!", las er am darauffolgenden Tag im *Salt Lake Tribune*. So kam er zum *Feron-Wolfspark*.

„Das war ein echter Volltreffer. Bei Lilly fühlte ich mich von Anfang an aufgehoben und angenommen, so, als gehörte ich zur Familie. Sie nimmt mich, wie ich bin, sie akzeptiert meine Schwächen und baut auf meine Stärken, sie steht zu mir und das fühlt sich gut an."

„Eine dieser Stärken, Fred, ist sicher, dass du nicht auf den Mund gefallen bist", erwiderte Stan und stieß mit ihm an.

Da saßen sie mitten in der Nacht in vorderster Reihe vor einem Wolfszwinger wie die Zuschauer eines Theaterstücks, in dem jederzeit ein Ungeheuer erwachen würde.

24

Pflichtbewusst rief Stan Margaret an, teilte ihr mit, dass er an einem Nachteinsatz teilnehme, sie müsse sich keine Sorgen machen, später würde er ihr alles berichten. Ermattet lehnte er sich zurück, trank noch einen kleinen Schluck Gerstensaft. Sein Kopf dröhnte, der Schreck saß ihm tief in den Knochen. Das erfrischende Bier half ihm, ein wenig Halt und Zuversicht zurückzuerlangen.

Die Konfrontation mit dem grotesken Eindringling hatte ihn schlichtweg umgehauen, und zwar in jeder Hinsicht. Die Kreatur war so unerklärlich, so abnormal, dass es nicht gelang, sie irgendwie einzuschätzen. Besonders beunruhigte ihn, dass er vollkommen willenlos wurde, als sie am Kühlraum vor ihm auftauchte, dass er sich, wie ein gelähmtes, eingesponnenes Insekt, nicht zu rühren vermochte.

Um wegen seines äußeren Erscheinungsbilds nicht kompromittiert zu werden, hatte Stan sich sein Leben lang bemüht, unauffällig zu bleiben, hatte sich emotional eingeigelt, nichts an sich herankommen lassen. Provokante Gesten, Phrasen, Blicke jeder Art perlten gewöhnlich an ihm ab wie Wassertropfen an einer Teflonbeschichtung. All das wurde bei dieser Begegnung außer Kraft gesetzt. Scheinbar mühelos durchdrang die Kreatur seine Schutzhülle, sah in ihn hinein und durch ihn hindurch, entblößte schamlos sein wahres Inneres. Dann fiel er zu Boden, als wäre seine Schaltzentrale aus- und wieder eingeschaltet worden.

Jetzt war er entkräftet, doch es ging ihm überraschend gut. Allmählich begriff er, warum. Er kam zu einer Einsicht: Ja, er sah schräg aus, aber machte ihn nicht gerade das einzigartig – so einzigartig wie diese Kreatur? Nichts schien verkehrt daran zu sein, im Gegenteil: Er fühlte sich authentisch und das verlieh ihm eine innere Stärke, ein neues Selbstbewusstsein.

Vor seinen Füßen der Edelstahlkäfig, darin die Kreatur, die sie gemeinsam überwältigt hatten – perfektes Teamwork, gar nicht so übel! Gewohnheitsmäßig zog er seine kleine, feine Kleiderbürste hervor – für ihn war sie mehr als ein gewöhnliches Reinigungsutensil. Das borstige Ding ermöglichte es, Oberflächen zu ertasten, ohne sie zu berühren. Außerdem war die Rückseite der Bürste glänzend lackiert und leicht gewölbt. Betrachtete er sein verzerrtes Spiegelbild im Lack, sah er erstaunlicherweise vollkommen normal aus.

Das ist es, sagte er sich. *Es kommt nur auf die Sichtweise an. Wir haben doch alle unser spezielles Äußeres. Je spezieller, umso besser. Du bist, wer du bist. Steh dazu! Sei mutig!*

Da lag es, ruhig schnarchend, gleich würde es sein Bewusstsein wiedererlangen, würde verzweifelt versuchen, auszubrechen. Stan konnte sich nicht helfen, er empfand Mitleid mit der Kreatur.

„Ein Einbrecher, festgesetzt in einem Zwinger für Wölfe", murmelte er. „Ist es nicht unmenschlich, ihn so einzupferchen?"

Fred rekelte sich neben ihm im Liegestuhl. „Sieh ihn dir doch an! Das ist kein gewöhnlicher Einbrecher. Ich frage dich: Ist das ein gewöhnlicher Einbrecher? Sag schon, was denkst du?"

„Keineswegs! Was, wenn er ausbricht?"

„Nee, nee, der kann da nicht raus. Wie denn auch! Wir warten einfach auf Ms. Feron. Sie und dieser Australier werden sicher bald zurück sein. Ich hoffe, noch bevor irgendwelche Schnüffler aufkreuzen. Rummel können wir jetzt so gar nicht gebrauchen."

Stan dachte nach, rieb nachdenklich sein unrasiertes, langes Kinn. Was nur machte dieses Wesen so sonderbar? Woher kam es? Es gab nichts Vergleichbares, keine Kategorie passte, so lange er auch danach suchte. Kein Inuit, kein Indianer des Amazonas, kein Ureinwohner Polynesiens, kein Aborigine, kein Mongole war ihm ähnlich. Es fiel durch jedes Muster. Es als verrückten, versoffenen Landstreicher abzutun oder als einen Menschen mit Beeinträchtigung, der sich im Wald verirrt hat, schien ebenso unrealistisch. Seine abgenutzte Kleidung war mit handwerklichem Geschick aus Leder und anderen natürlichen Materialien angefertigt. Nichts an ihm war modern, nichts normal.

Schließlich dachte er an Professor Walker und kam noch auf eine weitere Kategorie, in die das urwüchsige Geschöpf passen mochte, doch er verdrängte den Gedanken. Fest stand nur, dass es ein bleischweres, erstaunliches, womöglich gefährliches Subjekt war.

„Ein Neandertaler!" Fred sprach es so direkt aus, als sei nichts Ungewöhnliches dabei und belohnte sich mit einem großen Schluck Lager. „Ein waschechter Neandertaler!"

Der Praktikant wusste zu wenig, als dass ihm die Tragweite dieser Erkenntnis voll bewusst wurde. Bedeutsamer war für ihn, was er und Stan geleistet hatten. Diesmal hatte er beinahe nichts vermasselt. Der Eindringling war arretiert, die Gefahr gebannt. Sein animalischer Körpergeruch haftete noch an seinen Kleidern: Herb, maskulin, extraordinär – wie aufregend! Gleich würde der Neandertaler aufwachen, dann würde es sicher heftig im Käfig zugehen. Doch auf einen Edelstahlzwinger dieser Bauart war Verlass, das hatte Ms. Feron immer gesagt.

Und schon war es so weit, der Vorhang ging auf, die Vorstellung begann: Der Gefangene erwachte aus seiner Starre, wälzte sich behäbig auf den Rücken und ächzte vor Schmerz. Sein Atmen war grollend und schwer. Allmählich wurde er sich seiner Lage bewusst, kämpfte sich hoch, richtete sich so weit wie möglich auf, kroch benommen im Kreis und kauerte sich schließlich einsichtig in eine Ecke der ausweglosen Falle.

Stan und Fred rührten sich nicht. Anders als erwartet, verhielt sich der Neandertaler ruhig: kein Wutanfall, keine Panik, keine Aggression.

Er blieb gefasst in der Hocke, observierte die glänzende Vergitterung um sich herum, musterte den fremden Raum – die Zentrale.

Mit leichtem Druck stieß Omu mit seinem Fuß an die vom Vorhängeschloss verriegelte Stahltür und beäugte die Fremdlinge, die dasaßen und ihn gebannt und hochmütig anstarrten. Er entdeckte die transparenten Wasserflaschen neben sich. Sie lagen da, das Wasser war zu sehen, es lief aber nicht aus ihnen heraus. *Wie seltsam diese hochstirnigen Menschen doch sind!*

„Er hat Durst, Fred. Zeig ihm doch, wie man eine Flasche aufmacht", sagte Stan und wunderte sich über seine eigene Fürsorglichkeit.

Fred stand brav auf, holte eine Flasche aus dem Kühlschrank und bewegte sich etwas dichter an den Zwinger heran.

„Schau her", sagte er an Omu gerichtet, schraubte die Flasche demonstrativ auf und trank einen Schluck daraus. „So macht man das!"

Omu sah müde zu, seufzte und signalisierte Desinteresse. Er machte einen bemitleidenswerten Eindruck und das wollte er auch. *Irgendwann kriege ich euch!*

Stan kam ebenfalls näher an den Zwinger heran. „Ist er zu blöd oder zu schlau, dass er sie nicht öffnet und daraus trinkt?"

„Zu schlau. Ich glaube, er ist zu schlau, Stan. Schau dir mal seinen Schädel an. Da passt mehr Hirn rein als in meinen!"

„Ist klar. Hat er vielleicht Hunger?"

„Da hinten liegt sein Beutel, mal sehen, was drinnen ist."

Fred schüttelte den Inhalt des Beutels auf den Boden. Neben Steinen und Gegenständen aus anderen natürlichen Materialien kam ein kleinerer Sack aus weichem, glattem Leder zum Vorschein, der mit einer Kordel aus Bast gekonnt verschnürt worden war. Fred öffnete ihn, faltete ihn auf und ein großes Stück rohes Fleisch kam zum Vorschein. Es roch frisch und war in ein Bett von grünen Kräutern gelegt.

„Oh Mann! Das sieht nicht nach einer Bestellung von McDonald's aus."

„Gib es ihm nur. Mal sehen, was er damit macht", meinte Stan und fügte hinzu: „Sei aber vorsichtig!"

Kurz überlegte der Praktikant, wie er vorgehen würde, ohne ihm dabei zu nahe zu kommen. Das dürfte doch kein Problem sein! Bei seiner Tätigkeit im Park war er es gewohnt, Wölfen über die Gitter der Gehege Fleischstücke zuzuwerfen. In einer der kleineren Einfriedungen lebten acht Polarwölfe in ausgekämpfter Rangordnung, wild und komplett sich selbst überlassen. Zur Fütterung warf er ganze Rehkeulen und andere große Tierteile über eine Rampe von oben hinein.

Im benachbarten Gehege waren die zwölf handzahmen Timberwölfe untergebracht, darunter fünf Jungtiere aus dem letzten Jahr. Aufgrund der engen Bindung fütterten Lilly und Tom sie oft aus der Hand. Das Wolfskind raufte und spielte sogar regelmäßig mit ihnen. Über einige Monate hinweg hatte Lilly das Rudel Schritt für Schritt auch an Fred gewöhnt, bis er – immer in ihrer Begleitung – das Revier betreten konnte, um die Zäune von innen zu kontrollieren und das Gehege zu pflegen. Mit einer Schubkarre schaffte er die Mahlzeiten heran und trug sie vor den Wölfen aus.

Während die Chefin fort war, durften weder er noch Tom die Zugänge dieses Bereichs öffnen. Sie warfen das Fleisch wie bei den Polarwölfen über den Zaun, das war die sicherste Methode. Lilly bestand auf Einhaltung dieser Regel, denn sie trug die Verantwortung. Irgendetwas konnte immer passieren. Würde etwa ein Tierpfleger im Gehege stolpern und sich verletzen, wäre es denkbar, dass das Rudel ihn als Beute betrachtet und angreift.

Was Zutraulichkeit und Zähmung angeht, gibt es zwischen Wölfen und Haushunden einen wesentlichen Unterschied, den Lilly Fred einmal eindringlich bewusst gemacht hatte: „Anders als Haushunde", erklärte sie, „sind Wölfe ihr Leben lang furchtsam und unberechenbar. Sie lassen sich niemals zuverlässig zähmen, selbst wenn sie von der Hand aufgezogen werden. Der Grund ist, dass Wolfswelpen ihre Umgebung schon zwei Wochen früher erkunden als Hundewelpen. In dieser frühen Entwicklungsphase, in der sie auch ihre sozialen Kontakte knüpfen, haben sie lediglich ihren Geruchssinn. Da sie weder sehen noch hören können, gewöhnen sie sich nicht an akustische und visuelle Eindrücke. Wenn sich dann ihre Augen und Ohren öffnen, ist die Sozialisierungsphase bereits abgeschlossen. Fremde Geräusche und Objekte erscheinen ihnen fortan bedrohlich. Hunde hingegen können auf ihren ersten Erkundungszügen nicht nur riechen, sondern bereits hören und sehen. So haben sie die Chance, sich schon früh mit allen Sinnen mit Menschen, Vögeln, Pferden und sogar Katzen anzufreunden.“

Der Steinzeitmann musste sehr hungrig sein. Sie mussten ihn füttern. Aber wie konnten sie das gefahrlos bewerkstelligen? Eine Handfütterung am Käfig kam nicht infrage. Fred entschied sich, das Fleisch hineinzuwerfen.

„Okay, ich spiele jetzt mal ein bisschen Boule“, sagte er überheblich, zwinkerte Stan zu und verknotete Omus Proviantbeutel so gut er konnte.

Während er regungslos in seiner Ecke sitzen blieb, verfolgten die kleinen, wachen, braunen Augen des Neandertalers jede Bewegung des Rothaarigen. Wie beim Boule, wippte Fred mit dem Wurfarm ein paarmal vor und zurück, zielte und lupfte den runden Ledersack gekonnt mit leichtem Rückwärtsdrall ins Zentrum der Oberseite des Zwingers. Er landete zielgenau auf dem Stahlgitter, war allerdings zu groß, um hindurchzufallen.

„Großartiger Wurf. Da liegt er gut“, lachte Stan.

Omu rührte sein Essen über ihm nicht an. *Komm nur!*

„So ein Mist! Okay, warte!" Fred lief einen Bogen um den Zwinger auf die Omu gegenüberliegende Seite. „Bleib ja, wo du bist", rief er ihm warnend zu.

Da Omu still sitzen blieb, wagte Fred einen schnellen Vorstoß, beugte sich weit über den Käfig und versuchte, den Fleischkloß mit einem Fausthieb hineinzuschlagen. Das gelang ihm auch, allerdings hatte er nicht mit der Schnelligkeit des Neandertalers gerechnet. Wie eine Sprungfeder hatte er sich aus seiner Ecke katapultiert und Freds Handgelenk mit eisernem Griff gepackt. Der Dicke schrie wie am Spieß, ebenso wie Stan, der nicht wusste, wie er helfen konnte. Grimmig grinsend zog Omu den Arm mit enormer Kraft zu sich herab.

Der Horror währte jedoch nicht lange. Omu ließ den Arm abrupt los und gab Fred frei. Ein bizarres, tierisches Lachen schallte aus seinem Maul, dann schraubte er die Flasche auf, als hätte er es dutzendfach geübt und belohnte seine gelungene Darbietung mit einem großen Schluck Mineralwasser.

25

Nach einem raschen Frühstück vor Sonnenaufgang bepackten Lilly, Walker und Stolin ihre Pferde und begannen den zweiten Aufstieg in die nächste Gebirgskette der einsamen Bitterroot-Wildnis.

Lilly ging in der Wildnis vollkommen auf. Ihr Vater, von dem sie auf unzähligen Wanderungen so viel über Flora, Fauna und Funga gelernt hatte, war ihr hier besonders nahe. Fast schien es, als würde er neben ihr her reiten.

„Irgendwann", erinnerte sie sich, „auf einer der wochenlangen Touren mit ihm passierte etwas Wundersames mit mir, etwas fügte sich auf magische Weise zusammen."

„Du hattest ein Schlüsselerlebnis."

„Ja, ein sehr schönes, eines, das ich jedem Menschen von Herzen wünsche. Nicht leicht, es zu beschreiben." Sie schloss kurz die Augen und ließ sich von ihrem Pferd führen. „Ich denke, bisher sah ich in der Wildnis nur eine Wand von Grün, den Himmel und die Berge, ich hörte Tierrufe, nahm Düfte wahr, doch sie sagten mir nicht viel. An diesem Tag aber merkte ich, wie sich der Schleier vor meinen eigenen Augen wie von selbst auflöste und meine Sinne sich schärften. Ich begann, die Natur von innen heraus wahrzunehmen und dann wurde mir klar, dass ich das Tor zu einer Parallelwelt durchschritten hatte.

Mein Vater war in dieser Welt bereits zu Hause und half mir, sie zu erklären. So erschloss sich mir das mannigfaltige Leben auch auf geistiger Ebene: Gerüche, Klänge, Farbspektren, Luftströmungen – alles hing mit allem zusammen und alles machte Sinn. Auch ich war nun mit der Wildnis verbunden und entwickelte ihr gegenüber ein starkes

Verantwortungsbewusstsein. Ich habe keine Kinder ... vielleicht fühlt so eine Mutter."

Walker sagte nichts, strich ihr nur einmal sanft über den Arm.

Der Morgen dämmerte. Lillys geschulten Augen entging kaum etwas. Sie wies auf Wildschweinfährten, Trittsiegel von Hirschen und Rehen, Elchlosung und Krallenspuren von Schwarzbären. Sie sah Amphibien und Insekten, die sich vom Blatt, vom Erdreich oder der Rinde, auf denen sie saßen, nicht abhoben und erkannte jeden Vogel an seinem Singen, Trillern, Pfeifen, Schwätzen, Zwitschern oder Kratzen.

Zu einem Viertel Aborigine war Walker mit jenem Teil seiner Familie vertraut, der nach wie vor Zugang zum fast vergessenen Wissen der australischen Ureinwohner hatte. Lilly hörte gespannt zu, als er auf dem gemeinsamen Weg von den Fähigkeiten der Fährtenleser berichtete.

„Über sechzigtausend Jahre hinweg und noch bis ins neunzehnte Jahrhundert hinein lebten Aborigines von der Außenwelt vollkommen abgeschottet als Volk steinzeitlicher Jäger und Sammler. Sie waren in der Lage, Fußabdrücke und andere Fährten wie die Zeichen einer Schrift zu lesen und fügten daraus einen Steckbrief der Person oder des Tieres zusammen: Sie ermittelten das Alter und das Geschlecht, die Gangart, die Richtung, die Geschwindigkeit und selbst den Zweck der Bewegung. Sie ahnten auch, wie alt eine Spur war und wie das Wetter sie verändert hatte. Sogar Gerüche und geologische Verhältnisse vermochten sie zu deuten und lernten von Insekten und kleinsten Zeichen der Pflanzenwelt im Umkreis der Fährte. Einige der Jäger und Sammler können das noch heute und wir Paläoanthropologen versuchen, ihre Fähigkeiten bei der wissenschaftlichen Spurensuche zu nutzen."

„Das kann ich mir vorstellen. Archäologie ist im Grunde ja ebenfalls eine Spurensuche."

„Das ist sie. Die Kenntnisse indigener Völker öffnen uns so manche Tür. Du wirst sicher von den *San* gehört haben."

„Die kleinen Jäger und Sammler in Südwestafrika."

„Die älteste Volksgruppe der Erde, wahre Meister im Fährtenlesen. Wir haben deshalb mit ihnen kooperiert, haben drei dieser Jäger aus Namibia nach Südfrankreich eingeflogen. Sie sollten uns dabei helfen, siebzehntausend Jahre alte menschliche Fußabdrücke in einer Höhle zu analysieren. Wir wollten wissen, wer die Steinzeitmenschen damals waren, die diese Abdrücke hinterließen und was sie dabei taten. Unsere Vermutung war, dass die Abdrücke bei Tänzen entstanden."

„Lagt ihr richtig?", fragte Lilly. „Walzer oder Foxtrott?"

„Haha. Wir wurden eines Besseren belehrt. Die drei San-Jäger waren phänomenal. Sie gingen strukturiert und mit wissenschaftlicher Methodik vor: Fragestellung, Untersuchung, Hypothese, Überprüfung, Analyse, Schlussfolgerung. Am Ende konnten sie die Anzahl und das Geschlecht der Steinzeitmenschen aus den Proportionen ihrer Fußsohlen und ihrer Zehen ermitteln und damit nicht genug: Ihr Alter berechneten sie aus Rissen in der Hornhaut der Fersen und aus der Stellung der Zehen und ihre Gewichtsklasse aus Oberflächenform und Tiefe der Spuren. Dann ermittelten die San ihre Laufgeschwindigkeit und Körperhaltung – wohlgemerkt siebzehntausend Jahre später!"

„Unglaublich!", staunte Lilly. „Und? Was tanzten die Steinzeitmenschen nun?"

Walker sah sie verlegen an. „Tja, nachdem die Buschmänner alle Erkenntnisse gründlich unter sich ausdiskutiert hatten, einigten sie sich auf die gemeinsame Schlussfolgerung, dass die Abdrücke … vermutlich beim Abbau von Lehm entstanden sind."

Lilly kringelte sich vor Lachen. „Von so einem Tanz hab ich aber noch nichts gehört."

Walker wollte noch auf etwas anderes hinaus. „Überleg mal: Wenn noch heute einige wenige Menschen über solch verblüffende Fähigkeiten verfügen … Wozu wären dann Neandertaler fähig, die sich über vierhunderttausend Jahre eigenständig entwickelt haben?"

„Zu Dingen, denke ich, die wir Menschen uns kaum ausmalen können. Ich war schon erstaunt, von den *Awa* im brasilianischen Regenwald zu lesen. Sie hangeln sich in schwindelerregender Höhe wie Affen durch die Wipfel der Bäume und erlegen Tiere mit ihren Langbögen. Mach das mal nach!"

„Es gibt noch mehr Menschen mit Superkräften. Vielleicht hast du vom *Raramuri-Volk* gehört, das in den Schluchten und Wüsten der Sierra-Madre-Berge in Mexiko lebt. Die machen da ihr ganz eigenes Ausdauertraining. Die Männer treten in absurden Spielen tagelang rennend hölzerne Bälle vor sich her und legen dabei hunderte Kilometer durch raue, hoch gelegene Berggebiete zurück."

„Zähe Jungs."

„Nach dem Studium habe ich ein indigenes thailändisches Volk in der Andamanensee besucht: die halbnomadischen *Moken*. Ihre Kinder leben in ihrem eigenen Universum, dem Meer. Ihre Sehkraft ist fünfzig Prozent schärfer als die europäischer Kinder. Dank dieser Scharfsinnigkeit erspähen sie ohne Taucherbrillen ihr Frühstück auf dem Meeresgrund."

„Faszinierend! Man könnte vermuten, dass das mittlerweile in ihrem Genom angelegt ist."

„Davon gehe ich auch aus – so wie beim benachbarten Bajau-Volk auf den Philippinen, in Malaysia und Indonesien. Deren Taucher können über vier Minuten lang die Luft anhalten. Sie haben eine genetische Fähigkeit entwickelt, Sauerstoff effizienter zu nutzen."

Stolin interessierte sich derweil nur für Wolfsspuren. Ab und zu war der Boden unbewachsen und weich, da suchte er sie, weil man sie besser sah. Abdrücke von Wölfen sind acht bis zehn Zentimeter lang und etwas weniger breit. Sie sind sehr ebenmäßig geformt, die dicken

Krallen sind immer gut sichtbar. Er hielt vor allem nach dem typischen *geschnürten Trab* Ausschau – ein leicht auszumachendes Merkmal, bei dem der Wolf die Hinterpfoten in den Abdruck der Vorderpfoten setzt, um effizient und leise voranzukommen – doch er wurde nicht fündig. Ab und zu nuckelte er verdrossen an einer Whiskyflasche, was sein Sehvermögen nicht gerade verbesserte.

Während einer kurzen Rast an einem kleinen Bergsee kletterte Walker einen steinigen Hang hinauf und verschwand in einer unscheinbaren felsigen Grotte, die ihm schon von weitem aufgefallen war. Bei seiner Rückkehr machte er auf Lilly einen befremdlichen Eindruck, doch er schwieg darüber, was er im Inneren vorfand. Der Fallensteller durfte unter keinen Umständen davon erfahren. Erst als sie wieder einige Zeit im Sattel saßen und Stolin sich ein Stück entfernt hatte, reichte er ihr, eingewickelt in ein Taschentuch, einen Feuerstein, der zu einem mustergültigen Faustkeil behauen war.

„Schneide dich nicht", warnte er sie leise mit glänzenden Augen. „Er ist perfekt bearbeitet und rasierklingenscharf!"

Wieder wurde es mit jedem Höhenmeter frostiger. Noch war es sonnig, doch als sie den Gipfel des nächsten Berges fast erreicht hatten, schwenkte das Wetter abrupt um. Böiger Wind peitschte feine Eiskristalle in ihre Gesichter, die Sicht war zunehmend eingeschränkt. Stolin verfluchte, dass er mitgekommen war.

Walker band die drei Pferde an seinen Mustang, ergriff das Halfter und führte die Gruppe durch den Schneesturm voran. Vergeblich suchte er eine Mulde, einen Überhang oder eine Höhle als Unterschlupf. Das Gelände um sie herum konnte man kaum mehr erahnen. So irrten sie einige Stunden orientierungslos durch die winterliche Berglandschaft und verloren zunehmend die Orientierung. Sie zweifelten nicht daran, dass sie es überstehen würden. Dies war kein Himalaja, kein Hochgebirge, ihre Kleidung war funktionell und die Taschen voll Proviant. Nur: Wohin trieb sie das Schneegestöber?

So stürmisch wie die äußere Welt war auch die innere Gedankenwelt des jungen Australiers. Vor wenigen Stunden hatte er in einer kleinen, unscheinbaren US-amerikanischen Grotte auf einen Schlag eine wissenschaftliche Sensation ausgemacht. Was er dort vorfand, bekam in dieser Form kein zweiter Paläoanthropologe jemals zu Gesicht. Während ambitionierte Ausgräber und Archäologen spärliche Überbleibsel mit Methode und immensem Arbeitsaufwand aus dem Staub der Zeit pinselten, präsentierte sich Walker eine komplett erhaltene Unterkunft wie ein frisch gedeckter Tisch.

Als hätte ein auf sich gestellter, steinzeitlicher Höhlenbewohner erst gestern sein Quartier vorübergehend für die Jagd verlassen, breitete sich sein kompletter Haushalt auf dem Boden aus: eine erkaltete Feuerstelle mit verkohlten Fleischresten, eine mit Tierfellen ausgestattete Schlafstätte, ein Arbeitsbereich für die Herstellung von primitivem Werkzeug, von Waffen und Geräten. Walker sah halbfertige lederne Kleidungsstücke, sogar Schmuck aus roten Federn und Raubtierzähnen. An einer Wand leuchteten filigrane Tiermalereien in Orange, Rot, Schwarz und Gelb. In einer Nische stand eine kleine Flöte – ähnlich jenem zweiundzwanzig Zentimeter langen, über fünfunddreißigtausend Jahre alten Blasinstrument aus dem Flügelknochen eines Gänsegeiers, das zweitausendneun in der Höhle *Hohle Fels* bei Ulm in Deutschland gefunden wurde.

Dies alles war nicht inszeniert, sondern echt, erkannte Walker auf Anhieb. Dass es sich um einen komplexen Feldversuch handelte, war ausgeschlossen, darüber wäre er über sein berufliches Netzwerk informiert gewesen. Außerdem gab es die DNA-Analyse des Neandertalerknochens, dessen Spur in die Nähe der Bitterroot-Berge führte. Keine andere Schlussfolgerung war möglich: Es musste sich um die vorübergehende Behausung eines einzelnen existenten *Homo neanderthalensis* handeln und wenn es ihn gab, würde es auch noch weitere geben.

Die Existenz einer letzten Population dieser archaischen Menschenform in den Vereinigten Staaten war unfassbar, aber durchaus möglich. *Clovis*, *Folsom* und *Nenana* gelten offiziell als die prähistorischen Kulturen, die den Beginn der Besiedlung Amerikas markieren, auch wenn einige Wissenschaftler Zweifel anmelden. Diese Clans von Jägern und Sammlern lebten vor rund zwölftausend Jahren im Norden Amerikas und daran würde diese heutige Entdeckung auch nichts ändern. Offensichtlich aber gab es noch eine andere, ursprünglichere Menschenform, die Amerika, wenn nicht flächendeckend, dann zumindest stellenweise besiedelte und in einem unbekannten Terrain irgendwo hier in der Wildnis seit Jahrtausenden überlebte. Möglicherweise war sie, wie die *Clovis-Kultur*, in oder vor der letzten Kaltzeit über die Beringbrücke von Ostsibirien nach Alaska eingewandert und hatte es irgendwie fertiggebracht, sich bis heute zu tarnen, zu verbergen und sich für die menschliche Zivilisation unsichtbar zu machen.

Bei der kleinen Höhle handelte es sich nicht um den auf der Speerspitze verewigten Ort. Walker vermutete, dass die Grotte nur eine Basis für den umherstreifenden Steinzeitjäger war, der den Beringia-Wolf jagte. Weitere Neandertaler hielten sich womöglich irgendwo tief in den Bergen auf.

War ihr Zuhause jener mysteriöse Ort, der durch die Gravur beschrieben wurde? Mehr denn je war er entschlossen, die Suche fortzusetzen.

Stan wachte auf der Couch auf, schaute auf die Uhr und war in größter Eile. „Punkt zehn, die Arbeit ruft, ich muss los!" Fred, der im Liegestuhl schnarchte, weckte er mit einem flüchtigen Klaps auf die Schulter und warnte ihn: „Komm ihm nicht wieder zu nahe, halte Abstand! Er hätte dir spielend den Arm ausreißen können."

Behäbig rappelte Fred sich auf. „Oh ja, das hätte er. Hat er aber nicht. Keine Sorge! Ich rufe dich an, wenn Ms. Feron zurück ist. Bis dahin behalten wir das Ganze besser für uns." Er begleitete den Ranger zur Tür und sah ihm dabei zu, wie er noch schnell seine Uniform reinigte, bevor er in den Wagen stieg.

Nachdem Stan fort war, fühlte er sich einsam und unwohl – nicht nur, weil er einen Bärenhunger hatte, sondern auch, weil er inzwischen ebenfalls tiefes Mitgefühl für den Eingesperrten empfand. Es war herzzerreißend, ihn, der nichts verbrochen hatte, wie ein Tier eingeriegelt vor sich zu haben.

Gegen den Hunger machte er sich eine Fertigpizza, deren herzhafter Duft den Neandertaler vollkommen kalt zu lassen schien, obgleich seiner fleischigen, übergroßen Nase wohl kaum etwas entgehen durfte. Omu aß nichts und trank nichts. Er machte einen resignierten Eindruck, sein Wille schien gebrochen, wie er da in gekrümmter Haltung im Zwinger kauerte. Auf Freds Ansprache reagierte er nicht. Den lang gestreckten, gewaltigen Schädel ans Gitter gelehnt, die Augen tief unter den mächtigen Knochenwülsten geschlossen, das breite Maul bitter verzogen – in seinem gesamten Leben hatte Fred nichts Kläglicheres gesehen. Wann endlich würde seine Chefin heimkehren?

Er musste sich dem traurigen Insassen zuwenden, ihn irgendwie aufmuntern. Nur wie? Er knipste sein Mobiltelefon an. Der Startbildschirm zeigte den Kampf eines Mammuts mit einem Rudel Wölfe. Was würde passieren, wenn er das Motiv dem Urgeschöpf im Käfig zeigte? Da kam ihm eine noch bessere Idee: *Wenn schon, denn schon*, sagte er sich, klappte den Laptop auf und suchte nach Bildern zu bestimmten Schlagwörtern, die er nacheinander eingab:

neandertaler, mensch, speer, steinzeit, gebirge, wolf, faustkeil

Rund zwanzig Bilder lud er in eine separate Datei. Dann stellte er den Laptop für den Gefangenen gut sichtbar, doch unerreichbar vor dem Käfig auf den Boden.

„Jetzt sieh dir das mal an, mein Junge!"

Schon startete die Diashow als Endlosschleife. Ein Foto nach dem anderen wurde angezeigt. Es dauerte nicht lange, und Omu rührte sich. Die Bilder hatten seine volle Aufmerksamkeit. Was ging da vor sich? Sein Erstaunen war augenscheinlich. Warum erschienen vertraute Dinge wie im Traum vor ihm? Er legte den Kopf schief und gab verblüffte Grunzlaute von sich, während er das unbekannte, grelles Licht ausstrahlende Ding argwöhnisch anglotzte.

Bald hing er vollkommen gebannt an den Stäben, versuchte, so dicht wie möglich an das sonderbare leuchtende Fenster heranzukommen. Durch es hindurch sah er geisterhafte Traumbilder Seinesgleichen, Werkzeuge und Waffen, wie sein Volk sie verwendete. Sogar Wölfe erschienen vor ihm, doch sie waren unbeweglich, als wären sie im Eis eingefroren. Einem Kind gleich, das hingerissen in ein Kaleidoskop blickt, fielen für einen Moment alle Sorgen von ihm ab.

Fred jauchzte vor Freude über Omus Reaktion. Es hatte funktioniert. Der erste Schritt der Kommunikation war getan. Er grübelte, wie er darauf aufbauend einen Dialog mit diesem exotischen Geschöpf in Gang bringen konnte. Gewiss war jede Art der Verständigung ein

Gewinn und von großem Nutzen für alle Beteiligten. Da waren all die Fragen und kaum Antworten! Woher kam dieser Steinzeittyp, von dem Lilly Feron vermutlich nichts ahnte, und warum stellte er dem Wolf nach? Alles war offensichtlich miteinander verwoben. Noch konnte er sich keinen Reim aus alldem machen. Oder doch? Im Zentrum des Durcheinanders schien die mysteriöse Klinge, von der Stan berichtet hatte, zu stehen. Der Neandertaler war nicht hinter dem Wolf her, sonst hätte er ihn fortgeschleppt. Nein, er wollte in den Besitz dieser für ihn so wichtigen Waffe kommen.

Unvermittelt nahm Fred eine Vibration an seiner Hüfte wahr. Das Walkie-Talkie! Lilly Feron mochte die modernen Handfunkgeräte. Klein, preiswert und unverwüstlich lud man den Akku auf und konnte sich in jedem Terrain über zehn Kilometer hinweg mühelos verständigen. Für ihren Gebrauch waren weder Sendeanlagen nötig, noch fielen Mobilfunkgebühren an.

Er löste das brummende Gerät von seinem Gürtel und schaute aufs Display. Oje, das Wolfskind. Es durfte auf keinen Fall hereinkommen und sehen, was in der Zentrale vor sich ging.

„Tom an Basis. Hallooo? Hihi. Tom an Basis … Hallo, hallo?", gackerte der Autist in sein Gerät.

„Basis an Tom. Ich bin's, Fred. Ich halte hier die Stellung. Was gibt's denn, Tom? Alles okay bei dir? Ende."

„Roger. Hihi. Hallooo? Hallo Fred. Habe eben das kleine Gehege besucht. Alles paletti. Paletti, paletti. Dann habe ich mich an etwas erinnert, Fred."

„An was denn, Tom?"

„Lilly hat doch gesagt … also, sie hat doch gesagt … dass die Timberwölfe diese Woche … na ja, sie sollen doch die Wurmkur bekommen!"

Fred erinnerte sich. „Roger. Tom, du bist großartig. Die Wurmkur, hatte ich ganz vergessen. Mann, bist du klug! Ist klar. Dann brauchst du also die Tabletten, oder? Du willst sie den Wölfen ins Maul stecken, richtig? Ende."

„Hihi. Kannst du sie mir geben? Ich bin schon vor dem Eingang. Bring sie mir doch raus, dann mache ich nicht wieder alles schmutzig. Ich war wieder im Wald. Da ist viel Matsch. Und Putzen ist sooo laaangweilig!"

„Roger, ja, das ist es, auf jeden Fall!"

Typisch Tom! Er stand vor der Haustür und rief Fred per Walkie-Talkie an. Er hätte auch klingeln können. Aber so war er nun mal.

„Ist gut, Tom! Bleib, wo du bist! Willst du sie wieder in Hühnerleber stecken? Ich kann dir ein Paket aus dem Tiefkühler holen. Ende."

„Ja, Hühnerleber ist gut. Hühnerleber. Das wäre toll! Köstlich! Dann sind sie weg im Nu."

„Roger. Bin gleich bei dir. Warte draußen, Tom! Ich komme gleich. Ende."

Unterdessen hatte die Diashow Omu aus seiner Lethargie geholt. Er war hellwach und lauschte aufmerksam dem Rauschen und Knacken des Funkgesprächs. Er begriff, dass sich der Rothaarige mit einer imaginären Person verständigte und sah ihm dabei zu, wie er ein Paket Gefrorenes aus einer Tiefkühltruhe entnahm. Nicht das kleinste Detail entging ihm – auch nicht, was Fred anschließend tat:

Schräg gegenüber des Zwingers stand Lilly Ferons stets abgeschlossener grüner Medizinkühlschrank, in dem sie Antibiotika, Schmerzmittel, Impfstoffe, Vitamine und andere Substanzen bevorratete. Der Rothaarige zog seinen Schlüsselbund hervor und öffnete das Vorhängeschloss an der Schranktür. Omu registrierte den Vorgang genau. Es ging schnell, doch er sah, wie der glänzende Schlüssel in das

Schloss glitt und sich drehte. Er hörte das metallische Klicken, beobachtete, wie der dicke Bobo das Schloss abnahm, die Tür öffnete und den Schlüsselbund einsteckte. Er verstand, dass sich der grüne Kasten auf diese Art öffnen ließ. Der Bobo kramte darin herum, nahm etwas heraus und trug die Gegenstände nach draußen.

Allein im Raum, griff Omu unversehens nach dem Vorhängeschloss an der Zwingertür. Es sah identisch aus. Er dachte angestrengt nach. Der Laptop war etwa drei Schritte vom Käfig entfernt. Rasch löste er den ledernen Riemen um seine Hüfte und knotete mit viel Geschick eine Schlinge daraus. Sodann streckte er seinen Arm aus dem Gitter so weit es ging und warf die Schlinge aus dem Handgelenk wie ein Lasso über Freds Rechner. Jetzt konnte er das Ding vorsichtig zu sich heranziehen. Als es in Reichweite war, löste er die Schlinge, band sich den Riemen wieder um, legte sich auf die Seite und schloss die Augen.

Ruhig ein- und ausatmend wartete er auf Freds Rückkehr. *Komm doch, dicker Bobo!*

27

Als der Wind sich endlich legte, hörte es auch bald auf zu schneien. Stetig kroch die grelle Mittagssonne über die schroffen Bergkuppen ins Tal. Die Luft war klar und kühl, der Wetterspuk vorüber.

Lilly warf Walker einen verliebten Blick zu. Er hatte Reiter und Pferde ohne Zwischenfall vorangebracht, auch wenn sie nicht wussten, wohin. Niemand war gestürzt, kein Pferd verletzt, das war das Wichtigste. Leicht unterkühlt und erschöpft, mussten sie dringend eine Rast einlegen und die feuchte Kleidung wechseln. Am Rande eines Waldes fanden sie einen geeigneten Platz, dort gab es Gras und Schmelzwasser für die Pferde.

Nachdem sie sich umgezogen hatte, benutzte Lilly einen Gasbrenner, um Kaffee aufzubrühen. Aus den Rucksäcken kramte sie Nüsse, Tomatensuppe, Fruchtsaft und Biltong, das Trockenfleisch aus Südafrika, hervor, das sich hervorragend als Reiseproviant eignet.

Walker hängte seinen *Akubra* zum Trocknen in die Sonne und setzte sich zu ihr. Der Kaffee tat unglaublich gut. Gefühlvoll strich er ihr über den Rücken. Dann öffnete er bewusst langsam eine Tasche an seiner Weste und zog vorsichtig die Speerspitze heraus, die er aus dem Labor geholt und anschließend an eine Lederschnur gebunden hatte. Er küsste Lilly auf die Stirn und hängte sie ihr behutsam um den Hals.

„Das Ding ist magisch, so wie du. Pass gut darauf auf!"

Gerührt angesichts des Vertrauensbeweises, umarmte Lilly ihn. Flugs verbarg sie die Klinge unter ihrem T-Shirt. Es fühlte sich an, als strahlte sie eine mystische, wohltuende Kraft aus. Sie griff nach Walkers

Hand und legte sie sanft auf ihre Brust, so konnte er den Anhänger, ihren Herzschlag und alles gleichzeitig spüren.

In der Ferne stolperte Stolin derweil missgelaunt mit seiner Landkarte umher, drehte und wendete sich und fluchte dabei ununterbrochen, weil er die unübersichtliche Umgebung nicht dem Plan zuordnen konnte. Es war amüsant, ihm zuzuschauen. Er hatte nicht die Spur einer Ahnung, wo er sich befand. Das brachte ihn zur Weißglut.

Schuld daran waren für ihn allein seine Gefährten, von denen er sich innerlich zunehmend distanzierte. In seinem Wahn machte er sie für die festgefahrene Situation, ja, für alles, einschließlich des schlechten Wetters, verantwortlich. Die zwei Abenteurer hatten ihn ins Gebirge, in die Einöde gelockt, hatten ihn verführt, sich auf das Wagnis einzulassen. Nur wegen des verdammten Wolfspelzes hatte er sich breitschlagen lassen. Die *Bermuda-Berge* hatte er stets gemieden, und nun war er mittendrin. Er verfluchte die Landkarte, verfluchte die Expedition, den Beringia-Wolf und die unbarmherzige Wildnis, die ihn nun in ihrem erbarmungslosen Würgegriff hielt.

Schnaufend, das Jagdgewehr um die Schulter gehängt, stieg er einen Steinhügel hinauf, von dem er sich einen besseren Rundblick erhoffte. Oben angelangt, stellte er fest, dass die Sicht auch hier durch dichten Wald, Geröll und steile Felswände eingeschränkt war. Lediglich ein weiterer Hügel mit drei riesigen Bäumen war von hier aus zu sehen. Ging es dort weiter? Würde an diesem gottverlassenen Ort wenigstens irgendjemand seinen Schuss hören? Ohne nachzudenken, riss er sich das Jagdgewehr von der Schulter, entsicherte und feuerte in die Luft. Der ohrenbetäubende Knall brach sich ein Dutzend Mal an den schroffen Felswänden und brachte die vergnüglichen Mittagsrufe der Vögel abrupt zum Schweigen.

„Was für ein Idiot", fauchte Lilly. „Und so was nennt sich Wildhüter!"

„Lassen Sie das bitte, Mr. Stolin", rief Walker ihm so entspannt wie möglich zu. „So finden wir den Wolf nie. Und außer dem Beringia-Wolf hört das hier ohnehin niemand."

Lilly explodierte fast, doch sie riss sich zusammen. „Würde mich nicht wundern, wenn der Schwachkopf sich aus dem Staub macht. Ich hätte nichts dagegen."

„Ganz deiner Meinung!" Walker legte seine Wange an die ihre und raunte: „In der Höhle ... Ich habe dort eine schier unglaubliche Entdeckung gemacht."

„Ja, du hast diesen Faustkeil gefunden."

„Viel mehr als das. Eine komplette Unterkunft."

„Die Unterkunft eines Frühmenschen?"

„Ja. Du kannst dir nicht vorstellen, wie ich mich fühle. Weißt du, mein Leben lang beschäftige ich mich mit alten Dingen, uralten, vergangenen Dingen, die kaum greifbar sind. Und nun schaue ich in diese Grotte ... und ich blicke in das Wohnzimmer eines lebenden Neandertalers, in sein tägliches Dasein. Ich kann es noch immer nicht fassen!"

„Das heißt, sie existieren!"

„Er existiert. Wir wissen nicht, ob es noch mehr gibt."

„Aber das ist doch offensichtlich."

„Ja, Lilly. Es können nicht viele sein, höchstens ein paar hundert, sonst wäre es schon bekannt geworden. Sie wären längst aufgeflogen, von Forschern bedrängt, von der Presse belagert."

„Das leuchtet ein. Ihr strategischer Vorteil ist, dass es eine überschaubare Population ist, die sich gut zu verstecken weiß."

„Hier draußen sind sie klar im Vorteil. Es ist ihr Terrain. Sicher sind sie in freier Wildbahn schlauer als jedes Tier und jeder Mensch. Nur ... Wo verbergen sie sich?" Walker schaute zu Frank Stolin hinüber, hundert Meter entfernt, noch immer schimpfend, die Karte in der einen, einen Marschkompass in der anderen Hand. „Ich habe darüber nachgedacht, Lilly. Ob wir sie finden oder nicht – ich meine, wir sollten es unbedingt für uns behalten. Wir müssen sie schützen. Wir dürfen sie nicht verraten."

Walker wollte diese Sensation auf keinen Fall überstürzt öffentlich machen, doch Frank Stolin war ein echtes Problem. Er machte keinen vertrauenswürdigen Eindruck. Noch wusste der Trapper nicht alles. Wie würde er darauf reagieren? Alles Mögliche konnte passieren. Sich jetzt, mitten im Nirgendwo von diesem Mann zu trennen, war allerdings ebenfalls keine Option. Irgendwie mussten sie miteinander auskommen.

Als hätte sie seine Gedanken gelesen, flüsterte Lilly in Stolins Richtung: „Er ist unberechenbar. Wir müssen vorsichtig sein." Besorgt schmiegte sie sich an Walker.

Der Tag war noch lang. Sie entschlossen sich, kurz zu rasten und dann weiter zu reiten. Walker entfachte ein kleines Feuer. Stolin trank Whisky und bereitete sich unter einem felsigen Überhang ein Lager für den Mittagsschlaf. Lilly brachte gerösteten Zwieback und eine Blechtasse heiße Tomatensuppe zu ihm. Er tat, als ob er schlief. Sie wusste, er verstellte sich.

Im Vorbereiten hatte Lilly, schon bevor sie den Rastplatz erreichten, Wolfsspuren gesichtet, es aber für sich behalten. Jetzt bat sie Walker, sie zu begleiten, um die Zeit zu nutzen und in der Nähe der Abdrücke drei Wildkameras anzubringen. Sie hoffte, Beringia-Wölfe nachzuweisen. Die wasserdichten Kameras würden bis zu sechs Monate lang zu jeder Tageszeit alles erfassen, was sich vor ihnen bewegte und automatisch Bilder und Videos in hoher Auflösung aufnehmen. Dann würde Lilly die Daten auswerten.

Nach einer Stunde kehren sie zum Lager zurück. Lilly hatte es geahnt: Stolin war verschwunden. Außer seinem Reitpferd hatte er das

Packpferd und einen Großteil des Proviants mit sich genommen. Die Scherben der leeren Whiskyflasche lagen verstreut um seine Lagerstätte, Plastikverpackungen von Süßigkeiten hingen in den Zweigen der Sträucher. Offenbar wollte er sich allein durchschlagen. Was führte er im Schilde? Wollte er zurück zum Painted Rocks See oder knöpfte er sich die Beringia-Wölfe vor? Lilly konnte nur hoffen, dass er keine weiteren dieser Exemplare ausmachte. Mit Grausen stellte sie sich eines der raren Tiere als Jagdtrophäe festgebunden auf seinem Packpferd vor.

Nach dem dämlichen Schuss in die Luft befürchtete auch Walker weiteres Ungemach. Er mochte sich eine Begegnung des betrunkenen Fallenstellers mit einem Neandertaler nicht ausmalen. Welche Chance hätte Letzterer gegen einen Jäger mit modernem Jagdgewehr? Sie mussten ihm folgen!

Schnell erkannte Lilly, dass Hufspuren den Steinhügel hinaufführten, von dem der Trapper am Vortag den Schuss abgefeuert hatte. Rasch packten sie die Ausrüstung zusammen, schnürten die verbliebenen Taschen hinter die Sättel und ritten der Fährte nach.

Auf dem Hügel angelangt, eröffnete sich ihnen der spektakuläre Blick auf eine weitere, einige hundert Meter entfernt gelegene Bergkuppe, auf deren Gipfel drei prächtige Kieferngewächse thronten. Ihre kolossalen, etwa eineinhalb Meter dicken Stämme ragten über sechzig Meter in die Höhe – ein imposanter Anblick in der überwiegend kargen Landschaft.

„Drei uralte westamerikanische Lärchen", rief Lilly verzückt, „die höchsten Bäume Montanas. Diese hier dürften an die tausend Jahre alt sein."

Je näher sie ihnen kamen, umso augenfälliger wurde, dass man die drei einsamen Riesen aus großer Entfernung von fast allen Himmelsichtungen problemlos ausmachen konnte. Walker stieg vom Mustang, reichte Lilly die Zügel und klopfte beeindruckt mit der flachen Hand auf die purpurgraue Borke mit ihren tiefen, weiten Rissen und trockenen Schuppen. Weiter oben leuchtete die Rinde der dicken Zweige hell-orangebraun. Hoch zu Ross, legte Lilly ihren Kopf in den Nacken. Dohlen demonstrierten in den Wipfeln ihre Flugkünste. Die ausladenden, struppigen sommergrünen Baumkronen der Koniferen erschienen wie ein Wald.

„Drei unübersehbare Riesenlärchen sind ein hervorragender Orientierungspunkt", meinte Walker, öffnete das Bild der Klingengravur auf seinem Mobiltelefon und sah sich aufmerksam um. Er konzentrierte sich auf die Strukturen rund um die drei eingravierten Zapfen, wanderte umher und suchte die Umgebung nach Übereinstimmungen ab. Immer wieder drehte er sich, drehte das Handy. Schließlich ging er einige Schritte um einen kleinen Felsen herum und rief: „Hier ist ein Pfad, der hat eine ähnliche Krümmung. Das könnte es sein."

Sogleich ritt Lilly ihm mit den Pferden entgegen. „Also los!"

Sie folgten dem Pfad. Der Boden war anfangs erdig und feucht vom Niederschlag des Vortags. So fiel es ihnen leicht, die Trittsiegel zu erkennen. Als die spärliche Vegetation nackten Felsen wich und der Untergrund steinig wurde, löste sich die Spur auf. Dennoch ritten sie ohne zu zögern voran, denn Stolins Marschrichtung war klar: Der Pfad hatte keine Abzweige, keine Ausweichmöglichkeiten, es gab nur ein Vor oder Zurück. Auf der einen Seite wurde es zunehmend abschüssig, auf der anderen türmte sich immer höher aufragendes Gestein. Minute um Minute verengte sich der Weg, zur Rechten schlängelte er sich an einer steilen Felswand vorbei, zur Linken fiel der Hang ins Bodenlose.

Als die Pferde zu scheuen begannen, stiegen sie ab und führten sie zu Fuß weiter. Fast erwogen sie, umzukehren, da hörten sie das Klappern von Hufen. Das konnte nur Frank Stolin sein. Schon lief er ihnen um die Biegung entgegen – ein auf frischer Tat ertappter Dieb, schuldbeladen, mit hängendem Kopf, die entführten Pferde hintereinander gebunden. Ein jämmerlicher Anblick!

„Da hinten ist Schluss", rief er heiser. „Sie müssen umkehren. Das ist eine Sackgasse. Nun wenden Sie schon!"

Walker wollte keinen Zank, keine Eskalation, trotzdem machte er seinem Unmut Luft: „Sie hätten uns wecken können. Jetzt sehen Sie: Allein kommt man nicht weit."

„Wohin führt der Weg?", fragte Lilly eisern.

„Ich habe es doch gesagt, Ma'am. Kein Weiterkommen", kam die trotzige Antwort.

„Was haben Sie denn gesehen?"

„Der Weg mündet in einen Kessel. Da ist ein See und viel Vegetation, von hohen Felswänden umschlossen. Vielleicht sehr nett und romantisch für verliebte Turteltäubchen wie euch. Aber das war's. Endstation! Es geht nicht voran, kapiert?"

„Ein Gebirgssee? Wie weit ist es bis dahin?", fragte Walker kühl.

„Fünf Minuten zu Fuß. Wieso?"

„Wie groß ist der See?"

„Vielleicht hundert Meter im Durchmesser. Wird von einem Wasserfall gespeist. Sonst ist da nichts. Ein gespenstischer, einsamer Ort. Lassen Sie es! Das ist eine Sackgasse. Das Ende der Welt. Verstehen Sie?"

Wieder suchte Walker Lillys Blick. Beide dachten dasselbe. Ein stilles Gewässer von dieser Größe, eingeschlossen in stark abschüssiges Gelände – die Gegebenheiten passten zur Symbolik der Gravur und ihrem Pendant auf dem Plan.

„Gibt es einen Bach?", erkundigte sich der Australier.

„Nein. Weiß nicht, wo das Wasser vom Wasserfall hinläuft. In den Untergrund, schätze ich."

„Das kann gut sein", meinte der Professor und brach von Hand ein Stück bröckeliges Gestein aus der Felswand neben sich. „Hier gibt es viel weichen, löslichen Kalkstein. Ein Gewässer kann sich mühelos in das Zeug hinein graben. Ich denke schon eine Weile darüber nach."

„Über was denken Sie nach, Mann?"

„Ich glaube, diese Region hier ist ein Glaziokarst."

„Ein was?"

„Wir sind hier in einer ehemals vereisten Karstlandschaft. Während der Eiszeit war Nordamerika teils von Gletschern bedeckt. Dort, wo weicher und spröder Kalkstein vorkam, erodierten ihn die Eismassen von oben, Gewässer unterspülten ihn und wuschen ihn aus. Berggipfel stürzten in sich zusammen. So entstanden vor langer Zeit trichterförmige Senken. Sie werden auch Dolinen genannt. Manche sind einige hunderte Meter tief und mit noch größerem Durchmesser."

Lilly kannte sich aus. „Habe schon mal eine Doline erkundet. Solche Sinkhöhlen sind für uns Biologen hochinteressant, weil es abgeschottete Lebensräume mit eigenem Ökosystem sind."

„Ökosystem? Da scheiß ich drauf!", ätzte Stolin. „Verdammte Ökos!"

„Vorsicht!", warnte Walker ihn scharf.

Der Trapper fuhr zusammen.

Zum ersten Mal erlebte Lilly Walker zornig. „Auf welcher Seite befand sich der Wasserfall?", fragte sie.

„Rechts. Er ist rechts."

Walker schaute auf sein Handy. „Genau dahinter ist das Menschensymbol."

Stolin lachte verbittert. „Ein Strichmännchen ist kein Wasserfall, oder ist es das? Also vergessen Sie's! Was auch immer Sie suchen. Es ist nicht dort."

„Da könnten Sie Recht haben", besänftigte Lilly den gereizten Fallensteller, ergriff Walkers Hand und zog ihn mit sich fort. Einige Schritte entfernt, umarmte sie ihn und flüsterte in sein Ohr: „Es sei denn, hinter dem Wasserfall geht es weiter!"

Das schien zumindest nicht unrealistisch. Walker wusste: Einzelne Dolinen sind oft über Höhlensysteme mit anderen verbunden. Es war denkbar, dass sich eine weitere an die erste anschloss.

Stolin war zunehmend verdrossen. „Hören Sie, lassen Sie mich mit Ihrem Mist in Ruhe! Wir reiten jetzt sofort zurück. Denn was ich Ihnen noch nicht sagte: Am See wurden die Pferde sehr unruhig."

„Unruhig? Wieso denn?"

Der Trapper setzte sich an den Wegesrand, wirkte elend und matt. „Da waren seltsame Laute", sagte er gedämpft. „Wusste nicht, woher sie kamen. Sie kamen von überall."

„Wie Echos, von den Felswänden reflektiert?"

„Ja, überall Echos. Fast dachte ich, es wären menschliche Laute. Gruselige Menschenstimmen. Sehr gespenstische Töne. Glauben Sie's mir: Verdammt unheimlich und geisterhaft! Sie kamen von überall, haben sich mit dem Rauschen des Wasserfalls vermischt. Doch man sah nichts. Dann wurden die Gäule panisch."

„Panisch? Wie bei Ihrer Begegnung mit dem Beringia-Wolf?"

Stolins phobischer Gesichtsausdruck beantwortete Lillys Frage.

Walker rückte seinen *Akubra* zurecht. „Ich denke, wir schauen es uns selbst mal an. Sie können gern umkehren und zum Painted Rocks See reiten, Mr. Stolin. Wir nehmen es Ihnen nicht übel."

Pikiert beobachtete der Trapper, wie die beiden ihre Pferde absattelten und an einen großen Stein banden.

Lilly klopfte ihrer Morgan-Stute beruhigend auf den Hals. „Mit euch sind wir weit gekommen. Das letzte Stück machen wir zu Fuß. Seid schön artig! Wir sind bald zurück."

Sie schnallten das Gepäck ab, packten eine Minimalausrüstung in einen kleinen Rucksack und brachen auf. Dass keiner von ihnen eine Schusswaffe mitnahm, konnte Stolin nicht begreifen.

„Ohne Knarre?", rief er abschätzig hinterher. „Sie nehmen keine Knarre mit? Das nenne ich Mut!"

„Ich habe ein Messer", erwiderte Walker unbekümmert. „Kann gut damit umgehen."

„Oh, ein Messer! Um Brote zu schmieren?", machte sich Stolin lustig. „Ich habe es satt! Ich bleibe hier, warte bis morgen früh auf Ihre Rückkehr. Wenn Sie nicht kommen, bin ich weg!"

Sie gingen nicht darauf ein. Konsterniert sah er ihnen hinterher, als sie leichten Schrittes den steilen Hang entlang um die hohe Wand wanderten, bis sie außer Sichtweite waren.

28

Hier liegt er, der stolze Jäger, gefangen wie ein Waldkaninchen in der Falle. Omu ist verzweifelt. Ohne die Klinge ist sein Volk in Gefahr. Wer immer sie besitzt, kann zum Urwaldtal finden, zu seiner Kela und allen Brüdern und Schwestern. Das darf nicht geschehen! Es wäre das Ende für sie, denn nirgends sonst können sie existieren. Er wird niemals aufgeben, wird die Klinge heimbringen. Dies ist seine Pflicht, sein Weg.

Omu rührt sich nicht. Der Köder ist ausgelegt, das leuchtende Bilderfenster ist in Reichweite. Er täuscht vor, zu schlafen. Nach einiger Zeit ortet er die Schritte des Zurückkehrenden. Als der Rothaarige im Raum stehen bleibt, spürt Omu, wie sein Blick auf ihm ruht. Offenbar wundert er sich, dass das Bilderfenster so dicht am Käfig steht. Der Dicke verharrt, scheint zu überlegen, was er tun soll, ob er wagen soll, es zu ergreifen und an sich zu nehmen.

Tue es, komm her. Ich warte!

In sich ruhend, die Augen geschlossen, verharrt der Jäger, bis sein Opfer sich dem Bilderfenster nähert wie ein ahnungsloser Karpfen der Reuse. Bald ist er fast hautnah. Omu kann seinen Atem wittern, hört sein banges Herz pochen und das Rascheln seines Gewandes, als der Dicke seinen Arm lang macht, um das Ding zu packen.

Das ist der Augenblick!

Schnell wie ein Blitz hat Omu seinen Unterarm abermals ergriffen und zerrt ihn bis zur Schulter durch das Gitter zu sich hinein. Der Überlistete schreit wie ein aufgespießter Waschbär. In seiner Kleidung rasselt das glänzende Knäuel, auf das Omu es abgesehen hat. Mit seiner freien Hand greift er durch die Stäbe hinaus in die fremde Tasche und nimmt es an sich. Während er den Arm des Rothaarigen mit seinem Fuß gnadenlos festklemmt, öffnet er in Ruhe den Käfig. Dann gibt er den Waschbären frei und springt wie ein Wiesel aus dem Bau.

Als der Bobo mit schmerzendem Arm halbwegs auf die Beine gekommen ist, steht Omu bereits über ihm und drückt ihn widerstandslos nieder. Er wird ihm nichts antun, will nur eines erfahren:

Wo ist die erhabene Klinge?

Mit verrenkter Schulter, sich kampflos ergebend, saß der korpulente Praktikant auf dem kalten Boden in Lillys Zentrale. Zum zweiten Mal hatte der Steinzeitmann ihn eiskalt erwischt. Mit dem Ausdruck des klar Unterlegenen schaute er zum Sieger auf, davon überzeugt, dass es ihm nun endgültig an den Kragen ging. Mach es kurz, dachte Fred schon, doch er sah keine Feindschaft, nur Sanftmut in der massigen Visage über sich. Reichte das übermächtige Muskelpaket ihm wahrhaftig aus Mitleid seine Hand? Spontan schlug er ein und schrie vor Schmerz, als Omu ihn zu sich hoch zog – die Schulter!

Sein Gegenüber, nur wenig kleiner als er, dünstete Moschus und Wildtierlosung aus und hielt seine Hand eisern umschlossen. Gegenwehr war zwecklos!

„Was willst du?", rief Fred verzweifelt, wohlwissend, dass Omu es nicht verstand. „Du hast mir den Arm verrenkt!"

Als hätte er dennoch begriffen, seufzte der Neandertaler mitfühlend und begann, Freds Ober- und Unterarm behutsam abzutasten. *Mal sehen …* Er beugte die Gelenke vorsichtig hin und her, untersuchte ihn fast wie ein Orthopäde. Der Lädierte ließ alles stumm über sich ergehen.

Noch einmal seufzte Omu, dann griff er mit einer Hand entschlossen in Freds Achselhöhle und zog mit der anderen ruckartig an seinem Arm. Ehe dieser begriff, was geschah, war sein Schultergelenk mit einem dumpfen Knacken wieder eingerenkt. Es ging so schnell, dass für einen Schmerzensschrei gar keine Zeit blieb. Freudig überrascht, ließ er sich in Richtung Sitzgarnitur bewegen, wo er sich bereitwillig in einen Sessel fallen ließ. Es tat kaum noch weh und alle Knochen schienen wieder da zu sein, wo sie hingehören.

„Gut gemacht. Hast mich mal eben repariert."

Omu stand breitbeinig vor ihm, grinste bizarr und klopfte stolz auf seine Brust. „*Omu*", sagte er. „*Omu.*"

Das also war sein Name. Fred zögerte nicht, ihm seinen eigenen klarzumachen und auch das gelang.

„*Frett, Frett, Frett* …", wiederholte Omu, während er sich in die Essküche bewegte.

Der Praktikant folgte ihm, sah, wie der Neandertaler durch das große Panoramafenster nach draußen schaute. Gab es noch etwas anderes, das er ihm mitteilen wollte?

Omu wies von sich selbst zum Wald, der den Hof umsäumte. Er wollte hinaus. Nun zeigte er auf Fred und deutete mit der Handfläche nach unten an, er möge dableiben. Er machte diese Geste mehrmals, während er sich Schritt für Schritt rückwärts laufend entfernte. „*Galu! Galu!*", sagte er dabei, legte den Kopf schief und achtete auf Freds Reaktion.

Fred verstand die Gebärdensprache ohne Mühe, denn das Handzeichen *bleib!* ist das Einmaleins des Hundetrainings. Man begreift es intuitiv. Omu wollte hinaus und Fred sollte hier auf ihn warten. In seiner Sprache hieß *galu!* also so viel wie *bleib!* oder *warte!*

Zustimmend zeigte Fred auf sich selbst, machte eine Bleib-Geste und sprach: „Okay, *galu*. Fred *galu*." Was blieb ihm auch anderes übrig? Bändigen oder festhalten konnte er den Wilden ja nicht. Ihn anzuleinen und Gassi mit ihm zu gehen, war auch keine Option. Weil er auf Nummer sicher gehen wollte, redete er einfach weiter. „Kein Problem, Omu. Ich warte. Ich *galu*. Ich bleibe hier. Ich warte auf dich. Das ist vollkommen in Ordnung. Keine Sorge! Pass nur auf, dass dich da draußen niemand erwischt, sonst bekommen wir großen Ärger!"

Leicht belustigt über den Redeschwall, gurgelte Omu komische Laute hervor und zog eine zufriedene Grimasse. Dann lief er in die

Zentrale zurück, suchte seine rudimentäre Jagdausrüstung zusammen, gurtete sich sein Feuersteinmesser um und griff nach seinen Beuteln. Bevor er verschwand, machte er noch einmal die Bleib-Geste, sagte *„Frett galu"*, dann entfernte er sich bedächtig rückwärts zum Hauseingang, wo er so lange an der Klinke herumrumpelte, bis die Haustür aufsprang. Schon war er verschwunden.

Fred setzte sich brav in einen Sessel und versuchte, die Geschehnisse zu verarbeiten. Kannte der Neandertaler jetzt tatsächlich seinen Namen? Wie lange würde er fortbleiben? War es nur ein Trick, um möglichst weit zu entkommen? Gerissen war er ja! Wie auch immer, Fred hatte keine andere Wahl, als zu warten.

Das Wort „Gefährte" kam ihm in den Sinn. Zugegebenermaßen empfand er Sympathie für dieses Wesen. Hatte er einen neuen Freund, den wundersamsten, fantastischsten, eigenartigsten Freund, den man sich nur wünschen konnte? Zweimal hatte der Neandertaler ihn übermannt, zweimal hätte er ihn töten können. Aber er verschonte ihn. Das war erstaunlich nachsichtig bei allem, was sie ihm angetan hatten. Omu war hart im Nehmen, hatte gewiss aber auch einen weichen, liebenswerten Kern.

Fred atmete tief durch, versuchte, sich zu entspannen und schloss seine Augen. Als er sie öffnete, stand Omu wie ein Geist an der Wand gegenüber. Er hatte tief geschlafen. Benebelt sah er dabei zu, wie der Jäger sein Feuersteinmesser aus dem ledernen Holster zog und mit einigen gezielten Schnitten die Umrisse dessen in den Putz vor ihm kratzte, was er offensichtlich suchte: eine Speerspitze. Gut waren der lange Schaft und die markant geformte Klinge zu erkennen, offensichtlich jene Speerspitze, in deren Besitz Lilly Feron derzeit war. Sie hatte, was der Wilde begehrte. Fred wollte ihm zu verstehen geben, dass seine Chefin zurückkehren würde, dass Omu nur auf sie warten musste. Jetzt könnte die Verständigung vielleicht funktionieren.

„Omu, du suchst diese Speerspitze, richtig?", sagte er ruhig und zeigte auf das Wandgemälde. „Gut, ich will dir dabei helfen."

Der Neandertaler sah ihn forschend an. Fred nahm sein Handy und öffnete Bilder, die er an der Unfallstelle gemacht hatte. Sprachlos gaffte Omu auf die Fotos, den toten Beringia-Wolf am Straßenrand und die blonde Frau auf einer weiteren Aufnahme.

„Das ist Lilly, Lilly, mein Boss. Lilly Feron. Sie hat das Ding", sagte er und zeigte auf die Speerspitze an der Wand. Er bemühte sich, zu veranschaulichen, dass sie in ihrem Besitz war. „Lilly hat sie! Sie kommt hierher zurück. Omu, warte auf sie! Omu *galu!* Du musst hier auf sie warten. *Galu!*"

Omu schien zu begreifen. Er zeigte ein verhaltenes Grinsen, das seine großen gelben Zähne freilegte und sah hoffnungsvoll aus. „*Omu galu*", brummte er ruhig und griff nach seinem Jagdbeutel, den er auf dem kleinen Waldspaziergang mit sich geführt hatte. Er kniete vor Fred nieder und holte einen feuchten braunen Klumpen Lehm daraus hervor, den er an einer speziellen Stelle im Wald ausgegraben hatte. Geschickt drückte er eine Mulde hinein, in die er Arnikablüten und ein bitteres Kraut streute. Flink wie ein Bäcker rollte und knetete er die Masse kräftig durch und formte daraus eine handtellergroße Platte. Die duftende Packung schob er unter Freds T-Shirt und drückte sie pfleglich auf seiner Schulter an.

Der Patient ließ es bereitwillig über sich ergehen. „Sehr diplomatisch! Du hilfst mir, weil ich dir helfe."

Die Heilerde wurde nach kurzer Zeit von selbst warm und zeigte ihre Wirkung. Der Schmerz ließ nach. Ein freudig-gurgelnder Laut aus Omus Hals ließ auf seine innere Befriedigung über das Geleistete schließen. Dazu gab es für ihn reichlich Anlass: Er hatte den Rotschopf getäuscht, überlistet und überrumpelt, war so aus der Zelle entkommen, hatte ihn dabei unbeabsichtigt verletzt, dann aber untersucht und medizinisch versorgt. Zu seiner großen Freude hatte Fred ihm vermittelt, dass die Frau mit den Sonnenhaaren die erhabene Klinge zu ihnen bringen würde. Sich für all dies belohnend, packte Omu das rohe Kräuterfleisch aus und aß es begierig auf.

Sie beide waren todmüde. Omu kroch hinter das Wohnzimmersofa, Fred schlief im Sessel ein.

30

Gerade hat Kela den törichten Bobo erfolgreich vertrieben, da erschrecken sie die Schritte zweier weiterer Eindringlinge. Sofort lässt sie ihr Werkzeug fallen, bewegt sich dicht ans fallende Wasser und späht durch den Schleier nach draußen.

Da stehen sie im warmen Nachmittagslicht am See, nur wenige Schritte von ihr entfernt: ein dunkel gelockter Mann und eine hellhaarige Frau. Kela ist beunruhigt. Den einzelnen Bobo und die Pferde zu verscheuchen, hat nichts genutzt. Nun sind weitere gekommen.

Durch den Wasserschleier hindurch beobachtet sie die beiden: Ihre Gesten, ihren Gesichtsausdruck, ihre Haltung und ihre Kleidung. Irgendetwas tief in ihr sagt ihr, dass keine Gefahr von diesen grazilen Bobos ausgeht. Sie sind unbewaffnet, scheinen auf der Suche nach etwas zu sein. Die Augen in ihren seltsamen, flachen Gesichtern erscheinen friedfertig und warm.

Immer näher kommen sie dem Wasserfall, immer dichter an Kela heran. Sie rührt sich nicht. Ihr fällt der Muschelschmuck des Mannes auf. Auch die hellhaarige Bobofrau trägt etwas auf ihrer Brust.

Als sie ihr auf Armeslänge gegenübersteht und nur noch ein Hauch von Wasser sie voneinander trennt, erkennt Kela den Gegenstand um ihren Hals.

Der Anblick der erhabenen Klinge ihrer Ahnen trifft sie mit der Wucht einer Steinkeule. Omu selbst hätte mit dem Schatz ihres Volkes zurückkehren sollen, doch jetzt weiß Kela: Die Speerspitze mit ihren geheimen Zeichen ist in fremde Hände geraten. Ein eisiges Gefühl der Hilflosigkeit befällt sie. Was kann sie tun? Zu nahe sind sie schon, zu spät ist es, die Geisterstimmen einzusetzen.

Vorwärtsdrängend streckt die Fremde ihren schlanken Arm durch das her-abfallende Wasser. Ihre Hand ist zart und filigran. Von ihrer feinen, glatten Haut spritzt die Gischt in glitzernden Perlen ab. Dann holt die Hellhaarige tief Luft und macht einen weiteren Schritt voran. Schlagartig durchnässt, tastet und schreitet sie weiter, bis sie schließlich in der trockenen, düsteren Felsenhöhle steht.

Sie öffnet ihre Augen – grüne, staunende Augen, die nach einem ersten Schreck Verzauberung ausstrahlen.

Kela spürt ihren milden Blick, spürt die Aura dieser eindrucksvollen, schlanken Frau, deren kleiner, possierlicher Mund sie friedfertig anlächelt.

31

Barbusig und leicht gesichtsbehaart, ein Steinbeil um die breiten Hüften geschnallt, stand sie vollkommen unerwartet vor ihr. Lilly erschrak bis ins Mark, blieb aber gefasst und besah sich ihr Gegenüber so gelassen und wohlwollend wie möglich.

Mehr noch als die stämmige physische Gestalt fesselte sie der Gesichtsausdruck der nur einhundertdreißig Zentimeter großen, ungemein garstigen Gestalt. Wie bei der überzeichneten Mimik einer Karikatur schienen unterschiedliche Emotionen in reinster Form übereinandergelegt: blanke Verzweiflung, schiere Hoffnungslosigkeit, aber auch echte Wärme und Güte las die Wolfsexpertin in dem eigenartigen menschenähnlichen Wesen. Ihr knorriger, länglicher Schädel, dem Kinn und Stirn fehlten, ähnelte einer aufgesetzten, grob geschnitzten Halloween-Maske, aus der zwei kleine, funkelnde Habichtsaugen unablässig auf Lillys Halsschmuck starrten.

Jetzt hatte auch Walker den rauschenden Vorhang durchdrungen. Er wischte sich das Wasser aus den Augen und fand sich in einer halbdunklen Grotte wieder, einem rund fünfzig Quadratmeter großen Hohlraum hinter dem Wasserfall. Auf der gegenüberliegenden Seite der Höhle befand sich ein gleißend heller Durchlass, ein Fenster zur Außenwelt, das ihn wie ein greller Scheinwerfer blendete. Er trat heran und blickte hindurch. Nie würde er vergessen, was er sah:

Einem romantischen Gemälde gleich, eingerahmt von der rund zwei Meter weiten und einen Meter hohen steinernen Öffnung, tat sich vor ihm ein bezauberndes bewaldetes Tal auf. Stattliche, über hundert Meter hohe Sequoias, Riesenlärchen und Sitka-Fichten bildeten das Blätterdach des paradiesischen Kessels. Zwischen ihnen wuchsen kleinere Laubbäume, alte Zypressen, mannshohe Farne, Kletterpflanzen und farbige Büsche. Auf den trockenen Kalkhängen am Rand des Trichters standen verstreut Jeffrey- und Ponderosa-Kiefern. Das Blau des Himmels sah man nur hier und da, doch stellenweise brachen Sonnenstrahlen durch die Wipfel und beschienen bunte Lichtungen und einen funkelnden Bach.

Vom Anblick überwältigt, lehnte sich der Australier weiter vor, um die fantastische Kulisse besser betrachten zu können. Soweit er es überschauen konnte, war das gesamte rundliche Areal, dessen Durchmesser er auf einen Kilometer schätzte, von steilen, über siebenhundert Meter hoch aufragenden Felswänden umgeben. Am Fuß der Klippen reihte sich ringförmig eine Grotte an die nächste. Dienten sie als Behausungen? In der Ferne spielten Kinder am Ufer des Bachs. Wie die Musik in einem Konzertsaal, waren ihre Rufe und die Laute der Vögel und Tiere des Waldes selbst auf die Distanz von einigen hundert Metern klar und deutlich zu vernehmen.

„Das ist er, Lilly, das ist der Ort auf der Gravur", redete er wie in Trance. „Eine uralte Riesendoline. So wunderschön. Siehst du, hier leben sie, daher das Menschensymbol."

Erst als er sich umdrehte, bemerkte Walker, dass sie nicht zu zweit waren. Am Rande des Hohlraums stand Lilly im Halbdunkel eine winzige, stämmige, breithüftige Gestalt gegenüber, die der Paläoanthropologe prompt als Neandertalerin identifizierte. Im ersten Moment sah er in ihr eine Bedrohung. Er fuhr unvermittelt zusammen, konnte einen leisen Schrei nicht unterdrücken. Sofort fixierte die Hominidin ihn, drehte sich langsam in seine Richtung, duckte sich wie eine zum Sprung ansetzende Raubkatze und griff behände nach der Steinaxt an ihrem ledernen Gürtel.

In diesem Augenblick richtete sich Lilly mit warmer und freundlicher Stimme an die kleine Hominidin: „Wir haben hier etwas für dich." Gemächlich und mit stoischer Ruhe streifte sie die Halskette über ihren

Kopf und hielt sie der Steinzeitfrau beidhändig entgegen. Einer demütigen Wölfin gleich, verneigte Lilly sich leicht und machte sich demonstrativ vor ihr klein.

Walker nahm intuitiv eine ähnliche Haltung an. Das schien die Lage zu entspannen. Die Halbnackte ließ zögerlich von der Axt ab und wandte ihre Aufmerksamkeit wieder Lilly und dem Anhänger zu, von dem sie so angetan war. Mit schief gelegtem Kopf begutachtete sie das Schmuckstück wie ein Kind, dem seine Mutter ein lang ersehntes Geschenk vorhält. Misstrauisch besah sie sich noch einmal die ihr so fremden menschlichen Gestalten, die wohl keine Bedrohung darstellten, dann fasste sie Mut, griff flink zu und nahm die Kette samt Speerspitze an sich. Leise wimmernd drückte sie sie an ihren Busen, sackte zu Boden und betrachtete sie traurig aus der Nähe.

„Omu", sagte sie mit leiser, sonorer Stimme. „Ugunu Omu", und ihre melancholischen Worte vermischten sich mit dem stetigen Rauschen des Wasserfalls.

Die Anspannung löste sich. Lilly atmete durch. Ihr kam die Situation so surreal, so abstrus vor, dass sie unwillkürlich zu kichern begann. Während ihre Blicke sich begegneten, musste Walker ebenfalls schmunzeln – wohl auch deshalb, weil die Neandertalerin trotz all seiner Vorkenntnisse noch viel hässlicher war, als er es sich jemals hätte ausmalen können. Als die Hominidin seltsam giggelnd einstimmte, lachten sie gemeinsam so herzhaft, dass alles Unbehagen von ihnen wich. Intuitiv fassten die drei Vertrauen zueinander.

Als sie sich ausgelacht hatten, begann die kleine archaische Frau mit einer bezaubernden Darbietung. Sie nahm die Grotte als Bühne für sich ein, begann zu gestikulieren und spielerisch zu erzählen, was ihr auf dem Herzen lag. Walker und Lilly hörten dem Redeschwall aus Grunz-, Stimm- und Klicklauten, in dem das Wort „Omu" immer wieder vorkam, fasziniert zu. Was sie sagte, war völlig unverständlich, doch

Walker interessierte sich brennend für die Struktur und Komplexität ihrer Ausdrucksweise.

Die evolutionäre Entwicklung der menschlichen Sprache ist ein wichtiger Aspekt der Paläoanthropologie, denn sie weist auf den kognitiven Entwicklungsstand einer Menschenform hin. Schreien, Stöhnen, Niesen, Gähnen, Heulen – von diesen ursprünglichen, unbewussten Lautäußerungen bis hin zur heutigen Sprache vergingen einige hunderttausend Jahre der Evolution. Die Forschung legt nahe, dass Klicklaute wahrscheinlich die ersten Sprachlaute unserer Vorfahren sind. Im Laufe der Jahrtausende werden unsere Zungen immer beweglicher. Der Indikator dafür ist die Form und Funktion unseres Zungenbeins. An diesem unscheinbaren Knöchelchen setzen Bänder und Sehnen an, die für die notwendige Flexibilität der Zunge sorgen. Auch das Zungenbein des Neandertalers ist ähnlich geformt wie bei uns heutigen Menschen. Wir wissen daher, dass er im Mund bereits nuancierte Geräusche erzeugen kann.

Im Laufe der Zeit wird das Gehirn unserer Ahnen immer komplexer und leistungsstärker, da es durch fermentierte und gegarte Nahrung effektiver versorgt wird. Der menschliche Stimmapparat, der den Mund, den Rachen, die Nasengänge und den so wichtigen Kehlkopf mit seinen Stimmbändern umfasst, entwickelt sich stetig weiter und ist vor rund fünfzigtausend Jahren in der Lage, Konsonanten und Vokale auszusprechen.

Im sozialen Miteinander und beim Austausch von Informationen erweisen sich komplexere Laute als vorteilhaft. Die nötige Komplexität wird durch die Kombination unterschiedlicher Sprachlaute erreicht, die sich zu diversen Silben und Wörtern zusammenfügen lassen.

Sprache, wie wir sie heute kennen, entstand wahrscheinlich erst vor etwa zwanzigtausend Jahren, als unsere Ahnen lernten, Wörter auf unterschiedliche Weise miteinander zu kombinieren. Es ist die Geburtsstunde der Grammatik, welche die moderne Sprache charakterisiert.

Da die meisten Paläoanthropologen vom Aussterben der letzten Neandertaler vor über fünfunddreißigtausend Jahren ausgehen, vermuten sie, dass diese Menschenform, solange sie existiert, sich eher primitiv und ohne Grammatik verständigt. Da der Sippe dieser Neandertalerin jedoch bis zum heutigen Tag die Zeit zur Verfügung stand, ihre Sprache weiterzuentwickeln, war ihr unverständliches Gequassel, mutmaßte Walker, ähnlich strukturiert wie andere gegenwärtige Sprachen. Nur hörte es sich ungemein fremdartig an.

Was den Klang ihrer Lautäußerungen betraf, spielte die Anatomie des Stimmapparates eine wesentliche Rolle. Geräusche, die die Hominidin in ihrem Kehlkopf, Rachen-, Mund- und Nasenraum erzeugte, waren ebenso eigentümlich und bizarr wie ihr uriges Äußeres. Doch obwohl Walker die einzelnen Silben nicht verstand, war er sich sicher, dass sie eine differenzierte Sprache beherrschte. Unbestreitbar waren dies keine unartikulierten Laute, wie sie Tiere von sich geben. Die Neandertalerin benutzte ein Kommunikationssystem, das nicht angeboren war und ohne nachzudenken aus ihr herausfuhr. Der Professor identifizierte eindeutig eine komplexe Menschensprache, die als Kind erlernt werden muss und bewusst eingesetzt wird. Sie demonstrierte, dass ihre Sippe in der Lage war, mit Sprache Wissen zu vermitteln, Geschichten zu erzählen, auf andere Zeiten und bestimmte Orte hinzuweisen, vermutlich vermochten sie ebenfalls, neue Ausdrücke zu kreieren und zu verstehen, über die Sprache selbst zu sprechen und sogar zu lügen.

„Könnte eine Verständigung zwischen ihr und uns möglich sein?", fragte Lilly in den Raum.

„Ja. Die Fähigkeit, fremde Sprachen zu erlernen, gehört ebenfalls zu den Merkmalen der Menschensprache. Und diese Schönheit hier kann definitiv sprechen."

„Oh ja", pflichtete Lilly bei.

Nun klopfte sich das Geschöpf beidhändig auf die Brust und wiederholte mehrmals ihren eigenen Namen: *„Kela, Kela …"*

„Okay. Du bist Kela. Ich bin Walker. Walker. Das hier ist Lilly. Lilly."

„*Woka, Lili*", sprach Kela nach.

Sie hatten sich bekannt gemacht und freuten sich darüber.

„Und wer ist Omu?", wiederholte Lilly das Wort, das sie mehrmals vernommen hatte. „Omu?"

Wieder schlich sich Melancholie in Kelas Gemüt, doch sie sammelte sich, schritt ausdrucksvoll zwischen steinernem Durchlass und Wasserfall hin und her und führte eine entzückende Pantomime auf. Zuerst spielte sie den Jäger, der sich anschleicht und einen Speer wirft. Dann imitierte sie die Beute, einen hechelnden Vierbeiner – ein Wolf musste gemeint sein.

„Offensichtlich ist Omu der Name des Jägers, der den Wolf verwundete", rief Lilly überrascht.

Als die Neandertalerin sich schließlich niederhockte, ihren Kopf auf die Knie legte und den Namen sehnsüchtig aussprach, wurde klar, dass sie ihren geliebten Omu vermisste.

Sie hatten Kela verstanden. Lilly hockte sich zu ihr und streichelte sie tröstend – ganz so, wie es beste Freundinnen tun.

32

„Galu-tsi-tet-k – Bleibt und wartet!"

Kela weiß nicht, ob die törichten Eindringlinge ihre Worte verstehen. So andersartig und hässlich die zwei ihr auch erscheinen, sie hat Vertrauen zu ihnen gefunden.

„Galu-tsi-tet-k", wiederholt sie ihre Aufforderung und macht eine wohlmeinende Handbewegung, sich auf dem Boden der Felsenhöhle niederzulassen. Der dunkle Mann und die weiße Frau scheinen zu begreifen und setzen sich. So ist es gut.

Durch den steinernen Bogen rollt Kela sich ins flackernde Licht des Urwaldtals, läuft den seit tausend Jahren ausgetretenen Schotterweg hinab, vorbei an den Grotten des blauen Stammes, in denen es nach Fleisch, Wurzeln, Pilzen und Kräutern duftet. Die Blauen sind die Jäger und Sammler ihres Volkes, stark und schnell. Die Tarnung beherrschend, dürfen sie in die Außenwelt, um zu jagen und im Schutz der weiten Wälder Nahrhaftes zu suchen, auch Birkenrinde zur Herstellung des klebrigen Teers, Quarzit und Kieselstein für Werkzeuge und vieles mehr für das Leben und die Jagd. Der blaue ist einer der fünf Stämme ihres Volkes.

Kela wählt den Pfad hinunter zum Bach, ruft am Ufer raufenden Kindern mahnende Worte zu – sie kennt jedes einzelne von ihnen. Mit hellem Kalk Geschminkte des weißen Stammes behüten die Heranwachsenden. Die Weißen sind die Kümmerer, die die jungen, schwachen, alten und kranken Schwestern und Brüder betreuen.

Eilig watet Kela durch den kühlen Wasserlauf, springt die Böschung hinab und taucht ein in den alten Hain im Zentrum des Tals, den Wald, den ihr Volk bewahrt, ehrt und achtet, den Kela durchdringen könnte, selbst wenn sie blind wäre, so gut kennt sie ihn. Er wird bewahrt durch den grünen Stamm, der jeden Brand, jeden Kahlschlag und jede Zerstörung des Pflanzenreichs vereitelt.

Schon überquert sie die kleinen und großen Lichtungen, paradiesische Gärten innerhalb der dichten Waldung. Einige sind besiedelt durch Angehörige des roten Stammes, zu dem auch Kela gehört. Die Roten sind die Erzeuger im Areal. Sie säen und ernten wilden Hafer und halten Wildschweine, Waldkaninchen und Schwarzschwanzhasen in Gattern. Sie mehren, was sie haben und horten es für schlechte Zeiten – Zeiten, in denen Jäger und Sammler mit leeren Händen heimkehren. Die Roten beflügeln den Tausch von Erzeugnissen der Stämme untereinander. Was Sammler bringen, Erzeuger mehren und die gelben Handwerker bearbeiten, soll allen gleichermaßen zugutekommen.

Kela ist an Hanis Zelt angelangt, dem Ältesten des roten Stammes. Er ist klug, gut und weise und einer der fünf Stammesführer.

„Jitti-bij-kat-zu-chucka – Die Klinge ist zurück!", ruft sie von Weitem und schnalzt und klickt so laut, dass einige Schwestern und Brüder aufgeregt zu ihr laufen und staunend die erhabene Klinge um ihren Hals betrachten.

„Du hast die Speerspitze! Wo ist der Speer? Wo ist Omu?", fragt Hani, als er sie sieht.

Außer Atem begrüßt Kela ihn, küsst ehrerbietend seine Hand. Freudestrahlend berichtet sie, was geschehen ist, erzählt von ihrer Begegnung mit den beiden Bobos – dem Muschelschmuckmann und der Frau mit den strahlenden Haaren. Hani hört ihr geduldig zu.

„Darf diesen Fremden Einlass gewährt werden?", fragt Kela ihn flehend.

Hani schließt seine Augen und verharrt eine Weile tief in sich gekehrt, bis er antwortet: „Gut, dass die erhabene Klinge zurückgekehrt ist. Es ist verständlich, Kela, dass du diesen Bobos Vertrauen schenkst. Doch das Gesetz unseres Volkes erlaubt keine Eindringlinge, das weißt du."

„Ja, Hani, doch sie sind gut und könnten uns nützlich sein. Sie haben die Speerspitze zu uns gebracht und ich hoffe, Omu lebt noch. Vielleicht finden wir ihn gemeinsam mit ihnen."

Wieder schließt Hani seine Augen, verharrt und denkt nach. „Also gut", sagt er schließlich. „Gebt mir einen Frischling. Damit gehen wir zum gelben Stamm, dann zum blauen. Dort werden wir die Ältesten befragen!"

Eine Neandertalerin bringt Hani einen Frischling, verschnürt und mit Tragegriff versehen. Sofort brechen sie auf.

Die zahlreichen Höhlen des gelben Stammes befinden sich tief in den steilen Wänden auf der abgelegenen Seite des Kessels, dem steinernen Bogen gegenüber. So wie die Roten und die Blauen, haben die Gelben ihre eigenen Aufgaben. Es sind Handwerker, die Kleidung schaffen, auch Werkzeuge, Waffen, Reusen und anderes Gerät. Sie sind erfindungsreich und fingerfertig. Ihre Güter tauschen sie gegen Hafer, frische Jagdbeute und Früchte des Waldes ein. Der Handel kommt allen zugute.

Kela muss draußen unter dem Blätterdach warten, während Hani mit Taku, dem Ältesten des gelben Stammes, redet. Hani hat Taku den Frischling überreicht, der lauthals quiekt. Eine alte Neandertalerin schafft das Gastgeschenk fort.

Aus den Werkstätten schallen Stimmen und rhythmische Geräusche der Handwerksarbeit. Kela war oft dort und eignete sich Fertigkeiten an, die Omu an ihr bewunderte. Vor seiner Jagdprüfung schuf sie ihm eifrig weiche Lederbekleidung, die sie zuvor mit Rhabarberwurzeln und Eichenrinde gegerbt und durch Räuchern wasserfest gemacht hatte. Außerdem fertigte sie mit Stroh und Fell gepolsterte Mokassins und einen Beutel aus Kaninchenhaut, den sie mit Wegzehrung und allem Nötigen für das Unterfangen bestückte. Am Abend vor seinem Aufbruch überreichte sie ihm die Gaben und schwor ihm ihre ewige Verbundenheit.

Das große Fest der Farben wurde bereits vorbereitet, mit dem Omu, der neue Anführer, geehrt werden sollte. Doch er und der Speer kehrten nicht zurück. Die Stammesführer kamen zusammen und berieten sich. Mit dem Verlust eines Kriegers, so schlimm er war, konnte Kelas Volk leben, darüber kam es hinweg, doch nie zuvor ging die erhabene Klinge verloren. Mit jedem Tag des Wartens schwand die Hoffnung auf ihre Rückkehr und unter den Farbenstämmen wuchs die Sorge, entdeckt zu werden.

Nach vielen Tagen der Dunkelheit brennt heute in Kela das Feuer der Hoffnung. Als Hani und Taku auf sie zukommen, erkennt sie den gleichen Hoffnungsschimmer in ihren Gesichtern.

„Es ist gut", sagt Taku. „Gora vom weißen Stamm und Cina vom grünen werden benachrichtigt. Wir alle versammeln uns bei der alten Watka. Sie soll entscheiden, denn sie ist unsere älteste Sammlerin und die Verbindung zur Außenwelt, in der die Bobos leben. Alle verehren sie. Ich werde ihr ebenfalls ein Geschenk überreichen."

Bis zur alten Watka ist es nicht weit. Sie sitzt an einer knorrigen, uralten Zeder, in der sich ein Schwarm Papageien niedergelassen hat. Mit dem Mund knackt sie Pekannüsse und erzählt Kindern Geschichten aus der Wildnis, von den schneebedeckten Bergen, von Luchs und Habicht, von Wildkräutern und Heilpilzen. Watka ist ihre Bienenkönigin – Alt und Jung umschwirren sie tagein, tagaus, umsorgen und befragen sie. Sie hütet das Wissen ihres Volkes und gibt es täglich weiter:

Schafgarbe verhindert Entzündungen.

Spitzwegerich hilft bei der Heilung.

Köstlich ist die Wurzel der Taglilie.

Wilde Rosen sind auch im Winter eine Nahrungsquelle.

… Und alle Kenntnisse, die das Überleben der Sippe möglich machen.

Als Kela und die vier Ältesten die Zeder erreichen, beendet Watka ihre Erzählungen, indem sie zwei Hände Pekannüsse weit hinter die junge Zuhörerschaft wirft. Vergnügt machen sich Kinder und Papageien daran, sie einzusammeln.

Ehrerbietig setzen sich die Besucher auf den frei gewordenen Platz vor der Sammlerin. Sie achten sie, denn sie hat mehr Einblick in die große Welt als sie alle gemeinsam. Ihren wachsamen Augen scheint nicht das Geringste zu entgehen.

„Warst du nicht erst gestern bei mir, Hani, um mir zwei junge Eis-Wölfe zu zeigen?", fragt die Alte etwas schroff und fährt dann freundlicher fort: „Habe mich gefreut. Diese Art von Wölfen ist selten geworden. Die Welpen sind ausgehungert, doch sie werden wieder zu Kräften kommen. Gali kümmert sich, gibt ihnen Wildschweinmilch und Leberstückchen."

„Das ist gut, Watka", schmunzelt der rotgesichtige Hani. „Die zwei Waisen waren dem Tod nahe. Hier im Tal können sie zu Kräften kommen, dann geben die Jäger sie der Wildnis zurück."

Taku, dessen Gesicht in leuchtend gelbem Ocker erstrahlt, öffnet eine kleine, fein-geschnitzte Holzdose, steckt Zeige- und Mittelfinger hinein und streift Watka intensiv blaue Farbe auf die Stirn. Dann überreicht er ihr die Dose und verneigt sich respektvoll. „Möge dein Gesicht strahlen wie der wolkenlose Sommerhimmel. Unser bestes Lapislazuli-Blau ist mein Geschenk für dich, große Watka."

Die Alte verneigt sich ihrerseits. „Du hast die Steine gut verarbeitet, die meine Sammler dir brachten. Das Blau wird mein Gesicht leuchten lassen wie wilde Blaubeeren."

Auch die Führer des grünen und des weißen Stammes sind nicht ohne Gaben erschienen. Gora verabreicht der alten Sammlerin einen getrockneten Lingzhi-Heilpilz, Cina ein duftendes Stück Bienenwabe.

Watka durchleuchtet Kela, liest ihre Gedanken. „Gutes Kind, was führt dich zu mir? Hat es mit Omu zu tun? Gibt es Neuigkeiten? Ich habe längst gesehen, was dir um den Hals hängt. Meine Augen sind alt, doch mein Augenlicht ist noch scharf. Kela, dies ist das größte und beste Geschenk, das du unserem Volk machen kannst."

Respektvoll und schweigend streift Kela die kostbare Klinge ab und über-reicht sie der Greisin. Noch einmal schildert sie, was sich am fallenden Wasser ereignet hat. Die Alte küsst die Klinge, dreht sie herum und fährt mit dem Finger gefühlvoll über die Gravur. Nach einem Moment der Stille ergreift sie zärtlich Kelas Hand.

„Es ist ein Bruch mit unserem Gesetz. Ihr alle wisst es. Kein Außenweltler darf unser Tal betreten. Doch ich glaube dir, Kela, dass die beiden Bobos Gutes bringen und keine Gefahr darstellen. Wir wollen sie in unser geheimes Urwaldtal führen und sehen, ob sie uns einen Weg zeigen, der zu Omu führt.“

Dann wird Watkas Händedruck fester und ihr Gesicht verdüstert sich. „Wenn sie allerdings lügen, werden sie unser Tal nicht lebend verlassen.“

33

In Begleitung zweier kräftiger, mit Lanzen bewaffneter Jäger kehrte Kela zur Eingangshöhle zurück. Die bläulich geschminkten und mit blauen Federn geschmückten Bodyguards blieben im Hintergrund, wirkten kaum bedrohlich, so wehrhaft sie auch sein mochten. Noch einmal machte Kela vor, wie man sich seitlich durch das enge Felsenfenster rollt, dann führte sie die beiden den eingetretenen, steinigen Pfad hinab ins immergrüne Urwaldtal.

„Bitte zwick mich mal. Ist das ein Traum oder Realität?" Lilly war zutiefst bewegt und den Tränen nahe. „Lass mich jetzt bitte nicht aufwachen!"

Walker ergriff ihre Hand. „Das wirst du nicht, ich bin im selben Traum. All das ist real, eine Welt aus einer anderen Zeit."

Gleich fiel ins Auge, dass die märchenhafte, von der Außenwelt seit Ewigkeiten abgeschottete Doline einer für das heutige Nordamerika ungewöhnlichen Tier- und Pflanzenwelt Schutz bot. Ihr ganz eigenes Klima beeinflusste alle Lebensformen. Vollkommen isoliert, umgeben von steilen Felswänden, hatten sich in dem paradiesischen Areal besonders farbenprächtige Insektenarten und eine große Vogelvielfalt angesiedelt. Übergroße, violett schimmernde Libellen schwirrten über ein fußballplatzgroßes, von alten Blaueichen und Rosskastanien gesäumtes Feuchtgebiet – ein Brutplatz für Enten und andere Wasservögel. Abseits der Wege standen hohe Zimt- und Teufelsfarne. Sich an die rosa Blüte einer Magnolie klammernd, fraß eine gelbe Gottesanbeterin genüsslich einen weißen Kolibri aus ihren Fängen. Präriepflaumen und Papau wuchsen auf knallgrünen Wiesen und jede Böschung bedeckte ein anderes Blütenmeer.

Für Lilly als Biologin gab es nichts Aufregenderes, als in eine solch isolierte Biosphäre einzutauchen, eine Welt im Miniaturformat, die ein unvergleichliches Tier- und Pflanzenreich beheimatete. „Habe von der *Himmlischen Grube* in Guangxi gelesen, eine gewaltige Sinkhöhle, die chinesische Forscher kürzlich erkundet haben. Doch diese hier ist viel eindrucksvoller, sie ist sagenhaft."

„Mir kommt es vor, als sei ein Teil der Pflanzenwelt prähistorisch", erklärte Walker. „Einige Flechten, Moose und Farne kenne ich sonst nur aus Lehrbüchern. Ich bin überzeugt, dass in diesem Eldorado Spezies überlebt haben, die sonst nur noch in den Schubladen der Naturmuseen zu finden sind."

Die Nachricht über den ungewohnten Besuch wurde im Tal wie ein Lauffeuer verbreitet. Als sie die Grotten der Jäger und Sammler passierten, rannte eine Schar bunt bemalter Kinder in spärlicher Steinzeitkleidung fröhlich johlend ein Stück neben ihnen her. Die Erwachsenen kamen nicht heran, sondern beäugten die Fremden misstrauisch aus einiger Entfernung. Den beiden blieb nichts anderes übrig, als sich zu fügen und, unwissend wohin, über die Pfade leiten zu lassen.

Bei der Durchquerung des Geländes war Lilly entzückt angesichts des Zustands des Ökosystems, das vollkommen intakt zu sein schien. Offensichtlich verstanden es die Bewohner, ihren Garten Eden in all seiner Pracht zu bewahren und zu behüten.

„Sie leben im Einklang mit der Natur", erkannte sie. „Sie jagen und sammeln nur außerhalb des Tals und im Innern nutzen sie lediglich einen kleinen Teil des Gebiets für ihr Dasein, niemand trampelt durch die Gegend, sie bleiben immer auf den Pfaden. So bleibt die Pflanzendecke erhalten und es kommt zu keiner Erosion. Schau, sie halten sich vor allem in den Höhlen auf!"

Die Neandertaler lebten in zahlreichen tief verzweigten Hohlräumen am Fuße des Rings von Steilhängen. Sie ruhten darin, fanden Schutz bei Hitze und schlechtem Wetter und fertigten und lagerten ihre Erzeugnisse in ihnen. Einige der Grotten an erdigen Hängen schienen mit Werkzeugen ausgekratzt worden zu sein. Spontan dachte Walker an die phänomenalen Gänge, die sich amerikanische Riesenfaultiere im Pleistozän mit ihren mächtigen Klauen anlegten. Die elefantengroßen Pflanzenfresser starben vor rund elftausend Jahren aus. Hatten sie über ein angeschlossenes Gangsystem Zugang zu diesem Tal?

Um die Höhleneingänge wuchsen scharlachrote, goldgelbe und brillantblaue Klettersträucher, als wären sie von Gärtnern angelegt worden. Im zentralen Waldgebiet mit seinem immensen Baumbestand sah man kein einziges Sippenmitglied. Die Neandertaler betraten ihren Wald nicht, als sei es Gesetz, ließen ihn in Ruhe und vermieden dadurch seine Zerstörung. Exotische Tierrufe hallten aus dem Dickicht, dem Rückzugsort einer geheimnisvollen Artenvielfalt. Nur die Lichtungen nutzte das Volk für primitive Stallungen, den Anbau einiger Feldfrüchte und wohl auch für Zeremonien.

Immer tiefer bewegten sie sich hinein in das Terrain des Karsttrichters. Die Luft stand still, es war schwülwarm, in schattigen Senken hielten sich kühlere Nebelschwaden. Am natürlichen Lauf des glitzernden Bachs, der sich friedlich plätschernd durch die Landschaft wand, löschten sie ihren Durst.

„Für einen Biber ziemlich groß!" Lilly zeigte auf ein gigantisches Nagetier am Ufer. „Der hat ja das Kaliber eines Schwarzbären."

„*Castoroides*!", rief Walker verzückt. „Ein Riesenbiber. An diesem Ort haben die Tiere überlebt, Tiere der Eiszeit."

Unweit von ihnen machten jugendliche Neandertaler wilde Wasserspiele, Reiher und Klarktaucher suchten im Abseits nach Nahrung. Zwei Pelikane schwebten majestätisch über sie hinweg. Da es keine Fluchtmöglichkeit gab, liefen hier und da Wildschweine, Wildkaninchen, Rebhühner und Rehe umher. Lilly glaubte, dazwischen sogar zwei junge Beringia-Wölfe auszumachen. Nirgends sah sie Unrat, Abfall oder jegliche Verschandelung der Umwelt. Den Neandertalern war der Wert ihrer Oase wohl bewusst und sie handelten danach.

Als Kläranlage, vermutete Walker, stand ihnen die Kanalisation natürlicher Wasserwege zur Verfügung. Vom Wasserfall gespeist, drang fortwährend Nachschub vom äußeren See durch Spalten hinein, lief als Bach weiter und strömte irgendwo auf der anderen Seite ins verzweigte unterirdische Kanalsystem. Mit Sicherheit kannten die Einheimischen die Wasserwege in- und auswendig und wussten, wie sie sich bei starken Regenfällen zu verhalten hatten, um nicht fortgespült zu werden. Die Nutzung der spezifischen geografischen Gegebenheiten der Doline war notwendig, um sich dauerhaft verbergen zu können. Walker kam in diesem Zusammenhang die Entdeckung des Teilskeletts eines erwachsenen Frühmenschen im Jahr zweitausendfünfzehn am Eingang der Grotte *Mandrin* in Südfrankreich in Erinnerung. Seine Entdecker hatten ihn nach der Figur aus Tolkiens *Herr der Ringe* ‚Thorin‘ genannt. Neun Jahre später, im Jahr zweitausendvierundzwanzig, offenbarte eine neue Genanalyse, dass die versteinerten Knochen *Thorins* genetische Hinweise auf eine Neandertaler-Linie enthalten, die sich rund fünfzigtausend Jahre lang vollkommen isoliert von anderen europäischen Neandertalern entwickelte. Das Überleben einer einzelnen Sippe von Frühmenschen über einen großen Zeitraum war möglich, das wusste er.

Lilly und Walker hätten den Jägern auch blind folgen können, so prägnant war ihr animalischer Körpergeruch. Noch überwältigender aber war diese fast unwirkliche eigene Welt, fantastisch und ungewöhnlich – doch äußerst real.

„Das hier ist ein Feldversuch hoch zehn", sagte Walker inbrünstig. „All unsere mühsam gewonnenen wissenschaftlichen Erkenntnisse laufen für mich in diesem Augenblick zusammen. Es ist real, Lilly, ich bin ein sehender Blinder!"

Ihn faszinierte die Erkenntnis, dass diese wohl letzten Vertreter ihrer Art ebenfalls sesshaft geworden waren. Dabei hatten sie es geschafft, zwei wesentliche Herausforderungen zu meistern: Ihre Population blieb überschaubar und sie überjagten das Ökosystem nicht, in dem sie lebten.

Neue Studien zeigen, dass das von Hominiden verursachte Artensterben kein ausschließliches Phänomen der Neuzeit ist. Bereits vor rund anderthalb Millionen Jahren begannen unsere menschlichen Vorfahren und Artverwandten, das jeweils größte verfügbare Tier ihrer Jagdgründe so lange zu bejagen, bis es ausgerottet war. Danach knöpften sie sich das nächstkleinere vor und überjagten es ebenso. Allein in den vergangenen einhundertdreißigtausend Jahren verschwanden über zweihundert große Säugetierarten, aber auch zahlreiche Vögel, Beuteltiere und andere Tierklassen. Klimatische Veränderungen trugen, wie wir heute wissen, nur eine geringe Mitschuld am Aussterben so vieler Spezies. Zuletzt ging der Jetztmensch im siebzehnten Jahrhundert dem Dodo an den Kragen, im neunzehnten Jahrhundert dem Riesenalk und dem Atlasbären und neunzehnhundertsechsunddreißig kam das letzte Exemplar des Beutelwolfs unter die Räder. Diese Sippe moderner Frühmenschen aber hatte aus Fehlern gelernt.

Eine kleine Gruppe gelbgesichtiger Handwerker schleppte verschnürte Stapel von Pelzen und zwei erlegte Wapitis in ein anderes Teilgebiet, um sie dort zu verarbeiten.

„Siehst du das? Sie haben sich, wie fast alle heutigen Kulturen der Menschheit, von ihrem Nomadendasein getrennt und einen Weg gefunden, an diesem Ort über Jahrhunderte, vielleicht sogar Jahrtausende zu überleben."

„In einem so begrenzten Lebensraum geht das nur mit strengen Regeln. Hätten sie das Ökosystem verschmutzt, zertrampelt und sein Gleichgewicht zerstört, wäre es ihr eigenes Ende gewesen. Sie haben überdauert, weil sie ihr verborgenes Habitat achten und vermeiden, die heimischen Ressourcen abzubauen. So bewahren sie ihren Zufluchtsort nachhaltig.“

„Lilly, ich glaube, sie sind klüger als wir.“

„Da sagst du was! Sie zeigen uns, wie's geht. Doch auch wenn dieses Juwel für die Menschheit ungemein lehrreich sein mag … Es darf nicht zur Sensation werden!“

Ohne den Sichtschutz immergrüner Nadelbäume hätte manch ein Pilot längst die Besiedelung der uralten Doline bemerkt, aber auch nach oben war sie bestens getarnt. Das hohe Blätterdach der ausladenden Baumkronen sorgte im Areal für Halbschatten. So heizte sich der Kessel auch im Hochsommer nicht zu sehr auf.

Im Winter wurde es am Boden der Sinkhöhle mordsmäßig kalt, doch dann fanden die Bewohner Schutz in den Höhlen, hatten vielerlei Vorräte und warme Pelze. Und natürlich beherrschten sie das Feuer.

34

Über den Fußweg führte sie der temporeiche Marsch ins Herz des Areals auf eine leicht erhöhte, von Gras, Moosen und Orchideen übersäte halbschattige Lichtung. Ein Hain harzig duftender Weißtannen und Zuckerkiefern umsäumte die idyllische Anhöhe. Was Walker zunächst für verstreute, mannshohe Findlinge hielt, waren beim näheren Hinsehen tatsächlich die kuppelförmigen Rückenpanzer von Glyptodons, einer längst ausgestorben geglaubten nashorngroßen Säugetierart.

„Wir sehen hier nicht nur Insekten, sondern auch andere Tierarten des Pleistozän", sagte er. „Bis heute leben sie einmütig nebeneinander."

In der Mitte des Hügels umschloss ein imposanter Steinkreis aus zwölf Monolithen eine gewaltige, hufeisenförmige, erkaltete Feuerstelle, deren Durchmesser Walker auf gut sechs Meter schätzte. An ihrem Rand saß die alte Watka, ein prächtiges, glänzendes Büffelhorn auf dem breiten Schoß, und erwartete sie. Mit dezentem Druck schob Kela die zwei Besucher an sie heran, etwas unbeholfen begrüßten sie die Älteste mit einem buddhistischen Wah und nannten brav ihre Namen. Als sie sich Sekunden später umsahen, waren ihre drei Begleiter wie vom Erdboden verschluckt.

Lilly bekam eine Gänsehaut. „Das ist magisch. Wie haben die das gemacht?"

„Wir haben die Fähigkeit, uns in der Natur aufzulösen", antwortete Watka, als ob es das Normalste der Welt sei. Mit schief gelegtem Kopf musterte sie die verwunderten Gesichter vor sich. „Wir gehen auf in ihr, denn wir sind ein Teil von ihr, so, wie ihr es einst wart. Doch das ist lange her. Es mag euch wie ein Zauber vorkommen, wie ein Spuk.

Doch euch törichten Lebewesen ist das Wichtigste überhaupt verloren gegangen: die Verbindung zu Mutter Natur. Längst habt ihr euch von ihr abgenabelt."

Eine ihre Sprache sprechende Neandertalerin hatten die beiden nicht erwartet. Lilly sank hinab auf einen Stein ihr gegenüber. Erschöpft und fassungslos schüttelte sie den Kopf. Walker setzte sich daneben.

„Wer hat dich unsere Sprache gelehrt?", fragte er die Alte.

„Ich will es erzählen. Gerade einmal sechs Jahre war ich alt, da entfernte ich mich in den Bergen zu weit von den anderen Sammlerinnen. Ich irrte umher und Salish entdeckten mich. Sie sahen die Form meines Hauptes und glaubten, ich gehöre zu einem der Indianerstämme der Gegend, denn manche von ihnen haben ein ähnliches Haupt. Ich verstand ihre Worte nicht, konnte mich nicht gegen sie wehren und sie nahmen mich mit."

„Mein Vater erzählte mir von den Salish-Indianern in den Bitterroot-Bergen", erinnerte sich Lilly. „Er sagte, sie umwickelten die Schädel ihrer Babys, um sie länglich zu formen."

„So ist es. Es ist ein Ausdruck ihres Stolzes und ihrer Stammeszugehörigkeit. Ich blieb sechs Sommer bei ihnen. Sie lehrten mich ihre Sprache … und die eure ebenso, denn ein weißer Mann in schwarzer Robe, der unter ihnen lebte, beherrschte sie sehr gut. Sich selbst bezeichnete er als Jesuit, als katholischen Priester, der den Indianerstämmen Großzügigkeit, Gemeinschaft, Gehorsam und Respekt für die Familie beibringen wollte. So lernte ich, wie ihr zu reden."

Lilly und Walker hörten gebannt zu.

„Mit der Zeit jedoch wurde ich den Salish fremd, denn mein Wesen unterschied sich zunehmend von ihnen. Als ich klein war, sahen wir uns ähnlich, als ich erwachsen wurde und mein Körper reifte, erkannten sie eine Fremde in mir. So verließ ich sie eines Nachts. Allein in den Bergen besann ich mich meiner Wurzeln, konnte mich selbst ernähren und überlebte. Doch ich fand nicht den Weg zurück zu meiner Heimat, dem Urwaldtal."

Watka öffnete ihre Faust. Auf ihrer Handfläche lag die fein gravierte Speerspitze, die Kela ihr gab. Wie eine Blinde, die mit den Händen zu lesen vermag, strich sie sanft darüber. „Das hier half mir. Eines Nachts, tief in der Wildnis begegnete mir im Traum unsere heilige Speerspitze, das Wertvollste, das mein Volk besitzt. Verloren in den Bergen, sah ich vor meinem inneren Auge die eingravierten Zeichen darauf und es gelang mir, sie im Mondschein in den Lehm zu kratzen. So erinnerte ich mich, hielt nach den drei Riesenlärchen Ausschau und fand zu meinem Volk zurück. Ich brachte einiges Wissen der Salish mit heim, was meinen Brüdern und Schwestern bis zum heutigen Tag nützlich ist. Dafür achten sie mich und nennen mich Watka, *Die Heimgekehrte*."

„Eine großartige Geschichte", staunte Walker. „Auch ich weiß von den Salish und anderen Völkern der Erde, die die Köpfe ihrer Kinder bandagierten – Maya, Inka oder Mangbetu. Einst nahmen wir an, dass auch euer Volk, Watka, dies tat. Heute aber wissen wir, dass ihr mit dieser Schädelform geboren werdet."

„Euer Volk, das wir *Bobo* nennen, weiß von uns?", fragte die Alte.

Lilly verkniff sich das Lachen, denn *Bobo* heißt im Spanischen *Narr*. Es war ebenso komisch wie bezeichnend.

„Wir wissen sogar sehr viel von euch", bestätigte Walker. „Wir glauben, dass ihr seit langer Zeit ausgelöscht seid. Heute sehe ich mit Freude, dass es nicht so ist. Ihr lebt!"

Watka strich liebevoll über die Gravur. „Und ihr lebt nur, weil ihr unser Heiligtum bei euch hattet. Wir sind euch dankbar dafür und vertrauen euch. Wie kamt ihr in seinen Besitz?"

„Durch einen Wolf."

Die Alte neigte mit forschendem Blick ihren wulstigen Kopf weit nach vorn, als Lilly auf ihren eigenen Nackenwirbel wies.

„Die Spitze steckte in einem toten Wolf. Im Genick. An dieser Stelle."

„Dann hat er den Wolf verfolgt."

„Wer hat ihn verfolgt?", fragte Lilly.

„Omu, unser neuer Anführer", antwortete Watka. „Er ist jetzt da, wo der Wolf ist. Er will sich die Klinge zurückholen."

Auf einmal verstand Lilly. Alles fügte sich zusammen. Kela hatte es ja in ihrer Pantomime dargestellt: Omu jagte dem Beringia-Wolf hinterher. Im Geiste sah sie das verunglückte Tier, aufgebahrt im kleinen Kühlraum. Sie dachte an Fred und Tom. Waren sie in Gefahr? Konnte Omu dem Wolf über diese Distanz tatsächlich nachstellen? Sie wollte es nicht wahrhaben.

„Kein Mensch ist in der Lage, einen Wolf tagelang zu verfolgen", sagte sie trotzig.

„Omu ist es", antwortete Watka mit fester Stimme. „Er hat das Herz eines Kodiak. In der Jagd ist er zu Hause. Er spricht mit dem Wald und liest die Spur. Der Wolf lügt nicht. Das Tier ist verletzt, ist geschwächt und verrät sich. Jeder Laut, jeder Duft, jede Regung, jeder natürliche Hinweis teilt sich dem Jäger mit. Er ist wohl auch gedanklich mit ihm verbunden. Seid gewiss: Omu hetzt ihn bis zum Ende."

Walker dachte an die kleinen San im südlichen Afrika, die imstande sind, wesentlich größere und schnellere Beutetiere barfuß zu Tode zu hetzen. Da die Buschmänner über ihre Haut schwitzen, wird ihr drahtiger Körper effektiv gekühlt. Gegen den Durst trinken sie unterwegs Wasser aus befüllten und an bestimmten Stellen vergrabenen Straußeneiern und kauen auf der kaktusartigen Hoodiapflanze herum, die sie fit hält und Hungergefühle unterdrückt. Mit solchen Techniken sind die winzigen Jäger der Kalahari dem flüchtenden Beutetier gegenüber im Vorteil und gewinnen den Wettlauf.

Was die Sehfähigkeit der Neandertaler angeht, hatte er als Wissenschaftler selbst Schädel analysiert und festgestellt, dass ihre Gehirne besonders große Regionen zur visuellen Verarbeitung haben – ein klarer Vorteil auf der Jagd. Ihre scharfen Sinne und präzisen Wahrnehmungen dürften bei der Jagd von großem Nutzen sein – ganz zu schweigen von ihren paranormalen, nach heutigem Wissensstand nicht erklärbaren Begabungen. Hatten sie einen siebten Sinn wie einige Delfine, die feinste elektrische Felder im Wasser fühlen und damit versteckte Beute aufspüren, oder Vögel, die sich hoch in der Luft am Magnetfeld der Erde orientieren? Ob paranormal oder naturwissenschaftlich erklärbar – da war etwas, zu dem der moderne Mensch nicht mehr fähig war.

„Ist Omu gefährlich?", fragte er frei heraus und dachte an den Begriff *Spitzenprädator*.

„Ja, wenn er will", antwortete die Alte seelenruhig. „Wir sind ein friedsames Volk, doch er sucht die Speerspitze und wird alles tun, um in ihren Besitz zu gelangen. Wer ihn in den Wäldern aufzuhalten versucht, hat schon verloren. Da draußen kann sich niemand mit ihm messen."

Lilly und Walker wechselten vielsagende Blicke. Sie mussten sofort zurück. Doch ein beschwerlicher Rückweg lag vor ihnen und sie waren sehr hungrig.

Als könnte die alte Sammlerin ihre Gedanken lesen, sagte sie: „Die Nacht wirft bereits ihre Schatten. Bleibt hier am Feuer, esst mit uns und ruht bis morgen früh, sammelt Kraft für eure Rückkehr! Ihr brachtet uns das Symbol unserer Existenz zurück. Dafür sind wir unendlich dankbar. Unser heiliger Speer brach in zwei. Heute ist die Nacht der Wiedervereinigung. Ein neuer Speer wird aufgestellt.

Wir werden feiern, wie ihr es noch nicht erlebt habt. Alle werden kommen – alle, bis auf meinen alten Bruder Meru. Er wird in der Nähe des Eingangs bleiben, um ihn zu bewachen. Das war sein Wille."

35

Er war kein besonders geachteter Mann, das war Frank Stolin durchaus bewusst. Doch was scherte es ihn. Jeder ist sich selbst der Nächste, dachte er.

Seiner ersten Frau, einer adretten weißen Friseurin aus dem Städtchen Pocatello im Süden Idahos, verheimlichte er seine jahrelange Beziehung zu einer Indigenen, die dem Shoshone-Bannock-Stamm angehörte und aus dem benachbarten *Fort Hall Reservat* stammte. Sie hieß Aponi – ein indianisches Wort für Schmetterling. Die Untreue flog auf, führte zur Scheidung und Stolin bekam von nun an keine kostenlosen Haarschnitte mehr.

Zwei Monate später lernte er einen Beamten bei einem Glas Bier im *Juniper Hills Country Club* kennen. Der Mann verschaffte ihm einen speziellen Vermittlerjob für die Stadtverwaltung Pocatellos, die ein Grundstück in Flughafennähe an einen Investor verkaufen wollte. Der Deal gelang ihm, doch der abgeschlossene Vertrag wurde nach einer juristischen Auseinandersetzung widerrufen, weil er ohne die Zustimmung der indigenen Stämme rechtswidrig war. Wie sich später herausstellte, hatte Frank Stolin wissentlich die Mitspracherechte der Shoshone-Bannock-Stämme unberücksichtigt gelassen, obwohl seine eigene Lebensgefährtin Aponi ihn unermüdlich angefleht hatte, sie nicht zu ignorieren. Er verlor daraufhin seine Stellung bei der Stadt, sein Schmetterling Aponi flog davon und Stolin war wieder Single.

Gewissermaßen passte es ihm, allein zu sein. Er schätzte die Freiheit und ein selbstbestimmtes Leben. Da er gut schießen und einigermaßen reiten konnte, stellte ihn die Aufsicht des *Painted Rocks State Parks* als saisonalen Wildhüter ein. Es ging ihm vor allem um das geregelte

Einkommen, seine beruflichen Aufgaben nahm er nie wirklich ernst, drückte sich, wann immer möglich. Sobald sich eine Gelegenheit bot, holte er seine Ausrüstung aus dem Versteck und ging seinem Hobby nach: dem Jagen und Fallenstellen.

Nicht nur das ordentliche Zubrot, das ihm die Freizeitbeschäftigung als Trapper einbrachte, gefiel ihm. Auch der Vorgang des Fangens und Tötens der Wildtiere selbst befriedigte ihn zutiefst und gab ihm dringend benötigtes Selbstvertrauen zurück. Mit jedem erbeuteten Pelz bewies er sich selbst seine uneingeschränkte Souveränität den Tieren gegenüber. Schwer bewaffnet war er ihnen in der erbarmungslosen Wildnis haushoch überlegen.

Bevölkert die Erde, unterwerft sie euch, und herrscht über die Fische des Meeres, über die Vögel des Himmels und über alle Tiere, die sich auf dem Land regen. (Genesis 1,28)

Die Worte der Bibel verstand Stolin als eindeutige Ermächtigung Gottes, an der kein irdisches Gesetz etwas zu ändern vermochte. Er war kein gewissenhafter Jäger wie viele andere Jäger, und er missverstand die wahre Bedeutung dieses Verses. Fraglos hatte sich alles Leben in freier Natur dem Menschen und seinen Bedürfnissen bedingungslos unterzuordnen, so sein fester Glaube. Dass jede Machtausübung auch ein hohes Maß an Verantwortung mit sich bringt, hatte er dabei nie bedacht.

Das Jagen und Fangen von Wild ist bis heute tief in der amerikanischen Kultur verwurzelt. Die komplette Ausrottung einzelner Pelztierarten, wie sie bereits vor zweihundert Jahren stattfand, darf sich nicht mehr wiederholen. Verantwortliche Behörden der einzelnen amerikanischen Bundesstaaten bestimmen daher, welche Tierarten zur Jagd oder zum Fang wann und wo freigegeben werden. Die Entscheidungsträger orientieren sich dabei an wirtschaftlichen Aspekten, an aktuellen Populationen von Haar- und Federwild, berücksichtigen gestalterische Faktoren von Lebensräumen und haben die öffentliche Sicherheit im Auge. Bei all dem dürfen sie die hohe Nachfrage von

Millionen Jägern aber nicht außer Acht lassen. Ihr Hunger ist groß, ihre Gier noch größer.

Stolin wusste, dass es mit der nötigen Lizenz immer eine Reihe von Tierarten gab, denen er auf für die Öffentlichkeit zugänglichem Gelände legal nachstellen durfte. Fand er hin und wieder trotzdem ein unter Schutz stehendes Exemplar in der Falle oder vor dem Lauf seiner Büchse und niemand sah hin, erinnerte er sich stets an jene Zeilen der Heiligen Schrift und drückte erbarmungslos ab.

Derzeit stufte die Regierung dreizehntausend nordamerikanische Tierarten als ‚gefährdet' ein – für Stolin war diese große Zahl ein Skandal, eine maßlose Bevormundung freier und stolzer Amerikaner. In seiner Gier nach Trophäen machte er daher schon aus Trotz keinen Unterschied zwischen Jagd und Wilderei. Hatte er genug von Hirschen, Wasservögeln, Truthähnen und Wildschweinen, gönnte er sich gelegentlich eine herausfordernde Großwildjagd in Alaska, wo er begeistert Bisons, Karibus, Elche, Moschusochsen, Wölfe, Dall-Schafe, Schwarz-, Braun- und Grizzlybären, Sitka-Schwarzwedelhirsche und Bergziegen fing und erlegte. Bei solch einer ‚qualitativ hochwertigen' Jagd, wie er es am Stammtisch zu formulieren pflegte, konnte er unbeschwert jenes Wild ‚ernten', das in den strenger regulierten Gebieten anderer Staaten unter Schutz stand.

War er gelegentlich frustriert, etwa wenn ein Kojote sich in der Fußfalle den eigenen Lauf abgebissen hatte und ihm als Fallensteller deshalb wohlverdiente, wenn in diesem Fall auch dürftige Einnahmen entgingen, führte er sich zur eigenen Erbauung die Geschichte jener Trapper vor Augen, die bei der Besiedlung Nordamerikas eine so glorreiche Rolle spielten, die mit ihren Gewehren mutig in unbekannte Indianergebiete vordrangen und sie für nachfolgende Siedler erkundeten.

Viele dieser ersten Fallensteller hatten gleich bei mehreren Indianerstämmen – ob Hidatsa, Schoschonen oder Crow – jeweils eine

Frau gehabt. Seine ehemalige Freundin Aponi, fand er, verlieh seiner eigenen Vita insofern einen besonderen historischen Glanz. Sie verhalf ihm, sich aus der Legion von einhunderttausend heute agierenden amerikanischen Trappern, die über fünf Millionen Pelze im Jahr erbeuteten, ehrenhaft abzuheben.

Den größten innerlichen Halt aber gab Frank Stolin seine *Ruger American Rifle*. Ein Leben ohne die treue Gefährtin schien ihm unvorstellbar. Auch heute beschützte sein Gewehr ihn, wo er bereits den ganzen Tag lang allein wartend herumsaß, während die Turteltäubchen aus Salt Lake City vollkommen unbewaffnet in ihr eigenes Verderben liefen. Das geschah ihnen zweifellos recht, dachte er, schließlich hatte er sie vor diesem Höllenschlund gewarnt.

Es war heiß, doch er gab den Pferden keinen Tropfen Wasser, sondern hortete es für sich selbst. Für alle Fälle, meinte er. Noch immer schwirrten die unheimlichen Stimmen am Wasserfall in seinem Kopf herum. Mit dem Ort stimmte etwas nicht. So, wie mit den zwei Abenteurern etwas nicht stimmte. Waren sie bereits verschluckt wie im Bermudadreieck oder verletzt? Saßen sie in der Klemme? Längst müssten sie zurück sein! Falls ihnen etwas zustieß, war es jedenfalls ihre eigene Schuld und Gottes Strafe obendrein.

Damit war er als Wildhüter aber noch nicht aus der Sache raus. Ärger lag in der Luft. Was sollte er tun, wenn die zwei nicht zurückkehrten? Andere konnten von ihrer Exkursion erfahren haben. Eine Vermisstenanzeige oder gar ein Unglück unter seiner Führung bedeutete nichts als Ungemach und würde seinem Ansehen noch weiteren Schaden zufügen. Abgesehen davon müsste er den Ritt zurück durch die Berge, denen er misstraute, allein bestreiten. Im Geleit war es viel sicherer.

Mit sich selbst und der Angst ringend, spielte er nervös am Repetierverschluss seiner Büchse, dachte angestrengt nach, was zu tun sei. Womöglich ging es ihnen sogar besser, als er annahm. Denkbar, dass sie insgeheim nach etwas Wertvollem suchten. Hatten sie ihn als Führer nur missbraucht und sich gegen ihn verschworen? In diesem Fall war es besser, den beiden Geheimnistuern zu folgen, um herauszufinden, was sie im Schilde führten.

Es dämmerte bereits. Morgen früh …!

36

Watka richtete sich auf, hielt das Horn an ihren Mund, holte tief Luft und blies so kräftig hinein, dass sich ihre leuchtend blauen Backen, wie die Schallblasen der Froschlurche blähten. Mit angespannten Lippen setzte sie die Luftsäule im Innern des gebogenen Horns in Schwingung und entlockte ihm einen vollen, majestätischen Klang. Das Signal erreichte jeden Winkel des Urwaldtals, verhallte im Gebüsch, drang in die engsten Höhlengänge, brach sich an den kantigen Felsen der Steilwände und wurde tausendfach von ihnen zurückgeworfen.

Schon bald erschienen die ersten der Sippe: Alte, Junge, Rot-, Gelb- und Blaubemalte, einige mit Blumen- und Federschmuck, andere in voller Jagdmontur. Sie brachten unzählige Lederbeutel, Körbe und Holzgefäße, gefüllt mit Fischen, Knollen, Pilzen, Waldfrüchten, Kräutern und Nüssen mit sich, schleppten sechs Frischlinge, zwei Dutzend Waldkaninchen und vier Rehböcke herbei, transportierten ordentlich verschnürte Stapel von Brennholz und alles Zubehör.

Die offene Lichtung mit ihrem verlorenen Steinkreis verwandelte sich rasch in ein lebendiges Durcheinander von Helfern. Bestens aufeinander eingespielt, bereiteten sie ein großes Mahl vor. Keiner gab Anweisungen, eine Hierarchie gab es nicht. Doch es funktionierte. Jeder hatte seine Aufgabe und alle folgten der gemeinsamen Sache.

Interessiert beobachteten Lilly und Walker das turbulente Geschehen, das sich nach und nach zu einem beispiellosen Grillfest entwickelte. Inzwischen mochten es an die zweihundert Neandertaler sein. In Windeseile häuteten und zerlegten einige mit ihren rasierklingenscharfen Steinwerkzeugen die Jagdbeute. Andere machten Feuer und gruben mit Grabwerkzeugen Rinde zur Herstellung von klebrigem

Birkenteer an der Feuerstelle ein. In Holzschalen mischten Köche Gewürze und Fett zu Pasten, spießten kunstvoll Fische an knöchernen Haken auf und befüllten geflochtene Behälter mit reifen Früchten der Wildnis.

Als es dämmerte, wurden an den zwölf Monolithen des Steinkreises Fackeln entzündet und um sie herum Felle ausgebreitet. Kinder rannten fröhlich umher, spielten in hohlen Glyptodonpanzern Versteck, Teenager gesellten sich schnatternd zueinander, zündelten mit Graskugeln, rauften sich spielerisch im Dreck. Erfahrene Jäger präsentieren stolz ihre feinsten Jagdwaffen.

Einer Freilichtbühne gleich erstrahlte unter dem überragenden Dach gewaltiger Nadelbäume die Anhöhe im flackernden Licht kleiner und großer Feuerstellen.

„Ein gemeinsames Lagerfeuer", schwärmte Walker, „ist magisch, es ist wie ein Zauber aus grauer Vorzeit, es versetzt uns in Trance, verändert die Art und Weise, wie wir die Welt erleben, wie wir sehen, hören, wie unser Gehirn arbeitet und wie wir die anderen um uns herum wahrnehmen."

„Ich nehme dich sehr, sehr gern wahr, Walker", sagte Lilly und legte ihren Kopf auf seine Schulter.

Das große Fressen begann. Lilly und Walker gegenüber zeigten die Stammesmitglieder respektvolle Distanz. Watka war verschwunden. Nur Kela blieb in ihrer Nähe. Sie reichte am Stein geschmortes Wild, Schalen voll duftender Pilze, mit Blüten und Honig verknetete Fruchtkugeln und frisches Trinkwasser an sie weiter. Alles war wohlschmeckend. Nur die frischen Innereien lehnten sie höflich ab.

Ein zu groß geratenes Stück einer Wildschweinkeule zerschnitt Walker mit seinem *K4-Leatherman*. Er sah, dass Kela das Klappmesser aus Edelstahl ungemein faszinierte, also borgte er es ihr. Immer wieder klappte sie jedes einzelne integrierte Werkzeug – von der Federschere bis zur Ahle – ein und wieder aus. Noch nie hatte sie solch ein spiegelndes, hartes und doch flexibles Material berührt. Da für Walker das Klappmesser unentbehrlich war, forderte er es freundlich von ihr zurück. Dafür setzte er ihr seinen *Akubra* auf, der kaum auf das klumpige Haupt der kleinen Steinzeitfrau passte. Kela bedankte sich, indem sie ihre breite Nase zärtlich an seinem Knie rieb und dabei seine Wade massierte. Walker verdrehte die Augen, riss sich zusammen, um nicht loszulachen.

Die Neandertaler konnten Unmengen rohen Fleisches verschlingen, brieten sich aber auch gewürzte Stücke, bis sie halb verkohlt waren. Ihr Kauapparat machte vor nichts Halt, zermalmte Karkassen, fraß große Fischköpfe, zerbiss die Rippchen von Frischlingen und nagte an den Knochen, bis das Mark zum Vorschein kam. Ihre öligen Hände verrieben sie an Körperstellen, die nicht bekleidet oder bemalt waren, als salbten sie sich selbst ein.

Lilly beobachtete, wie eine Gruppe Stillender und Schwangerer zusammen hockten und sich angeregt austauschten, einem Kreis alter Frauen und Männer brachten Kinder fürsorglich Schalen mit Suppe, Liebespärchen rieben ihre dicken Nasen aneinander. Hinter den Monolithen des Steinkreises fanden kleine Ringkämpfe der Halbstarken statt. Nicht selten kollidierten ihre robusten Schädel mit dem Geräusch, das Bowlingkugeln machen, wenn sie auf die Bahn knallen. Es fiel auf, wie kraftvoll und blitzschnell die Kämpfer agierten, doch zeigten sie auch gegenseitige Fairness und Respekt. Walker gab zu, dass einige wesentlich furchterregender ausschauten als die Nachbildungen im *Neanderthal Museum* bei Düsseldorf.

Der Rauch des ungeheuren Festgelages stieg im Kessel auf und verflüchtigte sich am nächtlichen Sternenhimmel. Kein Grillfest der Welt konnte es mit diesem Schmaus aufnehmen, dachte Walker, und er hatte in seinem Leben nicht wenige Barbecues erlebt. Auch rein geschmacklich war es für ihn die reinste Gaumenfreude. Lilly amüsierte sich, dass seine Visage kaum weniger verschmiert war als die der Neandertaler. Sie selbst war nicht unbedingt ein großer Fleischesser, schwelgte an diesem Abend aber nicht minder beim Genuss der geschmorten Köstlichkeiten.

Ob Fleisch oder Vegetarisches – alles war mit getrockneten und frischen Kräutern versehen, sensationell herzhaft und pikant.

„Eine Würzmischung vom Feinsten", urteilte Walker und stieß mächtig auf. „Hast du eine Idee, aus welchem Supermarkt sie die haben?"

Lilly kringelte sich vor Lachen und alberte: „Stell dir nur mal den Gesichtsausdruck der Kassiererin vor!"

„Es schmeckt, als sei Salz drin. Aber wo bekommt man das in so einer Gegend her?"

„Schlaue Frage, Liebling. Als Ärztin kann ich dir sagen: Auch sie brauchen einen Salzvorrat. Vielleicht verbrennen sie trockene Huflattichblätter. Die Asche ist salzreich. Ich tippe aber auf Pekannusswurzel. So etwas gedeiht hier im Tal. Mein Vater hat es mir vor einigen Jahren mal gezeigt: Auf einer Exkursion in die Rocky Mountains schmiss er unseren kleinen Gaskocher an und kochte Pekannusswurzelstücke ein. Übrig blieb ein salziges, mineralisches Extrakt. Damit haben wir dann unser Fleisch gewürzt."

Plötzlich kehrte Stille ein. Auf ein unhörbares Kommando hin ließ ein jeder von dem ab, was er gerade tat. Niemand aß weiter, niemand rührte sich, niemand sprach. Dann, nach einigen Minuten, ging ein uriges Raunen durch die Menge. Alle Augen richteten sich auf drei sich nähernde, rot, gelb und blau geschmückte Gestalten. Es waren die prächtig gekleideten Ältesten, die sich einen Weg durch die weichende Menge zur Mitte der Lichtung bahnten.

Gekrönt von ausgestopften Wolfsköpfen, die ihre eigenen Häupter überragten, schritten sie langsam und bedeutungsvoll voran und bewegten sich, einer nach dem anderen, über den Lichtungsweg in das Innere des Steinkreises auf die große, an einer Stelle offene, hufeisenförmige

Feuerstelle zu. Dabei hielten sie mit beiden Händen zeremonielle Gegenstände in die Höhe und drehten sich fortwährend um ihre eigene Achse. Es sah höchst sonderbar aus und unterschied sich von allen kulturellen Zeremonien der Indianerstämme, denen Lilly je beigewohnt hatte. Walker war ebenso fasziniert wie sie.

Hani, der Älteste des roten Stammes der Erzeuger, schritt voran. Er trug ein steinernes Gefäß mit heißem Birkenteer, dessen dampfende Schwaden bei der Rotation ringförmig in den Himmel aufstiegen. Ihm folgte Taku, der Führer des gelben Stammes der Handwerker. Während er sich drehte, zeigte Taku stolz sein Jagdmesser aus Hirschgeweih und behauenem Feuerstein herum. In der anderen Hand hielt er einen Bund ringförmig aufgewickelter Tiersehne. Die alte Watka schließlich überragte alle mit einem gut zwei Meter langen, sorgfältig geschliffenen Holzschaft, den Walker für den präparierten Rohling des neuen Speers hielt.

Der Paläoanthropologe war nahe genug, um zu erkennen, dass die Form des Schaftes den *Schöninger Speeren* ähnelte, den ältesten vollständig erhaltenen Jagdwaffen der Welt. Sie wurden Ende der Neunzigerjahre in einem deutschen Braunkohletagebau gefunden und stammen aus der Altsteinzeit. Hersteller dieser Speere war *Homo heidelbergensis*, der Vorfahr des Neandertalers. Bereits vor dreihunderttausend Jahren schliff er lange, gerade Stämmchen aus geeignetem Fichtenholz so, dass der größte Durchmesser und damit der Schwerpunkt im vorderen Drittel des Schaftes lag. Die Wurfspeere durften weder zu lang noch zu kurz, weder zu leicht noch zu schwer sein. Die Holzbearbeitung umfasste das Schneiden und Abziehen der Rinde, das Schnitzen in eine aerodynamische Form, das Abkratzen eines größeren Teils der Oberfläche, das Würzen des Holzes, um Risse und Verformungen zu vermeiden, das sorgfältige Formen der Spitzen und das Schleifen zur einfacheren Handhabung.

In Feldversuchen erwiesen die Nachbauten der *Schöninger Speere* sich heutigen Wettkampfspeeren als ebenbürtig, flogen über siebzig

Meter weit und waren auf zwanzig Meter für Großwild tödlich. Da das innere Mark eines Stämmchens weniger hart ist als der äußere Bereich, wurden die Spitzenenden gezielt seitlich neben dem zentralen Mark ausgebildet. Der Schaft, den Watka vor sich hertrug, hatte allerdings kein angespitztes Ende. Man hatte ihn wie beim abhandengekommenen Speer mit einer Tülle versehen.

Jetzt sah Lilly das kleine, aber feine Objekt, um das sich alles drehte: Im aufgerissenen Maul des Wolfsschädels über der alten Sammlerin klemmte unübersehbar, umsäumt von furchterregenden Fangzähnen, die erhabene Klinge. Vor Hitze knisternd, färbte die schimmernde Glut Watkas schwitzende Haut violett-rot, als die drei sich immerzu kreisend dem heißen Zentrum näherten. In die verzerrten rhythmischen Schreie stimmten die Zuschauer leidenschaftlich ein. Sie alle gerieten in einen Wahn. Zeigten halluzinogene Pilze oder eine okkulte Kräutermischung ihre Wirkung? Oder versetzte allein die ständige Rotation der Stammesführer die Sippe in Ekstase?

Die Zeremonie hatte einen zunehmend waghalsigen Charakter. Auf dem letzten schmalen Steg in die Feuerstelle hinein nicht die Balance zu verlieren und in die Glut zu stolpern, forderte ein Höchstmaß an Körperbeherrschung. Lilly fürchtete, dass ein kleiner Fehltritt einen von ihnen das Leben kosten würde.

Auch Walker wurde allein durch den Anblick schwindelig. Er bemühte sich, klar im Kopf zu bleiben, analysierte das Geschehen, nahm an, das seltsame Manöver war Ritual und Mutprobe zugleich. Zahlreiche Stammesmitglieder drehten sich ebenfalls wie tanzende Betrunkene um sich selbst, gaben sich dem Rausch hin, während sie äußerst bizarre Laute ausstießen. Ohne dass der Australier es merkte, wurde er ein Teil des Ganzen und jaulte aus vollem Hals mit. Erstaunt musterte Lilly ihn, bis ihr bewusst wurde, dass auch sie jaulte.

Im Zentrum des gewaltigen glimmenden Feuerrings angekommen, rammte Watka den Holzschaft senkrecht in den Boden. Dann tastete sie mit beiden Händen behutsam über sich ins Maul ihrer Kopfbedeckung, griff nach der Klinge, nahm sie vorsichtig heraus und streckte sie mit einem inbrünstigen Schrei, den die Menge grölend beantwortete, gen Sternenhimmel. Sie redete bedeutsam erscheinende Worte, die Lilly und Walker nicht verstanden, aber das Volk jubelte.

Im Zusammenspiel der drei Stammesführer fand nun die Vermählung von Projektilspitze und Schaft statt. Vollkommen vom Schweiß durchnässt, setzte Watka die prächtige, mit Widerhaken versehene Klinge in die kegelförmige Tülle. Hani bediente Taku mit Tiersehne und Birkenteer. Während die drei sich, für alle gut sichtbar, stetig um den hölzernen Schaft bewegten, verschnürte Taku, der Älteste der Handwerker, gekonnt die gravierte Knochenklinge, zog die Schlingen fest und verklebte sorgfältig alle Teile zu einem Ganzen.

Der Speer war zurück im Brennpunkt der Sippe, die Einheit wiederhergestellt. Die fünf Stämme der letzten Neandertaler tanzten noch lange jubelnd um ihr erneuertes Heiligtum.

Bevor der Morgen graute, löschten sie die Glut der Feuerstelle und schliefen friedlich schnaubend zu hunderten über die Lichtung verstreut ein.

37

In der Nacht hatte Stolin kein Auge zugedrückt. Die lange Warterei machte ihn fertig. Überdies ging der Wasservorrat zur Neige. Müde und missgelaunt kramte er ein Stück Biltong aus Lillys Beutel, schob es in seinen Mund und nahm aus der Thermosflasche einen kräftigen Schluck, um es herunterzuspülen. Das hätte er nicht tun sollen. Anstatt es gemächlich zu kauen, rutschte das zähe, unaufgeweichte Trockenfleisch nun quälend langsam seinen Schlund hinab, bis ihm vor Schmerzen die Tränen kamen.

„Zum Henker, was warte ich hier überhaupt?", fluchte er.

Er schäumte vor Wut. Für ihn war das Vorhaben inzwischen eine Farce und zum Scheitern verurteilt. Den Beringia-Wolf würden sie ohnehin nicht finden. Währenddessen entgingen ihm die üblichen Gewinne. Sicher zappelte seit Tagen lohnende Beute in den von ihm aufgestellten Fallen oder sie verweste bereits. In Anbetracht all dieser Umstände, schloss er, blieb ihm wohl nichts, als die zwei aus Salt Lake zu verfolgen, denn alleine wagte er sich nicht auf den Rückweg.

„Jetzt ist Schluss! Was immer ihr da treibt, ich kriege euch", redete er sich Mut zu. „Ich habe mein Gewehr und keine Angst vor nichts."

Lieblos band er die Pferde an, stopfte sich mürrisch zwei Schachteln Patronen in die Taschen, warf sich den Gewehrriemen über die Schulter und begab sich ein zweites Mal auf den schmalen Pfad zum Gebirgssee.

Auf dem Weg kehrten die gespenstischen Stimmen in sein Inneres zurück. Unbehagen befiel ihn. Was erwartete ihn diesmal? Er bemühte sich, klar zu denken. Was er da am See hörte, war sicher nur das Echo eines Tieres oder der Wind, der durch die Steilwände pfiff. Im wahren Leben existierten doch keine Geister. Oder etwa doch?

Prinzipiell gab es nur drei mögliche Szenarien: Sie hatten ernste Schwierigkeiten, sie hintergingen ihn oder sie gingen ihren körperlichen Gelüsten nach. Für den Fall, dass sie – warum auch immer – in Schwierigkeiten waren, würde er spontan entscheiden, was zu tun sei. Allenfalls würde er sie retten und seiner eigenen Reputation damit einen Gefallen tun. Vielleicht würde Blut fließen, jedenfalls war er selbst gut bewaffnet, das gab ihm Macht. Und Mitleid war glücklicherweise keine seiner Schwächen.

Anders würde er reagieren, wenn sich herausstellte, dass sie ihn hintergingen, sich irgendeinen Vorteil verschafften und ihn dabei ausgrenzten. In solchen Situationen, in denen er anderen gegenüber benachteiligt wurde, hatte er schon als Kind oft die Beherrschung verloren und Mitmenschen ernsthaft verletzt. Die resultierenden Bestrafungen hatten ihn keinesfalls dazu gebracht, Reue zu zeigen. Im Gegenteil: Sie verhärteten seinen Willen, sich auch in Zukunft selbst der Nächste zu sein.

Das dritte Szenario schließlich schien am wahrscheinlichsten. Die Stimmen hatte er sich nur eingebildet, hatte lediglich Halluzinationen vom Whiskey gehabt. Er würde das Liebespaar beim unzüchtigen Bad im See ertappen. In diesem Fall würde er eine Zeit lang beobachten, was sie da trieben, dann würde er ihnen Beine machen – und zwar so, wie sie es in ihrem Leben noch nicht erlebt hatten.

Nachdem er die letzte Biegung hinter sich gelassen hatte, lag der See menschenleer und ruhig vor ihm. Nur der Wasserfall warf kleine Wellen über die glitzernde Oberfläche. Für die Schönheit des ins Pflanzenreich eingebetteten Gewässers hatte er keinen Sinn. Vom Liebespaar war nichts zu sehen. Stetiges Rauschen hallte von allen Seiten des Felsmassivs. Schwaden feiner Gischt wehten durch die drückend warme Morgenluft. Der Trapper stand mehrere Minuten ungläubig, hasenfüßig und schussbereit da, hörte keine Geisterstimmen, sah keine lebenden oder toten Körper – weder im Wasser noch auf dem Trockenen.

Suchend schritt und stieg er alle begehbaren Stellen des Kessels ab, soweit er eben kam, sah sich rätselnd um, fand aber keine Nischen, Tunnel oder Kletterwände. Sie mussten doch irgendwohin gelangt sein!

Bei genauerer Überlegung blieb nur der Wasserfall. Stolin ging dicht an ihn heran. Hindurchsehen konnte er nicht. Nass zu werden, widerstrebte ihm. Doch er hatte keine Wahl, wollte er sich nicht den Rest seines Lebens das Hirn zermartern, ob es dahinter weiterging. Er musste es tun.

„Verflucht!"

Er holte tief Luft, kniff die Augen zu und machte drei tastende Schritte voran, dann noch einen vierten und er stand vor Nässe triefend im Trockenen.

„Also doch!"

Abrupt riss er die Augen auf. In die düstere Grotte strahlte wie ein Scheinwerfer das grelle Licht der schmalen Felsöffnung. Unverzüglich lud er sein Jagdgewehr und schritt ihr entgegen. Da hindurch also waren sie entkommen! Bedacht positionierte er sich am Rand des Durchlasses, vermied schnelle Bewegungen, damit er nicht erspäht wurde und suchte das Panorama des Urwaldtals mit dem geübten Blick eines Jägers ab.

Weder die geologische Formation des elysischen Kessels interessierte ihn noch das sich darin zum Abschuss präsentierende, friedlich grasende Schwarz- und Rotwild. Der Transport von Jagdbeute wäre von hier aus ohnehin zu beschwerlich. Stolin hielt vielmehr gezielt Ausschau nach Zweibeinern, nach der Wolfsexpertin und ihrem australischen Verbündeten. Und dann war da noch dieser mysteriöse Cousin, den er auch allzu gern zu Gesicht bekäme.

Beim Scan des Rundblicks aus erhöhter Position bemerkte er unversehens eine menschliche Gestalt. In rund einhundertfünfzig Metern Entfernung kauerte sie mutterseelenallein an einer der vielen Höhlen, die sich in den Steilwänden wie an einer Perlenschnur aneinanderreihten. Wer war das? Mit bloßem Auge sah er auf die Distanz zu wenig, aber er hatte ja das Zielfernrohr an seiner *Ruger*.

Stolin brachte sich in Position, machte einen Ausfallschritt und legte den Lauf der geladenen Büchse wie bei einer Schießscharte sachte und geräuschlos in die Felsöffnung. Ins Okular spähend stellte er die Zieloptik auf die höchste Stufe. Die dreifache Vergrößerung des Tagesobjektivs ermöglichte ihm, mehr Details zu erkennen. Interessanterweise kauerte dort weder Feron noch Walker.

Der Schädel im Fadenkreuz, den er nun sehr gut erkennen konnte, irritierte ihn. Spontan fielen ihm die grausigen Geschichten der Trapper und Jäger im Country Club ein – Erzählungen, in denen monströse, wilde Clans ihren Kindern die Schädel verschnürten, um sie absichtlich zu entstellen. Stolin hatte den Sachverhalt im Nachhinein recherchiert: Diese gottverfluchten Sadisten trieben in den Bitterroot-Bergen seit dem achtzehnten Jahrhundert ihr Unwesen. Für ihn lag es auf der Hand, dass sie sogar etwas mit dem Verschwinden friedlicher Wanderer in den *Bermuda-Bergen* zu tun hatten. Falls sie hier noch immer herumstreunten, stellten sie eindeutig eine Gefahr dar.

Der Wilde dort unten … Gewiss war er einer von ihnen! Das blau bemalte Gesicht, die bauschige, längliche Schädelform im Profil – Stolin hatte kaum Zweifel, dass es sich um ein deformiertes Monster handelte. Sollte ebendieses Untier auch nur ansatzweise ein aggressives Verhalten ihm, einem US-amerikanischen Wildhüter, gegenüber an den Tag legen, war es seine legitime Pflicht, sich mit allen Mitteln zur Wehr zu setzen und den Fall anschließend den Behörden zu melden.

Doch nun geschah etwas Unerwartetes. Als hätte es eine Gedankenübertragung gegeben, schaute das Individuum urplötzlich in seine Richtung, nahm ihn seinerseits ins Visier. Stolin lief ein kalter Schauer über den Rücken, er fühlte eintausend feine Nadelstiche in seinem Herzen. Überdies richtete sich das Wesen behäbig auf und bewegte sich schnurstracks auf ihn zu, ohne dabei den Blick von ihm abzuwenden – ein hypnotischer Blick, der aus der Distanz seine Atemwege wie ferngesteuert einzuengen vermochte.

Der Fallensteller riss sich mit Macht davon los, schaute weg, wich zwei Schritte in die Höhle zurück und sammelte sich. Er besann sich auf seinen Bibelvers, sein Jagdgewehr und seine langjährige Erfahrung als Schütze. Im Laufe der Jahre hatte sich einige Male furchtloses Wild in solcher Weise frontal genähert, war forsch, angriffslustig oder den Nachwuchs verteidigend auf ihn zugelaufen. Erfahrungsgemäß wusste er daher, dass er in solchen Situationen die Ruhe bewahren und zuverlässig funktionieren musste, sich nicht den kleinsten Fehler erlauben durfte. Die Schießtechnik vollkommen verinnerlicht zu haben und den Bewegungsablauf wie im Schlaf zu beherrschen, war gerade jetzt überlebenswichtig.

Die Gefahr näherte sich, der Moment der Entscheidung war da. Als sehe er sich von außen dabei zu, reagierte er automatisiert und emotionslos. Es begann damit, dass er kurz die Augen schloss, sich entspannte, den Untergrund spürte, sich von ihm tragen ließ. Dann neigte er den Oberkörper leicht nach vorn, drehte sich etwas nach links, bis er den steinernen Rahmen nur mit seiner rechten Brustseite berührte. So irritierte ihn sein eigener Herzschlag nicht.

Die Gestalt war inzwischen bereits etliche Meter herangekommen.

Stolin legte die linke Hand flach auf, vermied es, auf Optik, Lauf oder Verschluss zu drücken, um die Treffpunktlage nicht zu verändern. Die Ellbogen sicher aufgestützt, zog er, ohne sich zu verspannen, den Gewehrkolben in die Schulter ein. Seine Schießweste würde den Rückstoß reduzieren. Er entsicherte, nahm das Ziel auf, wählte die Brustpartie des sich nähernden Wesens in nunmehr sechzig Meter Entfernung.

Jetzt reduzierte der Schütze seine Atmung, konzentrierte sich. Von vorne nahm sein angewinkelter Zeigefinger Kontakt mit dem Züngel auf. Er atmete ruhig aus, erhöhte langsam den Druck auf den Abzug. In einer kurzen Atempause löste er den Schuss, bewegte dabei nur die äußeren beiden Zeigefingerglieder, während sein restlicher Körper wie einbetoniert verharrte.

Das Geschoss durchschlug den Brustkorb des alten Meru, noch bevor die Schallwellen des Mündungsknalls sein Gehör erreichten. Tödlich getroffen, sackte Watkas Bruder in sich zusammen.

38

Zeitverzögert drängte Tageslicht tief hinab in die üppig bewachsene Senke. Auf der Suche nach Essensresten bahnte sich eine Waschbärenfamilie den Weg durch die Menge vollgestopfter Neandertaler, die, über die Lichtung verstreut, ihren Rausch ausschlief.

In Lillys Traum setzte sich das wilde Gelage der vergangenen Nacht in den Räumlichkeiten ihres eigenen Wolfsparks fort. Dort lagen Horden glücklich fressender, nach Zoo riechender Urmenschen auf den Schränken, unter den Tischen und neben den Stühlen, selbst in der Badewanne und quer über dem Operationstisch. Fettiges Grillfleisch türmte sich meterhoch auf der Sitzgarnitur und ein funkensprühendes Lagerfeuer brannte in der Küche.

Genug!, schrie Lilly im Traum voller Panik. Doch Walker kam ihr zu Hilfe. Er hielt eine Leuchtpistole in der Hand und rief: *Geht sofort heim! Das Fest ist vorbei.* Dann schoss er in die Zimmerdecke und Lilly erwachte.

Es war nur ein Traum, doch der Schuss war real. Er hallte noch von einer Kesselflanke zur anderen. Es dauerte, bis sie zu sich kam. Sie raffte sich auf und schaute sich um. Große Unruhe herrschte unter den Neandertalern.

Walker war bereits auf den Beinen und reichte ihr die Hand. „Komm schnell!", rief er vehement. „Das kann nur Stolin gewesen sein."

„Oh Gott!", rief Lilly entsetzt.

Sie sahen Kela, die wie ein Wiesel den Weg hinunter preschte. Hastig griffen sie nach ihren Taschen. Gerade wollten sie sich der Horde anschließen, die zum Taleingang hinunterströmte, da kam Watka auf sie zu.

„Mein Bruder! Ich spüre seinen letzten Atem. Geht mit uns, den Ältesten!", befahl sie ernst. „So seid ihr sicher vor euren und vor meinen Leuten."

39

Von seiner Schießscharte aus richtete der Fallensteller das Zielfernrohr weiterhin auf den Gefallenen. Er behielt den alten Frühmenschen stoisch im Visier, um dessen blutige Brust im Fadenkreuz zu examinieren, sich zu vergewissern, dass er sich nicht mehr rührte. Noch eine halbe Minute lang peitschten die Echos des Schusses von einer Steilwand zur nächsten, hallten dutzendfach auch in die düstere Felsenhöhle. Der Schütze inspizierte ein letztes Mal das Gelände, dann kroch er durch den Durchlass und schlich geduckt den Schotterweg ins Tal hinunter. Immer wieder suchte er Deckung hinter Felsvorsprüngen und Büschen am Wegesrand, um nicht gesehen zu werden.

Am Fuß des aufragenden Felsmassivs angelangt, konnte er aus der Nähe einen Blick in die vordersten, lichtarmen Grotten werfen. Er erkannte, dass sie bewohnt, gegenwärtig aber menschenleer waren. Er wollte, er musste hinein. Zu groß war seine Hoffnung, dort etwas Wertvolles zu entdecken.

Mit geladener Repetierbüchse pirschte er sich zögerlich in die ersten Räume und von da aus in weiterführende Nebengänge. Zu seiner Verblüffung fand er Lagerstätten einer ganzen Sippe vor. In einem Hohlraum sichtete er Wildfleisch und andere Essensvorräte, in einem weiteren Haufen von Feuerstein und Körbe bunter Mineralien. Gold, Silber oder Edelsteine waren nicht dabei. Sie wären ihm lieber gewesen.

In kleineren Nischen befanden sich kärglich ausgestattete Schlafstätten. Mehrere Meter hohe Halden von Knochen, Geweihen, Raubtierzähnen und Schädeln in einer weiteren Höhle ließen ihn erschaudern. Mehr denn je war er überzeugt: Hier vegetierten wahre

Bestien vor sich hin und er tat gut daran, das Feld schleunigst zu räumen, bevor sie zurückkehrten, um ihn zu lynchen.

Nichts würde ihn hier mehr halten, sagte er sich, doch dann zogen ihn mehrere in einem Seitenflügel gehortete Stapel von Fellen in ihren Bann. Alles andere vergessend, stürzte er sich auf sie. Ihren Zustand begutachtend, eilte er von einem Stoß zum nächsten, hob einzelne Lagen an, strich mit der Hand tastend darüber, schnupperte an ihnen und besah sich die Häute von unten. Schon bald erkannte der Trapper den immensen Wert des Fundes. Als warteten sie auf ihren Abtransport, präsentieren sich ihm feinste Pelze diverser, teils seltener Arten, darunter Grizzlies, Raccoons, Elche, Schwarzbären, sogar Rotwölfe, Cozumel-Waschbären und Bisons.

Stolin verblüffte die hohe Verarbeitungsqualität, die der eines guten Kürschners in nichts nachstand. Innerlich jubilierte er. Zweifellos hatte er einen Schatz entdeckt, den er für sich beanspruchen würde.

Kela rennt, als sei sie von einer Wespe gestochen.

Nach der wundervollen Grillzeremonie schlief sie tief und fest. Im Traum lief sie weit in den Wald, um einen Grünlingspilz für Omu zu finden. Der sollte ihn vor Bösem bewahren.

Hellauf begeistert, sah sie einen dieser Giftpilze auf einer kleinen, sonnenbeschienenen Lichtung stehen. Vorsichtig drehte sie ihn aus dem Boden und öffnete ihren Bastkorb, um ihn darin zu verstauen. Da zog ein Gewitter auf. Zuerst blitzte es, dann zerriss ein mächtiger Donnerschlag beinahe ihr Trommelfell.

Schlagartig wurde sie wach. Noch immer trommelte der Donner wie unzählige harte Steinschläge in die Furchen der umgebenden Felswände. Sie schreckte hoch. Auf der Grillwiese herrschte ein heilloses Durcheinander. Schwestern und Brüder rannten aufgebracht umher. Im Gewirr der Echos ortete sie die Richtung, aus welcher der Knall kam. Der Ursprung musste am Eingang des Urwaldtals sein, bei den Höhlen des blauen Stammes. Entsetzt begriff sie, dass es ein Gewehrschuss war, den sie im Schlaf hörte. Sie ahnte auch, wem er galt, griff nach dem Hut des Muschelschmuckmanns und stürmte los.

Jung und wieselflink, erreicht sie die Stelle als eine der ersten. Bis die Ältesten eintreffen, wird noch etwas Zeit vergehen. Drei junge, drahtige Brüder haben sich bereits an der Unglücksstelle eingefunden. Kela kniet nieder, legt weinend ihre Stirn auf Merus blutige Brust. Er war der Vater ihres Vaters. Die Kugel eines Gewehrs ging mitten in sein Herz. Der Mörder ist fort.

Ihr Volk kennt die Gewehre der Bobos aus Watkas Erzählungen. Es sind unbarmherzige, übernatürliche Waffen, laut und blitzschnell. Der Beute geben sie keine Chance, zu reagieren. Zu leicht ist es, mit ihnen zu töten – ob

Tier oder Mensch. Es sind Waffen feiger Jäger, mit denen die Jagd keine Ehre, sondern eine Schande ist. Gewehre sind Ausdruck von Hochmut und Habgier. Die Faszination für sie wird zur Sucht und die Sucht zur Abhängigkeit. Bis die Angst, ohne sie zu sein, vom Geist Besitz ergreift.

Wäre nur Omu im Tal! Kela denkt unablässig an ihn. Aber warum hat sie gerade von ihm und dem Grünlingspilz geträumt? Dieser Pilz ist eines der drei Gifte, die ihr Volk für sich nutzt: das Gift des Frosches, das des Pilzes und jenes der Schlange.

„Ja-ni, wu-ma, mat-ki", zählt sie beschwörend die drei Gifte auf, und ihr ist es, als wäre Omu ganz nahe. „Mögen sie dir in Gefahr Nutzen bringen!", sendet sie ihm zu.

Bald werden die anderen eintreffen. Kela sorgt sich um ihre hochstirnigen Freunde. Wenn die Brüder und Schwestern des Urwaldtals die Gewehrkugel finden, werden sie die Bobos zur Rechenschaft ziehen.

Kela will dem zuvorkommen. Wie zwei Blindschleichen gleiten ihre schlanken Finger geschickt in Merus offene Wunde, bohren sich tief hinein, bis sie das harte Geschoss zu fassen bekommen und herausziehen können. Die Kugel ist schwer und blutrot verschmiert. Kela schnuppert daran, steckt sie in ihren Mund und reinigt sie, bis sie blank ist und glänzt wie polierter Hämatit. Dann verwahrt sie die todbringende Kugel in einem der Beutel an ihrem Gewand. Niemand soll sie sehen.

Mehr und mehr Brüder und Schwestern strömen herbei und scharen sich um den Toten. Ein Fährtenleser verfolgt bereits die Spur des Mörders zu den Grotten. Eine wachsende Menge versammelt sich dort.

„Da drinnen ist er", ruft einer von ihnen. „Die Ratte ist im Bau, sie kann nicht entkommen."

Kela erwartet, dass es bald Anschuldigungen geben wird. Schon vernimmt sie Stimmen des Vorwurfs und der Bezichtigung, dass der Mörder zu den beiden Bobos gehört, da treffen endlich die Ältesten – Hani, Taku und Watka – ein und mit ihnen der Muschelschmuckmann und seine hellhaarige Frau.

„*Lasst Taku an den Toten!*", *ordnet Watka an.*

„*Gehört der Mörder zu eurer Bande?*", *ruft eine Schwester vom Gelben Stamm den Bobos zu, doch sie verstehen die Sprache des Urwaldvolks nicht.*

Kela hält sich zurück, während Taku die Leiche inspiziert. Auch seine Finger fahren tief ins Fleisch, doch er findet kein Geschoss.

„*Wo ist sie?*", *fragt er.* „*Wo ist die Gewehrkugel?*"

Fragend schaut Hani zu Kela und sieht in ihrem Gesichtsausdruck, dass sie die Kugel entnommen hat.

Verrate mich nicht, denkt Kela und presst beschwörend ihre Lippen zusammen. Hani versteht es und bleibt still.

Plötzlich zeigt einer der drahtigen Jäger auf sie und ruft: „*Sie hat die Kugel! Sie hat sie!*"

Walkers Hut auf dem Kopf, fährt Kela erschrocken zusammen. An ihren Lippen und ihrer Stirn klebt noch Merus Blut. Sofort ergreifen zwei Sammlerinnen mit blauen Gesichtern unsanft ihre Arme, doch der alte Hani schreitet ein und sie lassen von ihr ab.

„*Hört sofort auf damit!*", *zischt die alte Watka.*

In diesem Moment fällt ein weiterer Schuss. Der dumpfe Knall kommt aus einer der düsteren Höhlen. Augenblicklich bricht eine grün geschminkte Schwester inmitten der Menge in sich zusammen. Aus ihrer Hüfte quillt Blut. Sofort kümmern sich Angehörige des weißen Stammes um sie. Ein weiterer Schuss fällt, peitscht in das gelbe Gesicht eines Handwerkers, der wie ein Stein zu Boden geht. Das Geschoss ist tödlich, blitzschnell und unsichtbar. Entsetzt weicht die Menge zurück. Vier blaugesichtige Jäger schwärmen aus zu den Flanken des Höhleneingangs und gehen in Deckung. Einer von ihnen macht den Versuch eines Vorstoßes ins Innere, doch ein vierter Schuss verfehlt ihn nur knapp.

Da zieht ein greller Fingerpfiff des Muschelschmuckmanns alle Aufmerksamkeit auf sich. Walker tritt aus der Ansammlung heraus, hält seine

Hände hoch und geht Schritt für Schritt auf den Höhleneingang zu. Dem Mörder ruft er eindringliche Worte zu. Auch Lilly, die gelbhaarige Bobofrau, tritt hervor, redet besänftigend auf ihn ein und bringt ihre Wehrlosigkeit mit erhobenen Armen zum Ausdruck.

„Unsere menschlichen Besucher wollen mit ihm reden", erklärt die alte Watka ruhig. „Lasst sie machen!"

Kelas Herz klopft wie wild. Wie kühn und tapfer ihre neuen Freunde doch sind! Sie hofft und fürchtet sich zugleich. Mit ihr verfolgen alle Anwesenden gespannt, wie die beiden beherzt ins dunkle Innere steigen und lauschen den Stimmen, die daraus heraus ans Licht hallen. Niemand außer Watka versteht diese Sprache, doch alle spüren ihre Bedeutung: Die Bobos versuchen, die Ratte im Bau zu zähmen.

Sehen kann sie niemand, hören dafür umso besser. Anfangs klingt das Gespräch ruhig und freundlich. Doch bald wird es lauter und schärfer, bis Zank in der Luft schwebt und Worte voller Groll.

„Es wird böse enden", ruft Kela vollkommen aufgewühlt. Sie möchte hinein, möchte ihren Freunden helfen, doch Watka hält sie zurück.

„Warte es ab!", befiehlt die Alte. „Tu nichts!"

Der Streit wird immer heftiger. Plötzlich hört Kela Geräusche eines Kampfs, hört Tritte und Sprünge, einen hellen Aufschrei, dann einen Schuss. Wieder geraten die Gegner aneinander, schlagen und stöhnen, rutschen und schnauben. Schließlich hört man den schmerzerfüllten Schrei eines Mannes und es wird still.

Die vier Jäger stürmen von den Flanken aus ins Innere der Felsenhöhle. So schnell sie kann, springt Kela hinterher. Zunächst sieht sie kaum etwas im Dunkel der Grotte, doch dann erscheint die helle Gestalt der weißen Frau. Es scheint ihr gut zu gehen. Sie sieht erleichtert aus. Ihr dunkel gelockter Partner ist bei ihr – zerschunden, doch wohlauf, mit einer kleinen Wunde am Arm.

Auf dem Boden liegt das lange Gewehr neben dem Mörder, in dessen Auge ein Messer steckt, das blitzende Messer des Muschelschmuckmanns.

41

Freds Telefon summte ihn aus dem Schlaf. Er lag im Doppelbett im Schlafzimmer seiner Chefin und wunderte sich, wie er dort hingekommen war. Noch mehr wunderte ihn, dass Omu neben ihm lag.

Er nahm den Anruf entgegen. Es war Stan. Er sprach leise und mit zittriger Stimme. „Das FBI. Es ist auf dem Weg."

„Oh Gott! Zu uns? Auf dem Weg hierher?"

„Ja, Fred. Sie haben Wind von dieser Knochenklinge bekommen. Die Typen denken, die Speerspitze ist im Feron Wolfspark."

„Wissen sie von ihm hier?", fragte Fred, ohne Omu zu benennen.

„Vielleicht."

„Was mache ich jetzt?"

„Lass ihn frei!"

„Ist er schon."

„Wie bitte?"

„Ist hier bei mir. Hat mit mir geschlafen … ich meine: neben mir."

„Was?"

„Wir sind jetzt Freunde. Sein Name ist Omu."

„Heiliger Strohsack!"

Omu wachte abrupt auf, schoss hoch, stellte sich auf die Matratze und lauschte. Jetzt hörte Fred es auch. Rings um das Gebäude rauschten Fahrzeuge heran. Der Ansturm kam von mehreren Seiten gleichzeitig. Motoren heulten, Kies splitterte, die Gehegewölfe jaulten wie wild. Es war wie im Film, ging so schnell, dass es keine Chance gab, zu entkommen.

Fred, bleich vor Entsetzen, erkannte, dass auch Omu die Furcht ins Gesicht geschrieben stand. Er riss sich vom eindringlichen Ausdruck des Frühmenschen los und rannte von der Zentrale in die Küche. Omu folgte ihm.

Durch das breite Fenster sahen sie, wie ein silberner *Bronco-SUV* Staub aufwirbelnd nahe dem Hauseingang zum Stehen kam. Zwei Männer in blauen Jacken mit großen gelben FBI-Buchstaben glitten heraus, schauten sich, vom Wolfsgeheul eingeschüchtert, nervös um. Einer von ihnen trug eine Sonnenbrille, der andere einen Aktenkoffer.

„Das sind sie. Omu, du musst hier weg!", rief Fred und starrte hilflos auf die Beamten, die sich auf den Eingang zubewegten. „Die wollen dieses Ding, dieses Projektil, bestimmt auch dich! ... Omu?"

Omu war nicht mehr in der Küche. Es klingelte an der Haustür. Fred lief zurück in die Zentrale. Auch dort war er nicht.

„Omu, wo bist du? Du musst dich verstecken! Omu!"

Wieder klingelte es. Fred sah sich genötigt, zum Eingang zu laufen und die Tür einen Spaltbreit zu öffnen. Ihm rutschte das Herz in die Hose.

Der Agent stellte sich artig vor: „Jonathan Foul, FBI. Wir hätten ein paar Fragen an Sie." Er lächelte kühl, schob seinen Dienstausweis in den Spalt und drückte gleichzeitig die Tür mit dem Ellbogen rigoros auf. *FBI / Special Agent* stand auf dem Ausweis.

„Meine Chefin ist nicht da", protestierte Fred und wusste, dass er die Verunsicherung in seiner Stimme nicht unterdrücken konnte.

„Macht nichts. Können wir reden?", fragte Foul, während er unaufhaltsam hineindrängte.

Eine Antwort war überflüssig. Die zwei Agenten wanden sich an ihm vorbei. Fred wich eingeschüchtert zurück, stammelte irgendwas von „Durchsuchungsbefehl" und „Hausfriedensbruch", worauf keiner von ihnen reagierte. „Stimmt etwas nicht?", hörte er sich noch fragen, während er ihnen wie ein Dackel ins Innere des Gebäudes folgte.

Am Zwinger stand eine Frau. Sie trug eine Maske, einen weißen Overall mit Kapuze, weiße Einweg-Überziehstiefel und blaue Nitril-Chemikalienschutzhandschuhe. Sie war über den Liefereingang von hinten in die Zentrale eingedrungen.

„Wer ist Omu?", fragte sie barsch, ohne sich vorzustellen. Sie hatte gehört, was Fred dem Neandertaler zugerufen hatte. „Wer ist Omu?", fragte sie noch einmal schärfer.

Fred ignorierte die Frage. Er würde ihn nie verraten, doch er befürchtete, dass die Agenten ihn jeden Augenblick aufspüren würden. Ihm wurde schwindelig, er musste sich setzen. Ausgerechnet fiel er in den Sessel dem Wandgemälde gegenüber, in dem er zuvor eingenickt war. Prompt bemerkten die Agenten Omus Darstellung, nickten sich vielsagend zu.

„Nach diesem Objekt suchen wir", sagte Foul und zeigte auf die unverkennbare Speerspitze. „Es wurde aus einem Universitätslabor entwendet."

„Hey, ich bin nur ein Praktikant, klar? Fred, der Praktikant. Das Ding ist nicht hier."

„Wo ist es denn?"

„Keine Ahnung. Ich schwöre, ich habe es noch nie gesehen."

Die anderen Agenten arbeiteten sich in militärischer Manier durch die abgelegenen Räumlichkeiten.

„Von wem stammt das Wandgemälde?", fragte Foul noch einmal. Sein Tonfall war jetzt äußerst unangenehm.

„Wer ist Omu?", löcherte ihn die Weißvermummte.

„Hier ist ein toter Wolf!", rief ein Agent aus dem hinteren Gebäudebereich. „In einem Kühlraum."

„Das hier ist ein Wolfsgehege!", verteidigte Fred sich. „Ein Wolfsgehege mit Tierklinik. Es gab einen Wildunfall. Ein Wolf kam unter die Räder, verstehen Sie? Meine Chefin ist Tierärztin. Sie hat ihn zur Untersuchung in die Klinik mitgenommen."

„Der Wolf ist bedeutungslos", rief Foul zu seinem Kollegen im Kühlraum zurück und wandte sich wieder Fred zu. „Hör zu! Wir suchen dieses Ding da an der Wand. Es ist ein Jagdinstrument."

„Warum sind Sie so scharf darauf?", fragte Fred keck und überlegte, wo Omu nur stecken mochte.

„Weil es eine einzigartige Jagdwaffe ist."

Der Special Agent war jetzt sichtlich gereizt, versuchte sich aber zu beherrschen. Er setzte sich in Freds Nähe auf das Sofa.

„Hör mal zu! Deine Chefin ist die Tierärztin Lilly Feron, das wissen wir."

„Na und?"

„Sie operierte das Ding aus einem verunglückten Wolf – es ist der Wolf im Kühlraum, richtig?"

„Keine Ahnung."

„Dann schickte sie es zu einem Ranger namens Stan Hardy. Ist er dir bekannt? Mr. Hardy sandte es an die *Utah Universität*, an einen gewissen Professor Walker. Kennst du ihn? In der Wohnung des Professors fanden wir das leere DHL-Paket und einen Notizzettel mit der Adresse dieses Wolfsparks. Du siehst, so schließt sich der Kreis."

„Schön, und wo liegt das Problem?", fragte Fred trotzig. Je mehr geredet wurde, desto mehr war er in seinem Element.

„Es wurde gestohlen, Junge! Professor Walker ließ das Jagdinstrument von seiner Laborantin im *Uni-Labor* untersuchen. Am nächsten Tag war es verschwunden. Die Laborantin meldete den Diebstahl der Polizei. Und Walker war in der Nacht dort gewesen. Wir haben Beweise."

„Diebstahl? Wie meinen Sie das?", fragte Fred. „Der Professor hat es dem Labor doch zur Verfügung gestellt, um es zu untersuchen. Das haben Sie doch eben gesagt. Anschließend hat er es wieder an sich genommen. Das ist doch erlaubt. Oder meinen Sie, er hat sich selbst bestohlen?"

Die Agenten wechselten verdutzte Blicke. Der Rotschopf war gar nicht so dumm.

„Wem überhaupt gehört dieses Jagdinstrument?", fragte Fred provokant.

„Dem Staat. Es gehört dem Staat", antwortete Foul aufgebracht, während er sich vom Sofa erhob. „Es ist von nationalem Interesse."

„Gehört es nicht demjenigen, der es benutzte, ich meine, dem Jäger?"

Der andere Agent nahm seine Sonnenbrille ab, stand da und schielte ihn konsterniert und etwas dümmlich an.

Foul, sichtlich gereizt, näherte sich Fred bis auf wenige Zentimeter. „Dann sag mir doch, wo dieser Jäger ist! Ich kann ihn förmlich riechen!"

Damit konnte er recht haben. Omus strenger Körpergeruch hing noch in der Luft. Den Agenten ging es doch mehr um Omu als um die Projektilspitze.

„Das ist eine Tierklinik. Und meine Chefin ist außer Haus. Keiner da, okay? So, und jetzt muss ich mich um die Wölfe kümmern – Sie wissen schon, Wölfe haben grauenvolle Krankheiten, die auch auf Menschen übertragbar sind. Deshalb heißen sie ja Grauwölfe, wussten Sie das nicht? Dann wird alles von Mensch zu Mensch übertragen … Man kann es riechen!"

„Halt dein Maul Fettsack!", rief der Sonnenbrillenträger aufgebracht. „Krankheiten riechen nicht!"

Bei dem störrischen Praktikanten stießen sie auf Granit, doch sie hatten Glück: Die Frau in Schutzkleidung hatte am Rand des Zwingers Omus Steinbeil gefunden. Bevor sie es aufhob, beleuchtete sie es mit einer kleinen LED-Lampe und machte Fotos.

„Was haben wir denn da!", sagte sie hochfahrend. „Noch so ein schrilles Gerät! Ein Beil im Stil der Altsteinzeit. Ebenfalls perfekt angefertigt." Offensichtlich kannte sie sich mit der Materie aus. Sie steckte die Waffe in einen Plastikbeutel, den sie triumphierend vor Freds Gesicht hin und her schwängte. „Und jetzt raus mit der Sprache! Derjenige, der sowas herstellt oder verwendet, ist sicher nicht ungefährlich. Also … wo … ist … er …?", geiferte sie.

Fred vergrub sein Gesicht in den Händen. Die Agenten wussten Bescheid.

„Sucht alles ab!", kommandierte Foul. „Wenn er nicht im Gebäude ist, sucht ihn im Wald! Nehmt die Suchhunde mit! Er ist jetzt Freiwild. Das Steinbeil könnt ihr als Geruchsträger verwenden. Haltet es ihnen vor!" Er zeigte mit dem Finger auf Fred. „Und du, Bübchen, rührst dich nicht vom Fleck!"

Im Hof leinten drei Hundeführer ihre *Belgischen Malinois* an. Bald würde die Hetzjagd beginnen.

42

Das kleine Fenster bewährt sich als brauchbarer Ein- und Ausstieg. Es befindet sich an einer begrünten Seite der Behausung. Omu schlüpft kopfüber hindurch. Draußen wachsen üppige violett-weiße Hortensien, in die er sich lautlos hinabgleiten lässt. Die wenigen Sträucher genügen ihm, um sich einer Eidechse gleich rasch zu verbergen.

Die Echse lauscht und schnuppert. Die Luft ist rein. Noch sind sie nicht hier. Sie kriecht voran bis zum Waldsaum, taucht ein ins Dickicht und verschwindet lautlos darin. Omu ist wieder in seinem Element.

Weit will er sich nicht entfernen, muss in der Nähe des Rothaarigen bleiben, zu dem er Vertrauen hat. Fred wurde zu seinem Verbündeten, um die Klinge zu finden. Er warnte ihn, als er die Gefahr der eintreffenden Bobos erkannte. Omu las nicht nur Angst in seinem Gesicht, sondern auch die Sorge, dass sie ihn, Omu, finden und ergreifen würden. Ein wahrer Bruder!

Der Jäger wird im Wald ausharren, bis sie fort sind. Bald hoffentlich wird die Frau mit den Sonnenhaaren kommen und ihm aushändigen, was sein ist. Er denkt an seine Kela, will so sehr zu ihr zurück. Die Zeit schreitet langsam wie eine Nacktschnecke voran. Was die Bobos wollen, die eben eingetroffen sind, kann Omu sich denken. Ihre Stimmen, das Jaulen ihrer Hunde – es klingt bedrohlich. Er ahnt: Sie trachten nach seinem Leben und wollen in den Besitz der erhabenen Klinge kommen.

Niemals!

Er erschrickt. Vor seinem inneren Auge sieht er sein Steinbeil. In der Eile ließ er es zurück, ließ es auf dem Boden liegen. Sie werden es finden und nutzen, werden ihre Hunde seine Fährte aufnehmen lassen und ihn verfolgen.

Er spürt: Die Jagd auf ihn steht an. Sie werden in den Wald eindringen, um ihn zu ergreifen.

Er will nicht kämpfen. Der Kampf liegt nicht in der Natur seines Volkes. Es kennt keine Gier, keinen Krieg, hat keine Feinde, keine Verfolger. Denn es ist unsichtbar für die Welt, vor der es sich verbirgt. Ein jeder Bewohner des Urwaldtals kennt die Worte, die so alt wie Stein sind:

„Die Tarnung ist dem Kampf überlegen, denn was nicht existiert, kann nicht bekämpft werden."

Die Blauen Jäger haben die Fähigkeit, sich in der Natur unsichtbar zu machen. Mit einem Teil dieser Fähigkeit werden sie geboren, den Rest erlernen sie als Kind.

‚Gantikaya', das ‚Scheinbild', nennt seine Sippe diese Technik, in der sich kein Bobo versteht. Omu beherrscht sie meisterlich, vermag mit spielerischer Leichtigkeit in das Licht, den Schatten, in die Farbe und den Glanz der Umgebung vollkommen einzutauchen, Teil des Sichtbaren zu sein, sich nicht abzuheben. Er lernte, verschluckt zu werden von dem, was schon da ist: vom Fels, vom Baum, vom Erdboden, vom Moos, vom Farn. Er schafft es, nie dort zu sein, wo der Verfolger hinsieht, sich mit dem Wind zu bewegen, mit Ästen zu schwingen, sich anzugleichen, zu verschleiern, im Strom des Lebens mitzufließen und dabei unvernehmbar, unspürbar und unhörbar zu sein.

Der Geist der Tarnung maskiert seine Gestalt. Ein Stamm, ein Stein, ein Busch, ein Wasserfall – alles bietet ihm Deckung. Blätter, Laub, Blüten, Rinde und Erde haften auf seiner mit Erzpigmenten gefärbten Haut. Körper und Geist vereinigen sich und alles verschmilzt.

Wenn sein Wesen diesen Zustand erreicht hat, ist es so weit: Er und die Natur sind eins. Dann schaut er auf den Verfolger, der, allein gelassen, im Dunst seiner eigenen Sphäre nach dem Unsichtbaren sucht.

Omus Gehör verrät ihm, dass drei Männer, jeder mit einem angebundenen Hund, in den Wald eindringen. Selbst über diese Distanz erkennt er, wie plump und unbeholfen sie sich durch das Geäst bewegen. Noch sind die Hunde nicht frei. Schnell muss er sich verwandeln, um unsichtbar zu werden.

Er geht in sich und ruft das Scheinbild herbei: „Gantikaya!"

Prompt ritzt er mit seinem Jagdmesser den Stamm einer Lärche ein, reißt ein Stück der Rinde ab, kratzt rötlich-goldenes Harz heraus und schmiert den klebrigen Baumsaft auf Rumpf und Gliedmaßen. Einen kleinen, harten Klumpen steckt er in sein breites Maul und kaut genüsslich darauf herum.

In Windeseile hat er Pflanzenteile, Laub, Erde, Rindenstücke und Gräser zusammengesucht und sich das Bild der natürlichen Umgebung angeheftet. Sein Gesicht betupft er mit farbigen Pigmentresten aus seinem Beutel.

Im Nu ist Omu vollends getarnt, seine Gestalt ist verdeckt, sein Geist wird eins mit dem Wald, verschmilzt mit der Wildnis, mit seinen Ahnen.

Vor aller Augen legte Kela die Gewehrkugel behutsam in Watkas runzelige Hand und gab sich Mühe, dabei möglichst unschuldig zu lächeln. Die Alte nickte verständnisvoll, raunte etwas in ihrer Sprache. Dann wandte sie sich an Lilly und Walker.

„Unsere Kela hat Böses von euch abgewendet. Durch den Fund einer Gewehrkugel in Merus Brust hätte sich der Zorn meines Volkes mit Sicherheit gegen euch gerichtet. Nun aber habt ihr allen bewiesen, dass ihr nicht so seid wie diese tote Ratte."

Lilly streichelte den Arm der jungen Steinzeitfrau und bedankte sich herzlich. Walker wurde genötigt, sich auf einer sauberen Strohmatte niederzulassen, wo eine mit Kalk Gepuderte seinen Streifschuss mit Essenz von Schafgarbe und Heilpilz betupfte. Die helle Flüssigkeit stillte die Blutung und verhinderte Wundbrand. Anschließend trug die Schwester eine bläuliche Paste auf, die nach Honig und Arnika duftete, legte sorgsam trockenes Moos darüber und bandagierte das Ganze mit einem weichen, fein-durchlöcherten Lederstreifen.

Währenddessen sortierten zwei kräftige grüngesichtige Neandertaler die Munition aus Stolins Habseligkeiten aus und alles, was aus Stahl, Kunststoff oder Glas bestand, darunter eine kleine, verzinkte Fußfalle, die sie in seiner Kniepolstertasche fanden, sein wertvolles Jagdmesser mit Damastklinge, seine Armbanduhr und seinen Marschkompass, der ihnen so weltfremd und bedrohlich vorkam, dass sie sich anschickten, ihn vorsorglich mit einem Stein auf dem Boden zu zertrümmern. Walker hielt sie in letzter Sekunde davon ab. Die Gegenstände verstauten sie in einer Art geflochtenem Rucksack, den sie dem Australier demonstrativ vor die Füße stellten.

„Wenn ihr aufbrecht, nehmt es mit", bat Watka sie. „Wir wollen es nicht. Es verbrennt nicht auf dem Scheiterhaufen wie er. Nehmt auch das Gewehr des Mörders. So wird es uns kein Unheil bringen."

Walker nickte zustimmend. Ein etwa zehn Jahre alter Bursche schleppte einen ledernen Schlauch mit Trinkwasser herbei, ein Mädchen mit Blumen im Haar einen Ledersack voll Proviant. Lilly dachte in diesem Moment an die Pferde, die wohl durstig waren. Es war Zeit, aufzubrechen.

An einem glatten, langen Lederriemen hing das braune Büffelhorn an Watkas Schulter. Kela, die immer noch Walkers Hut trug, schmiss sich an die Alte heran, zupfte am Riemen und sprach bittend auf sie ein, bis Watka bereitwillig das Horn abnahm und es Lilly mit beiden Händen überreichte.

„Kela möchte, dass ich es euch mitgebe. Unser Volk nennt es *Yu-woo*, das bedeutet *Ruf des Lebens*. Wenn Omu das Horn hört, wird er kommen. Wir alle sehnen uns nach ihm. Er ist unser bester Jäger und sollte unser Anführer werden. Unser Volk ist klein. Es braucht jede Seele und besonders braucht es ihn. Kela verzehrt sich nach ihrem Mann. Bringt ihn heim, wie ihr die Klinge heimbrachtet!"

„Ich verstehe euch, Watka", sagte Lilly traurig, während sie das Horn verstaute. „Wir können nicht versprechen, dass es gelingt, doch wir werden es versuchen."

Sie bedankten sich herzlich und verabschiedeten sich voneinander.

„Seid gewiss, dass wir euch und diesen Ort nicht verraten werden", versicherte Walker der alten Watka. „Verlasst euch darauf! Uns ist bewusst, dass die Wildnis leidet. Tag für Tag, Nacht für Nacht. Der Mensch schlachtet sie aus, dringt in jeden Winkel vor, erobert sie Stück um Stück und gestaltet sie um, wie es ihm gerade passt. Er darf nie bis hierherkommen. Möget ihr für immer verborgen bleiben!"

Die runzelige Blaugesichtige schien erleichtert. Sie warf Kela einen kurzen, strengen Blick zu und nickte, als hätten sie etwas gemeinsam verabredet. Daraufhin nahm die junge Neandertalerin artig den *Akubrahut* und setzte ihn Walker wieder auf den Kopf.

„*Arub-kweppu-tsi-tik*", sagte sie mit einigen Klickgeräuschen und schaute melancholisch drein.

„Sie sagt, sie gibt ihn euch mit Dank zurück", übersetzte Watka. „Denn er gehört nicht in ihre Welt."

Walker rückte sich zufrieden den Hut zurecht und drückte die Kleine kurz an sich. „Auf Wiedersehen, gutes Kind!"

„*Jarin-ko omu*", bat Kela, und alle wussten, was sie meinte.

Ein stämmiger Jäger, der sich den großen Trinkwasserschlauch auf den Rücken gebunden hatte, geleitete Lilly und Walker hinauf zur Eingangshöhle. Als sie durch den Wasserfall hinaus schritten, hielt er einen Schirm aus großen Magnolienblättern über sie, sodass sie nicht in Sekundenschnelle klatschnass wurden.

Auf der anderen Seite lag der Gebirgssee so friedlich da wie zuvor. Sie waren zurück in der Außenwelt und wussten, dass der Wunsch zurückzukehren sie fortan begleiten würde.

Der Jäger blieb hinter ihnen, verwischte mit einem Wedel alle Fußabdrücke. Als sie die Pferde erreichten, drehten sie sich noch einmal zu ihm um, doch er war fort. Erstaunlicherweise hatte er den Lederschlauch bereits bei den Tieren abgelegt. Die Frage, wie er auf dem schmalen Weg gleich zweimal an ihnen vorbei gekommen war, ohne dass sie es bemerkten, sollte sie noch lange beschäftigen.

„Ich habe ebenfalls eine kleine Überraschung dabei", sagte Lilly und zog mit einem Augenzwinkern aus der Innentasche ihrer Weste ein schwarzes 4G-Smartphone. „Nur für absolute Notfälle. Was auch immer man von Elon Musk halten mag – über sein geniales Starlink werde ich jetzt mal eben Fred anrufen."

44

In stoischer Ruhe erwartet Omu die hochstirnigen Männer mit ihren kleinen vermenschlichten Wölfen, die sie Hunde nennen. Die Hunde sind wie ihre Herren, die törichten Bobos, die hochstirnigen Menschen: Ihr Band zur Natur ist zerschnitten, ihr siebter Sinn ist verkümmert. Ein Gespür für das uralte Geflecht des Lebens ist ihnen abhandengekommen. Zu lange hat sich ihr Dasein außerhalb der Natur entwickelt. Betreten sie die Wildnis, sind sie unbeholfen, denn sie ist ihnen fremd.

Die kleinen Menschenwölfe werden zuerst eintreffen. Sie sind leichtfüßig und zu dritt. Er muss sich ihnen stellen, wird nicht fliehen, doch ohne Beil ist er nur dürftig bewaffnet. Also schnitzt er sich im Dickicht sitzend noch einen schweren, armlangen Eichenast zur Verteidigung. Dabei schweift er in Gedanken ab, fliegt wie ein Königsbussard über das Urwaldtal zu seinem Volk.

Aus der Luft sieht er Kela vor einem blaugesichtigen Leichnam kniend. Sie schaut hoch zu ihm und ruft beschwörend: „Ja-ni, wu-ma, mat-ki!"

Klar und deutlich hört Omu die Worte. Er kennt die Worte, begreift aber nicht ihren Sinn.

„Was willst du mir sagen?", fragt er Kela aus der Höhe.

„Ja-ni, wu-ma, mat-ki!", ruft sie wieder.

Die Entfernung ist zu groß. Omu fliegt herab zu ihr, umschließt sie mit seinen Flügeln, spürt ihren kräftigen, kleinen Frauenkörper, der nur ihm gehört. Jetzt ist ihr warmer, süßer Atem dicht an seinem Ohr.

„Sag es noch ein letztes Mal", bittet er sie.

Da ruft sie so laut, dass er erschrocken zusammenfährt: „Ja-ni, wu-ma, mat-ki!"

Schlagartig ist er bei sich. Endlich hat er verstanden. Kela rief ihm die Namen der drei Gifte zu: das Gift des Frosches, das des Pilzes und das der Schlange. Die alte Watka lehrte sie den Umgang mit diesen Giften und wie man sie in Bedrängnis nutzen kann. Über die große Distanz hat seine Liebe ihn nun daran erinnert.

Viel Zeit bleibt nicht. Omu besinnt sich, greift in den Erdboden, schnuppert hinein, leckt daran, schaut hinauf in die Baumkronen, beurteilt das Rauschen der Nadeln und Blätter, hört das Summen und Brummen der Käfer und Fliegen. Was verraten ihm die Stimmen des Waldes?

Giftige Frösche gibt es an dieser Stelle nicht. Auch Giftschlangen sind unaufspürbar. Den Duft von Pilzen aber hat er vernommen. Er spürt einen Windhauch und geht ihm entgegen. Einige Schritte entfernt wachsen zwei Birken auf einer winzigen Lichtung. Um ihre weißen Stämme herum gedeihen kleine Pilze mit hellgrüner Kappe. Da! Schnell stopft er einen in seine Tasche.

„Danke, Kela!"

Er wartet bei den Birken, lauscht den Geräuschen der Angreifer. Die Hunde sind jetzt frei, hetzen ihren Haltern voraus in seine Richtung. Sein muskulöser, schwerer Körper spannt sich. Harz in seiner Handfläche gibt ihm einen sicheren Griff um die Keule. Er ist Gejagter und Jäger zugleich – ein unsichtbarer Jäger. Das Scheinbild umhüllt seine Gestalt.

„Gantikaya!"

Der erste Hund prescht auf die Lichtung zu. Kleiner als ein Wolf, ist der Menschenwolf wendig und schnell. Omu sehen kann er nicht, hetzt an ihm vorbei, dreht sich irritiert, nimmt die Fährte erneut auf, macht einen letzten Satz, doch weiter kommt er nicht. Aus dem Nichts trifft Omus Keule seine Stirn.

Wie ein Tannenzapfen fällt das zähnefletschende Tier zu Boden. Doch wie ein Tannenzapfen, der vom Baum fällt, ist noch Leben in ihm. Gut so! Flink stopft Omu dem bewusstlosen Hund ein kleines Stück Grünlingspilz ins Maul. Das Gift wird langsam wirken. Das Tier wird tagelang krank sein.

Gleich darauf jagt der nächste Menschenwolf heran, springt auf die Birken zu, wittert seine Beute, die nah ist, doch seine Augen erkennen sie nicht. Als er in Reichweite ist, schlägt Omu gezielt auf seinen Hinterlauf. Das Sprunggelenk zerreißt, das Bein zerbricht wie morsches Holz. Der Hund windet sich, jault vor Schmerz, zappelt wie ein Fisch auf dem Trockenen. Omu packt ihn behände am Schopf und drückt mit dem Griff des Knüppels einen Teil des Pilzes in seinen heulenden Schlund. Dann entfernt er sich von ihm.

Der letzte Hund ist schon da. Er hat die Bewegungen im Kampf verfolgt. Daher kann er Omu sehen. Er bellt wie wild, umrundet ihn, weicht gewandt vor und zurück, fällt ihn aber nicht an.

Es bleibt keine Zeit. Die Bobomänner folgen dem Gebell. Bald werden auch sie da sein.

„Komm schon, Wölfchen! Komm her!"

Der rasende Vierbeiner hält sicheren Abstand. Omu schleudert die Keule nach ihm. Das flinke Tier duckt sich und sie verfehlt ihn knapp, jetzt nutzt es seine Chance. Mit kurzem Anlauf springt es im hohen Bogen auf ihn zu. Blitzschnell greift Omu mit der Linken ans Holster, wo er den Griff des Jagdmessers zu fassen bekommt. Zugleich windet er sich aus der Flugbahn.

Das Messer liegt gut in seiner Hand. Schärfer als die Zähne des Bibers, fährt die Schneide aus Feuerstein widerstandslos durch die Flanke des vorbeifliegenden Hundes. Kreischend schlägt er auf und purzelt über den Waldboden. Der brennende Schmerz an seiner Seite wird ihn lehren, Omu nie wieder anzufallen.

Ihre Waffen vor sich her tragend, erreichen die drei Männer Augenblicke später den Kampfplatz. Fassungslos finden sie die besiegten Hunde. Vergeblich suchen sie Omu, durchforsten das nahe Buschwerk, doch obwohl er dicht bei ihnen steht, erkennen sie ihn nicht. Verstört und ratlos tragen sie ihre verletzten kleinen Menschenwölfe zurück.

Fred klebte an der Panoramascheibe, beobachtete erstaunt, wie die FBI-Mitarbeiter demoralisiert ihre wimmernden Suchhunde aufluden und sich überstürzt davon machten. Von Omu war keine Spur.

Bester Dinge schob er eine gefrorene Lasagne in die Mikrowelle und aß. Der Neandertaler fehlte ihm, er war so obercool, hatte sich als sein persönlicher und vor allem realer Superheld entpuppt.

Über das Walkie-Talkie erreichte er Tom. Gemeinsam machten sie eine Kontrollrunde um die Gehege, fuhren vier Schubkarren Frischfleisch aus dem Lager und fütterten die hungrigen Wölfe. Anschließend zog es das Wolfskind hinauf zum Hirschhügel, auf dem zu dieser Jahreszeit besonders viele Orchideen blühten. Fred nahm eine Dusche und versuchte erfolglos, Lilly Feron zu erreichen.

Kurzfristig meldete Stan Hardy seinen Besuch an. Er sah mitgenommen aus, als er eintraf. „Wo ist er?", wollte er dringend wissen. „Wo ist Omu? Es ist ernst!"

Fred goss ihm ungefragt einen doppelten Whisky ein und schilderte, was sich ereignet hatte.

„Omu hat mich noch einmal überlistet, aber er hat mir nichts angetan. Dann rollte das FBI an und plötzlich war er weg. Hat sich in Luft aufgelöst. Jetzt ist er irgendwo da draußen. Blöderweise haben sie sein Steinbeil neben dem Zwinger gefunden. Daraufhin sind sie mit drei *Belgischen Malinois* in den Wald, um ihn zu suchen. Ich konnte nichts machen. Sie sagten, ich solle mich nicht vom Fleck rühren. Musste Kaffee für sie kochen. Hab extra wenig Pulver reingetan, damit er richtig mies schmeckt."

Stan roch am Whisky und schüttelte sich, das Zeug war nichts für ihn. „Haben die *Malinois* ihn denn nicht gestellt?"

„Nach einer dreiviertel Stunde kam das Suchteam zurück und hat die Hunde wieder aufgeladen."

„Aufgeladen?"

„Von allein kamen sie nicht mehr ins Heck. Die Armen waren übel zugerichtet. Einer hat an der Flanke geblutet, ein anderer war bewusstlos, hatte ein verrenktes Bein, der dritte hat gekotzt."

„Omu hat drei Belgische Schäferhunde überwältigt, die klügsten und besten Einsatzhunde der Welt?"

„Noch besser: Er hat sie am Leben gelassen, hat sie nur kampfunfähig gemacht. Damit hat er allen gezeigt, dass er kein Unmensch, sondern gutmütig ist."

„Ich glaube, denen ist sein Charakter reichlich egal, Fred."

„Na ja, eines zumindest hat er erreicht: Sie sind abgehauen. Die komplette Einheit ist sofort aufgebrochen, um die Hunde verarzten zu lassen. Hey, die haben sich nicht mal bedankt. Waren echt frustriert – nicht nur, weil der Kaffee total wässrig geschmeckt hat."

Stan stellte das Whiskyglas auf den Tisch. „Jetzt wissen sie, dass er, wie soll ich sagen, übermenschliche Fähigkeiten hat. Darauf werden sie sich einstellen. Die werden nicht aufgeben. Im Gegenteil!"

„Omu hat sie das Fürchten gelehrt", meinte Fred stolz. „So schnell werden sie nicht wiederkommen."

„Das glaube ich nicht." Stan fuhr sich mit den Händen nervös in die Haare. „Zwei von ihnen kamen in mein Büro, haben mich auseinandergenommen. Hey, die haben von *Nationaler Sicherheit* gesprochen, als sei da ein Monster unterwegs oder ein Alien. Haben tausend Fragen gestellt. Omu habe ich aber mit keinem Wort erwähnt."

„Gut gemacht, Stan."

„Irgendetwas musste ich ihnen aber erzählen. Da habe ich von meinem Gefängnisbesuch berichtet."

„Du warst im Gefängnis?"

„Ich war da, um von einem der Insassen etwas über archaische Jagdmethoden zu erfahren."

„Du meinst das Jagen mit Lanzen, Speeren, Pfeil und Bogen und so weiter."

„Ja. Der Mann heißt Jack Manchin. Ich dachte, er würde mich irgendwie weiterbringen. Und als ich dem Special Agent davon erzählte, war er auf einmal sehr an dem Mann interessiert, fragte mich, wo und wofür er einsitzt."

„Wofür denn?"

„Er ist ein notorischer Wilderer. Schießt auf alles, was ihm vor die Flinte kommt. Skrupellos und gerissen."

„Üble Kombination."

„Was die Jagd angeht, ist er ein alter Hase. Das ist sein Metier. Jahrelang hat er sich nicht erwischen lassen. Letztlich ist er dann aber doch aufgeflogen."

„Warum sollte das FBI an ihm interessiert sein?"

Stan sah besorgt aus. „Nachdem, was mit den Hunden passiert ist ... Ich denke, in dieser Situation können sie einen wie ihn gebrauchen."

„Aber er sitzt im Knast."

„Ich befürchte, wenn es um die Nationale Sicherheit geht, dürfen sie ihn da rausholen. Sie bieten ihm Straferlass an und spannen ihn für sich ein."

„Als Kopfgeldjäger? Das wäre echt übel. Meinst Du, er lässt sich darauf ein?"

Die Antwort erübrigte sich. Wieder splitterte draußen der Kies, wieder rauschte der silberne *Bronco-SUV* heran und schlitterte vor das Gebäude.

Eine Wolke aus Staub umhüllte das Fahrzeug. Jonathan Foul und zwei weitere Agenten stiegen hinten aus. Der Fahrer, ein schmächtiger, sehniger Kerl, sprang vom Vordersitz, spurtete um die Kühlerhaube zur Beifahrertür und öffnete sie wie ein Chauffeur.

Nach einigen langen Sekunden trat Jack Manchin wie in Zeitlupe sicheren Schrittes aus dem Dunst auf den Vorplatz. Er trug einen dunkelbraunen Mantel aus Marderfell, der fast bis zum Boden reichte, schwarze *Cavallo* Jagdstiefel und eine dunkle Schirmmütze mit Nackenklappe, die etwas abstand. Eine Weile stand er mit verschränkten Armen da, blickte sich um wie ein Gladiator in der kreisrunden Arena des Kolosseums, der sich ein Bild von der feindseligen Umgebung macht. Unverhohlen spähten seine gefühllosen, hellblauen Augen auch durch das breite Panoramafenster, hinter dem Fred und Stan standen. Er hatte sie bemerkt.

Stan wagte sich nicht zu rühren. Ein mulmiges Gefühl beschlich ihn. Von nun an war der Wilderer nicht mehr unter der Aufsicht der Gefängniswärter. Auf freiem Fuß machte er einen geradezu gemeingefährlichen Eindruck. „Wenn man vom Teufel spricht!"

„Oh mein Gott. Darth Vader!", sagte Fred. „Schau dir die anderen an! Die machen ihm alle den Hof."

Wie Ameisen um ihre Königin, schwirrten die vier FBI-Beamten um ihren Anführer. Foul zeigte in eine Richtung im Wald und redete eindringlich auf Manchin ein. Der schmächtige Fahrer nahm ihm den Mantel ab und half ihm in eine schusssichere Weste. Ein weiterer Beamter breitete eine Karte vor ihm aus und aus dem Heck des SUV schleppte der vierte einen großen Hartschalenkoffer herbei.

Manchin riss ihm die Box aus den Händen, hievte sie auf die Ladefläche des Pick-ups und drehte am Zahlenschloss, bis der Deckel aufsprang. So routiniert und behände, wie er sie öffnete und mit der darin verstauten Gerätschaft umging, war klar, dass das FBI ihm seine eigene Jagdausrüstung zur Verfügung stellte. Sofort zählte und prüfte er, ob alles am rechten Platz war. Ohne Zeit zu verlieren, entnahm er seine *Winchester Model 70*, steckte und schraubte die Zielvorrichtung und andere Teile daran und verstaute reichlich Munition in seinen Taschen.

„Ich kann das nicht mit ansehen", sagte Fred entrüstet. „Die wollen Omu zur Strecke bringen!"

Der Anrufton eines Mobiltelefons war zu hören, er eilte in die Zentrale und grapschte sich das Handy vom Couchtisch. Lilly Feron rief aus Montana an.

„Wir sind auf dem Rückweg!"

Fast fing Fred vor Erleichterung zu heulen an. „Ms. Feron", stammelte er, „hier ist ein … ein Neandertaler."

„Das ist eine gute Nachricht, Freddy."

„Sein Name ist Omu."

„Ich weiß."

„Sie kennen ihn?"

„Wir kennen sein Volk. Wir haben es besucht. Unter uns: Es ist sagenhaft. Erzähle niemandem davon! Lass Omu in Frieden! Wir bringen ihn zurück zu seiner Familie."

„Er versteckt sich im Wald. Die Staatsgewalt ist auch hier. Ich glaube, sie wollen ihn zur Strecke bringen."

„Nein, das dürfen sie nicht, Fred. Lass das nicht zu! Hindere sie daran!"

„Wie soll ich das schaffen, Boss? Wie soll ich das anstellen?"

„Lass dir irgendetwas einfallen! Mach Lärm! Warne ihn! Werde aktiv!"

„Okay, ich versuche es. Ich versuche es. Wissen Sie, er ist mein Freund."

„Das ist gut, Fred. Ich baue auf dich. Du machst das gut!"

„Ich tue, was ich kann."

„Bin stolz auf dich!"

Lilly beendete das Gespräch. Fred rannte fort, holte etwas aus seinem Zimmer und kam in die Küche zurück. Stan hatte sich nicht vom Fenster weggerührt. Ein weiteres Fahrzeug war eingetroffen – ein grauer *Ford Raptor*, aus dem zwei bewaffnete Gestalten herauskrochen. Einer von ihnen sah wie ein amerikanischer Ureinwohner aus. Er führte einen modernen Langbogen und Jagdpfeile mit sich. Der andere trug ein schwarzes Stirnband und ein T-Shirt, auf dem *Rambo* mit seinem übergroßen Bowiemesser abgebildet war.

„Nette Jungs", meinte Fred.

Offenbar kannten die Männer den Wilderer persönlich. Sie begrüßten ihn ehrfürchtig und bekamen umgehend taktische Anweisungen.

„Sie sind zu dritt", sagte Stan. „Schwer bewaffnet. Omu hat keine Chance. Ich glaube, der eine ist ein *Schattenwolf*, ein Fährtenleser."

Stan hatte das Abzeichen auf dem Tarnanzug des indianisch aussehenden Mannes erkannt, ein beigefarbenes Wappen mit den Worten *Homeland Security Investigations – Special Agent*, darüber ein die Flügel ausbreitender Adler. Er war demnach ein *Blackfoot*, *Sioux* oder *Lamaha* oder stammte von einem der sechs anderen Indianerstämme ab, aus denen sich die berühmte Spezialeinheit der *Shadow Wolves* formierte. Jack Manchin hatte mit diesem Fährtenleser einen echten Spezialisten bei sich.

Die *Schattenwölfe* waren die ersten Beamten des Bundes, denen gestattet wurde, auf dem Land der *Tohono* als Strafverfolger zu operieren. Auf dem über zehntausend Quadratkilometer großen *Tohono*-Landstrich an der Grenze zu Mexiko begannen sie, nach Schmugglern und Schleppern zu fahnden. Bis heute benutzen sie neben moderner Technologie auch traditionelle Verfolgungsmethoden ihrer Ahnen, der Ureinwohner Amerikas. Weil sie hocheffektiv arbeiteten, bat man sie sogar, Grenzschutz- und Zollbeamte anderer Nationen auszubilden und setzte sie entlang der Grenze zwischen Afghanistan und Pakistan bei der Jagd auf Terroristen ein.

„Wenn die zwei anderen ihn nicht kriegen, dann kriegt ihn der *Schattenwolf*", meinte Stan. „Todsicher!"

„Das dürfen sie nicht!", rief Fred aufgebracht. „Meine Chefin hat es verboten!" Ein kleiner Rucksack hing an seiner Schulter. „Ich werde jetzt mal richtig Radau machen. Unsere Wölfe werden es nicht mögen, aber vielleicht kann ich Omu dadurch warnen", sagte er und hielt Stan die offene Hand hin. „Feuerzeug bitte!"

Stan zog sein Feuerzeug aus der Brusttasche und legte es hinein. „Was um Himmels willen hast du vor? Mach keinen Unsinn!"

„Ich werde mal ein bisschen Silvester feiern."

Fred lief den Gang entlang in einen seitlichen Gebäudeteil, wo er die Tür zu einem kleinen Hinterhof aufschloss. Draußen stand das Wohnmobil, das dem Wolfskind als Unterkunft diente. Dahinter war eine Leiter an der Hausfassade angebracht. Sie führte zum Dach hinauf. Der Praktikant, nicht schwindelfrei, holte tief Luft und kletterte los. Bevor Stan ihn einholen konnte, war er bereits oben.

„Was zum Teufel tust du da?", rief er von unten.

Das Dach war steiler als angenommen, der Belag nicht rutschfest. Auf allen vieren krabbelte Fred langsam die eine Seite zum First hinauf. An der höchsten Stelle war er gezwungen, sich um einhundertachtzig Grad zu drehen und mit den Füßen voran zur gegenüberliegenden

Dachseite hinunterzukriechen. Sein Herz klopfte wie wild. Man sah nichts als Dach und Himmel.

Stetig arbeitete er sich voran. An der Dachkante angelangt, drehte er sich sachte, bis er sich setzen konnte. Von hier aus blickte er auf den Wald, die Gehege, die Parkeinfahrt und einen Teil des großen Hofs unter ihm. Auf der einen Seite grenzte der Platz an ein Wolfsgehege, ansonsten war er ringsum von Wald umsäumt. Fred hörte die Stimmen der Männer rund sechs Meter unter ihm.

Jetzt werde ich euch mal richtig einheizen, dachte er.

Der Rucksack, den er trug, war voll mit Silvesterböllern. Seit Jahren stand er unangerührt in seiner Zimmerecke herum. Er hatte die Böller im ersten Lehrjahr für die Silvesterfeier gekauft, doch Lilly Feron hatte ihm verboten, sie jemals im Wolfspark anzuzünden. Inzwischen verstand er, warum. Er schämte sich, damals so naiv gewesen zu sein. Der Park war abgelegen und von viel altem Mischwald umgeben. Die Nächte waren so still, dass man Wildtierrufe kilometerweit hören konnte. Für das Wild und auch die Gehegewölfe bedeuteten Explosionen nichts als Stress.

Heute aber hatte er die Sondergenehmigung seiner Chefin. Er sollte ja Lärm machen. Er würde alle erschrecken und Omu wäre gewarnt. Die Knaller eigneten sich hervorragend dazu.

Am meisten hatten ihn schon immer kubische Kanonenschläge beeindruckt. Sie waren dreiachsig, dick und dicht mit Hanfspagat bandagiert und geleimt und verursachten einen wunderbar lauten, dumpfen Knall. *Made in China*, stand darauf. *Used in Utah* hätte auch gepasst, dachte er und zählte nach: Von dieser Sorte waren, neben dutzenden Reibkopfböllern und unzähligen kleinen Chinaböllern, sechs Stück vorhanden. Das sollte reichen.

Einen Kanonenschlag nahm er heraus und machte, wie in einem Vogelnest eine Mulde innerhalb der übrigen sich im Sack befindenden

Knallkörper. Dann zog er vorsichtig die kleine Kunststoffkappe von der dicken, kurzen Zündschnur des Kanonenschlags ab und stellte den kubischen Böller ins Zentrum der Mulde. Nun brauchte er nur noch die Schnur des Würfels anzuzünden, den Reißverschluss zuzumachen und die Ladung hinabzuschleudern. Weit musste er das Paket nicht werfen, denn die Traufe des Daches war nur rund einen Meter entfernt. Die Agenten dürften sich genau darunter aufhalten.

Noch einmal ging er die drei simplen Schritte durch:

Schnur anzünden – Rucksack schließen – Rucksack werfen

Nach der Explosion würde er auf dem Dach liegen bleiben und abwarten, was passierte. Also dann!

Das Anzünden stellte kein Problem dar. Als die Zündschnur brannte, ließ Fred Stans Plastikfeuerzeug in den Rucksack fallen. Den Reißverschluss bekam er allerdings nicht zu. Er klemmte. Egal – die Ladung würde auch so hochgehen, sagte er sich und schleuderte den Sack von sich.

Warum aber blieb er an ihm hängen und klatschte neben ihm auf das Dach? Eine kleine Qualmwolke wich bereits heraus. Jetzt aber schnell!

Hastig griff er nach dem Beutel und versuchte abermals, ihn von sich zu werfen. Vergebens! Er klebte wie eine Klette an ihm. Jetzt bemerkte er entsetzt, dass sein Hemdsärmel im Reißverschluss feststeckte. Oh, nein!

In Panik wollte er die Ladung mit den Füßen abstoßen. Dabei schwenkte sein Oberkörper zur Seite. Verzweifelt suchte er Halt, doch fand keinen. Er rollte herum, purzelte hilflos weiter, rutschte von der Dachkante ab und rauschte schreiend in die Tiefe.

Im freien Fall explodierte neben ihm ein Teil der Silvesterüberraschung. Wenigstens hielt der stabile Rucksack der Explosion stand, anstatt zu bersten. Auch dabei hatte Fred sich verrechnet.

Lauter als der gedämpfte Knall der Böller war sein Aufschlag in den Büschen des Vorgartens. Kurz verlor er das Bewusstsein.

Schallendes Gelächter holte ihn aus dem Blackout. Noch immer explodierten einzelne Knaller um ihn herum, während er herumkroch und nach seiner Hornbrille suchte. Kaum hatte er sich mühsam aufgerappelt, schleppten ihn zwei der FBI-Agenten am Kragen auf den Hof. Einer zurrte Kabelbinder um seine Hand- und Fußgelenke und drückte ihn nieder. Verdreckt und mit zerzausten Haaren voller Blätter saß der Dicke auf dem Boden.

„Das sollte wohl ein kleiner Terroranschlag werden?", fragte der Agent voller Hohn. „Du bleibst jetzt brav hier sitzen, Fettsack, und rührst dich nicht, verstanden? Warst uns schon die ganze Zeit suspekt."

Stan kam aus dem Haus, rannte über den Vorplatz zu seinem Freund. „Bist du okay, Buddy?"

„Werd's überleben."

Jonathan Foul erkannte Stan sogleich. Erst am Morgen hatte er ihn verhört. „Haben wir hier etwa einen Komplizen?", fragte er süffisant.

Empört zog Stan seine Kleiderbürste hervor, zielte damit auf den FBI-Mann und sagte kämpferisch: „Ich weise Sie darauf hin, dass dies eine nicht genehmigte Jagd und damit illegal ist."

„Illegal und waghalsig", bestärkte Fred ihn und stöhnte vor Schmerz. „Sie wissen ja nicht einmal, wen oder was sie da jagen!"

„Dann sag du's mir, Schlaukopf!", forderte Foul ihn harsch heraus. „Sag, was ist da draußen?"

„Niemand, vor dem Sie sich fürchten müssen. Es sei denn, Sie machen ihn wütend."

„Er hat Recht, Mr. Foul." Stan versuchte, ausgleichend zu klingen. „Lassen Sie ihn doch in Ruhe! Wir finden einen Weg, die Angelegenheit friedlich zu lösen – mit Menschenverstand und ohne Aggression."

„Was schlagen Sie denn vor?", fragte Foul scharfzüngig. „Eine Einladung zu einem Selbstfindungskurs? Ein psychologisches Zwiegespräch? Haben Sie nicht gesehen, was dieses Urviech mit unseren Hunden angestellt hat?"

„Er hat sie leben lassen", meinte Fred ruhig. „Hat sich doch nur verteidigt. Kein Grund, einen Kopfgeldjäger auf ihn anzusetzen! Dem ist doch egal, was er jagt, solange dabei genug für ihn herausspringt."

„So ist es!", schrie Jack Manchin. „Und jetzt halt dein Maul, Bübchen! Ich warne dich, leg dich nicht mit mir an!"

„Wir machen weiter wie geplant", befahl Jonathan Foul. „So, wie es die FBI-Direktion in Washington abgesegnet hat."

Dass der Fall im FBI-Hauptquartier besprochen worden war, zeigte die große Bedeutung, die ihm beigemessen wurde. Stan ließ dennoch nicht locker. Er hatte Omu kennengelernt. Ihn zu lynchen wäre schlicht unrecht.

„Lassen Sie es uns wenigstens versuchen!", bat er noch einmal eindringlich.

Jetzt platzte dem Wilderer der Kragen. Die *Winchester* in der Armbeuge, stapfte er angriffslustig auf den Ranger zu und baute sich vor ihm auf. Sein Atem roch scharf nach Kautabak.

„Nichts da!", geiferte er. „Zu spät für die weiche Tour. Sie haben es selbst angezettelt, kamen in meine Gefängniszelle. Das FBI und ich haben inzwischen eine Abmachung getroffen und ich werde meinen Teil erfüllen, egal, ob da draußen ein T-Rex, ein Irrer oder ein Vampir sein Unwesen treibt. Was auch immer da ist, ich werde es finden und zur Strecke bringen. Und Sie Hampelmann können mich verdammt noch mal nicht daran hindern."

Den Finger am Abzug seiner Büchse, schien er in diesem Augenblick alle Anwesenden zu bedrohen. Er schäumte vor Wut, zeigte seine düstere, diabolische Seite. Da seine Freiheit auf dem Spiel stand, würde er sich um keinen Preis mehr aufhalten lassen.

Seine Gefolgsleute stellten sich gefügig neben ihn. Keiner sagte etwas. Verächtlich spuckte der Kopfgeldjäger auf den Boden und wischte sich mit dem Ärmel über den Mund.

„Terry und Akecheta – gehen wir! Holen wir ihn uns!"

Weltvergessen schlenderte Tom, das Wolfskind, den schmalen Hohlweg hinunter, der vom Hirschhügel quer durch den Habichtswald zum Polarwolfgehege führt. Mittlerweile kannte er jeden Strauch und jeden Stein und bewegte sich wie im Schlaf auf seinen täglichen Wanderungen durch die einst forstwirtschaftlich genutzte Gegend. Auf unzähligen Spaziergängen hatte ihm sein Onkel Leo die Pfade und Schneisen gezeigt, die die Siedler Jahrzehnte vor der Errichtung des Wolfsparks ringsumher angelegt hatten.

Die obere Bodenschicht des Hohlwegs war im neunzehnten Jahrhundert durch die Wagenräder der Holzwirtschaft und die ständige Beanspruchung durch Huftritte von Zug- und Lasttieren verdichtet und bei starken Niederschlägen zusätzlich ausgewaschen worden. Ein bisschen, fand Tom, sah der hohle Weg wie die Regenrinne von Behausungen riesiger, mystischer Waldbewohner aus, die hier womöglich noch immer zu Hause waren.

Angst hatte er nicht – weder vor Riesen noch vor Zwergen noch vor wilden Tieren. Im Gegenteil: Ihnen war er näher als den Menschen. In der Wildnis fühlte er sich aufgehoben und unangreifbar, auch deshalb, weil seine Wahlverwandtschaft ein Rudel zähnefletschender Timberwölfe war.

Kurz nach ihrer Ankunft im *Salt Lake Valley* errichteten Pioniere die ersten Sägewerke in den nahe gelegenen Canyons. Geschäftsleute aus Utah profitierten davon. Die Abholzung schritt dramatisch voran. Im Jahr achtzehnhundertachtzig erreichte der Holzeinschlag einen traurigen Höhepunkt. Die Waldzerstörung hatte einen kritischen Punkt erreicht.

Zunächst unternahm die US-Regierung wenig, um die Weidenutzung auf Waldflächen wirksam zu regulieren, bis einflussreiche private Organisationen die nötige Unterstützung leisteten. Das Ergebnis waren der *Forest Reserve Act* von achtzehnhunderteinundneunzig und der *Organic Act* von achtzehnhundertsiebenundneunzig, die den amerikanischen Präsidenten ermächtigten, Waldreservate zum Schutz von Holz- und Wassereinzugsgebieten einzurichten. Endlich konnten Wälder und Feuchtgebiete nachhaltig geschützt werden.

Auch der Forst um den *Feron-Wolfspark* erholte sich nach und nach. Nur die Lichtung des Hirschhügels zeugte noch vom Kahlschlag des neunzehnten Jahrhunderts. Lilly liebte die bunte Wiese seit ihrer Kindheit und sorgte dafür, dass sie regelmäßig freigehalten und gemäht wurde, denn sie diente der Tierklinik in Notfällen als Landeplatz für Rettungshubschrauber.

Nach dem Tod ihres Vaters setzte sie die Spaziergänge mit dem Wolfskind fort, so oft es ging. Tom redete nicht viel, war aber ein guter Zuhörer. Oft dachte Lilly, ihr wundersamer blonder Cousin sei vielleicht viel intelligenter, als es schien. Nur passte er nicht in das normale soziale Schema, also redete sie von Dingen, die sie selbst interessierten: von Konrad Lorenz und der Verhaltensforschung, von Rachel Carson, der Mutter der Ökologie, von Astrobiologie, die sich mit dem Ursprung des Lebens im Universum beschäftigt, oder von den Wölfen, die ihr eigenes und Toms tägliches Leben gleichermaßen prägten.

Als Medizinerin wusste sie auch um die nachgewiesene Heilwirkung des Waldes. Das Thema hatte nichts mit Magie oder Romantik zu tun. Vielmehr konnte Lilly die positiven Effekte auf die Gesundheit aus wissenschaftlicher Sicht erklären.

„Ein Aufenthalt im Wald ist ein komplettes Heilpaket", sagte sie einmal zu Tom. „Ein echtes Lebenselixier und ein Boost für unser Immunsystem. Wir nehmen das schon seit Langem an. Aber inzwischen verstehen wir, warum dem so ist."

Sie bückte sich und nahm ein Stück grün-braunes Erdreich in ihre Hand.

„Riechst du das, Tom? Riechst du die Erde und das Moos?"

Tom blieb bei ihr stehen und sog die feinen Walddüfte ein.

„Weißt du, das ist Medizin zum Einatmen. Die Fabriken, die diese Medizin herstellen, leben im Untergrund. Es sind winzige Bakterien, die Streptomyces heißen. Im Waldboden bilden sie natürliche Antibiotika. Dann geben sie Moleküle dieser heilenden Stoffe an die Luft ab. Du kannst sie nicht sehen, doch sie fliegen überall herum. Wenn du Waldboden riechst, sind es diese Moleküle. Ihren Duft nennen wir Geosmin. Du atmest also ein natürliches Antibiotikum ein!"

„Geosmin duftet gut", sagte Tom, breitete die Arme aus und füllte seine Lungen.

„Das finde ich auch. Und da schweben noch andere Stoffe in der Waldluft, die gesund für Mensch und Tier sind. Du weißt ja, es gibt Krankheiten, die besonders schwierig heilen – Krebs oder Viruserkrankungen zum Beispiel. Unser Körper wehrt sich gegen sie mit eigenen Killerzellen im Blut. Im Krankheitsfall brauchen wir besonders viele von diesen Abwehrzellen. Und dabei hilft uns die Waldluft. Sie enthält Terpene, genauer gesagt: Phytonzide. Das sind chemische Substanzen, mit denen sich Bäume und andere Pflanzen vor Schädlingen schützen. Diese Phytonzide regen Menschen und Tiere an, mehr Killerzellen zu produzieren."

„Habe nicht nachgezählt, aber ich habe bestimmt eine Menge davon im Blut. Bin ja ständig im Wald."

„So ist es, mein Lieber. Du bist mit Sicherheit gesünder und vitaler als dein Zwillingsbruder in der Großstadt."

„Ich habe einen Zwillingsbruder in der Großstadt?"

„Nicht wirklich", antwortete Lilly und lachte. „Nur zum Vergleich!"

So redeten sie auf ihren gemeinsamen Spaziergängen. Heute aber war Tom wieder einmal allein unterwegs. Viel Gesellschaft brauchte er nicht, denn wie der Wald – samt allem, das in ihm lebt – war er sich selbst genug.

Er rettete einen bläulich schimmernden Käfer aus einer Pfütze, verließ den Hohlweg und erreichte den Zaun um die Polarwölfe. Warum sie heute so aufgebracht durch das weiträumige Areal spurteten, konnte er sich nicht erklären. Faszinierend waren die acht weißen Vierbeiner schon, doch emotional ließ ihn das unnahbare Rudel von den kanadischen Arktisinseln kalt. Er hatte schlicht keinen Zugang zu ihnen – weder physisch noch emotional.

Hundert Meter weiter begann das Gehege seiner vertrauten Timberwölfe, die bereits winselnd und pfeifend auf ihn warteten. Da sie von Hand aufgezogen wurden, gab es kaum Berührungsängste. Tom presste seinen Körper gegen den Maschendraht, damit sie ihm nahe sein konnten. Die größten Rüden überragten ihn um ein Weites, wenn sie sich am Zaun aufrichteten.

Zumeist hatte er ein paar Leckerbissen bei sich, die sich in vielen Situationen als hilfreich erwiesen. Wenn die Tiere ihn zu sehr bedrängten, warf er die Bissen weit von sich, zerstreute so das Rudel und konnte die Einzeltiere, ihre Bewegungen und ihr Verhalten besser beobachten. Jedes Mitglied hatte einen Namen, eine soziale Position und einen eigenen Charakter. Wie ging es ihnen heute? Waren alle wohlauf? Gab es Querelen unter ihnen? In welchem Zustand befanden sich die fünf Jungtiere vom letzten Jahr? Tom erkannte intuitiv, wenn etwas nicht stimmte, und Lilly war ihm dankbar für alle Hinweise.

Heute stopfte er Wurmkurtabletten in die Hühnerleber, die Fred ihm herausgegeben hatte und steckte jedem Tier seine Medikation durch den Maschendraht ins Maul. *Esst, meine Freunde!*

So angstfrei er außerhalb und innerhalb des Geheges mit den Timberwölfen umging, so furchtlos war er, als Omu unerwartet am

Zaun neben ihm auftauchte. Der Autist nahm Notiz von der eigentümlichen Gestalt des Neandertalers, doch sie beunruhigte ihn nicht im Geringsten. Er betrachtete die bizarre Kreatur von innen heraus und dort war nichts Furchterregendes zu erkennen. Auch das Rudel auf der anderen Seite der Umzäunung verhielt sich, als kannte es den Frühmenschen bereits, als sei er ein Getreuer, ein Seelenverwandter, nichts als ein weiteres Wolfskind.

Als wollte er wie ein kleiner Junge sein Haustier füttern, fuhr Tom spontan mit der Rechten in seine Tasche, holte eine übrig gebliebene Hühnerleber hervor und hielt sie seinem Gegenüber vor die breite, fleischige Nase. Freundlich grunzend fraß Omu ihm genüsslich aus der Hand. *Iss, mein Freund!*

Ein Rudel halbzahmer Timberwölfe, ein Autist mit Inselbegabung und ein waschechter Neandertaler – drei wesensgleiche Arten verstanden sich ohne Worte. Noch einige Sekunden lang blieben sie einmütig beieinander, dann strich Omu dem Wolfskind zärtlich über den blonden Flaum, entfernte sich und verschwand lautlos im Unterholz.

Die Begegnung mit dem Bobo-Küken bei den gefangenen Wölfen hat Omus Herz berührt. Sie geht ihm nicht aus dem Kopf. Ein gelber Kükenflaum bedeckte seinen zarten Kopf. Es erschien ebenso unschuldig wie verletzlich, strahlte eine ungetrübte Vertrautheit aus und war ein Freund der gefangenen Wölfe. In seinen Augen leuchtete Wahrheit und in seiner Brust schlug ein unbeflecktes Herz.

Als wären sie schon lange miteinander verbunden, duldete das Bobo-Küken Omus Nähe ohne Furcht, fütterte ihn sogar mit frischer Leber und zeigte ihm damit Zuneigung und Respekt, als sei es mit den Sitten des Urwaldtals vertraut, als sei es sein eigener Bruder. Omu erkannte die Güte und Reinheit dieser Seele. Fürsorglich strich er über die goldenen Stoppeln, bevor er wieder in den Wald eintauchte.

Jetzt hört Omu einen Schrei, einen dumpfen Knall, einen Aufschlag und ahnt, dass es der Rothaarige ist. Fred ist in Gefahr! Er muss zu ihm, muss zur Bobo-Behausung zurück.

Auf dem Weg dorthin macht sein feines Gehör drei Verfolger aus, die in verschiedenen Gebieten den Wald durchkämmen, um ihn zu finden. Er umgeht sie unerkannt und erreicht den Platz vor der Behausung. Dort sitzt der Rothaarige gefesselt auf dem Boden. Sein hagerer Freund ist bei ihm. Etwas abseits stehen vier frostige Gestalten mit gelben Zeichen auf ihrer Kleidung. Sie sprechen miteinander, sind abgelenkt. Das nutzt Omu, schleicht sich von der gegenüberliegenden Seite an Fred heran, beißt seine Fesseln durch und flüstert „Frett galu."

Gerade hat er ihn befreit, da hallt wütendes Wolfsgebell aus dem Wald. Was geschieht? Blitzartig hat Omu eine Vision, sieht ein blutendes Küken und ahnt Schlimmes. So schnell er kann, läuft er zurück zu den gefangenen Wölfen – zu spät! Hilflos liegt das Bobo-Küken am Boden, während einer der Verfolger, der ein schwarzes Stirnband trägt, mit einem großen Messer auf es einsticht.

Sie wollen Omu, doch nun traf es einen Unschuldigen. Weil der Messermann Omu nicht kennt, hält er das Bobo-Küken für den Gejagten.

Zornig brüllend, bückt sich der Urwaldjäger nach einem faustgroßen Brocken. Der Messermann, einen Steinwurf entfernt, erschrickt, lässt irritiert von seinem Opfer ab, springt auf und versucht, davonzulaufen. Weit kommt er nicht. In vollem Lauf trifft Omu ihn am Hals. Halswirbel splittern, sein zerbrechlicher Kopf bricht zur Seite weg. Der Getroffene stürzt, doch tot ist er nicht. Stöhnend kämpft er sich hoch, schleppt sich auf allen vieren voran.

Die gefangenen Wölfe haben alles mit ansehen müssen. Sie sind außer sich, versuchen sich freizugraben und springen so hoch sie können. Von seinem heulenden Rudel getrennt, liegt das Küken regungslos in seinem Blut. Doch es atmet noch. Um den Blutschwall aufzuhalten, drückt Omu grünes Hirtentäschelkraut behutsam in die Wunden.

„Bana-t-ki-maku", murmelt er, „stirb nicht!"

Omu ist erbost. Erzürnt lässt er die Wölfe frei. Augenblicklich stürzen sie sich auf den Davonkriechenden, reißen ihn im Nu in Stücke. Der Messermann schreit wie ein Ferkel, bis er verstummt.

Vorsichtig hebt Omu das verletzte Küken auf. Das befreite Wolfsrudel tummelt sich jaulend um ihn, unterwirft sich und folgt ihm zur Behausung der Bobos.

48

Entspannt saßen Special Agent Jonathan Foul und seine Mitarbeiter im silbernen *Bronco* und aßen pappige Sandwiches. Die laue Sommerluft wehte durch die offenstehenden Fahrzeugtüren, irgendwo klopfte ein Buntspecht an einen Baum. So machte die Arbeit Freude, dachte Foul und war schon jetzt mächtig stolz auf sich.

„Schlau von mir, diesen Wilderer die Drecksarbeit machen zu lassen, was, Jungs?", warf er hochmütig in die Runde und erntete schmatzende Zustimmung.

Vor Foul, ihrem Teamleiter, hatten die Mitarbeiter leidlichen Respekt – Respekt, der allerdings auf einem längst vergangenen Ereignis beruhte: In den Neunzigerjahren, als das FBI den berühmten *Unabomber* Theodore Kaczynski in seiner Hütte im ländlichen Montana festnahm, war Jonathan Foul als blutjunger Agent gerade der *Salt Lake City Division* beigetreten – jener Division, die selbige Operation durchführte.

Genau genommen war er damals als Neuling an der Festnahme des Terroristen völlig unbeteiligt gewesen. Trotzdem wurde er anschließend hier und da in der Presse namentlich erwähnt. Das wusste er geschickt zu nutzen: Im Laufe der Zeit sammelte er akribisch alle Artikel, in denen sein eigener Name auftauchte. Nach und nach verbog er die Tatsachen geschickt zu seinen Gunsten, erzählte den Hergang, wie es ihm am meisten nutzte. Er tat es so lange, bis er schließlich selbst an seinen eigenen Heldenmut glaubte.

Einige seiner Vorgesetzten ließen sich blenden, was sich förderlich auf seine Karriere auswirkte. Sie ernannten ihn zum Special Agent und mehr noch: Die *Special Activities Division* des US-Geheimdienstes schätzte seine Kaltschnäuzigkeit und registrierte ihn als *Specialized Skills Officer*. Damit war er von höchster Instanz befugt, bestimmte Spezialoperationen im Geheimen zu erledigen. Mit voller Rückendeckung agierte er in dieser Position außerhalb der Rechtsordnung. Sein Aufgabenbereich schloss sogar Kompetenzen ein, Strafverfolgungsbehörden zu täuschen und ihnen zu entkommen.

Damit öffentlich zu prahlen, war ihm freilich untersagt und mit Ruhm bekleckerte er sich in seiner regulären beruflichen Laufbahn mitnichten. So blieb ihm nur die eigene Imagepflege, auf der er sich gerne ausruhte.

Die Anweisung, das unbekannte, hochgefährliche ‚Subjekt‘ aufzuspüren und zu neutralisieren, erreichte ihn von ganz oben. Am Vortag hatte Foul einen Anruf aus dem *J. Edgar Hoover FBI-Hauptsitz* in Washington, D.C. bekommen. Der FBI-Direktor persönlich war am Telefon gewesen. Er stufte den Fall gleich vorweg als *top secret* ein. Die Zielperson bezeichnete er als „Wirt einer genetischen Anomalie", als „biologische Zeitbombe". Viel mehr Informationen hatte Foul nicht bekommen, doch es zeigte die Brisanz der Angelegenheit.

Zum Glück würde es weniger dramatisch werden, als es den Anschein machte, denn der Auftrag war schlichtweg eine Lizenz zum Töten. Das passte ihm sehr, denn mit vierundfünfzig stand Foul kurz vor seinem Ruhestand. Insgeheim hoffte er auf einen finalen Auftrag, der das Potenzial hatte, sein Ansehen auf den letzten Metern noch einmal ordentlich aufzupolieren. Er brauchte eine Story, die er als Rentner bei einem Wodka Martini – ganz nach *Ian Fleming* – an der Poolbar zum Besten geben konnte. Diese Spezialoperation war wohl seine letzte Gelegenheit dazu. Sie sollte reibungslos und ruhmreich über die Bühne gehen.

Da das FBI als Nachrichtendienst auch für die Vorfeldaufklärung möglicher Bedrohungen unabhängig von konkretem Verdacht verantwortlich ist, benötigte Fouls Einsatzteam keine weiteren Befugnisse. Er hatte den nötigen Handlungsspielraum. Nur die Arbeit im Wald stellte ein mittleres Problem dar, denn weder er noch seine Mitarbeiter waren erprobte Jäger.

Zufälligerweise aber plauderte dieser schlaksige Ranger Stan Hardy während der Befragung vom Treffen mit dem beschlagenen Wilderer Jack Manchin im Gefängnis. Foul erkannte die Chance und spannte den Verurteilten kurzerhand für sich ein. Es lief wie am Schnürchen. Jetzt musste er den Sack nur noch zu machen.

„Lassen Sie es wie einen Jagdunfall aussehen!", hatte er den Wilddieb angewiesen. „Gerne", hatte Manchin geantwortet und verlangte nicht einmal Geld dafür. Er wollte nur seine Freiheit zurück – Motivation genug! Foul war sich absolut sicher: Zusammen mit seinen Gehilfen würde der Mann liefern. Danach konnte er als Wilddieb seinetwegen da weitermachen, wo er aufgehört hatte.

Mit der Brotzeit war es schlagartig vorbei.

„Seid mal eben ruhig!", sagte einer der Agenten mit vollem Mund. „Ich glaube, sie haben ihn."

Alle hörten zu kauen auf und spitzten die Ohren. Foul stieg aus dem Wagen.

„Hört sich in der Tat so an!", bestätigte er und lauschte den entsetzlichen Todesschreien aus dem Wald irgendwo hinter den Gehegen.

Er wertete sie als vielversprechendes Zeichen dafür, dass seine Rechnung aufging, dass der Auftragskiller mit seinen Helfern die ‚biologische Zeitbombe' just in diesem Moment exekutierte. Damit musste er nicht selbst in der grünen Hölle, der sogenannten Wildnis, die ihm immer schon suspekt war, herumstolpern. Die Stadt war ihm stets lieber und ohnehin fühlte er sich inzwischen zu dick und zu alt für derart abenteuerliche Aktionen.

Er sah hinab auf seinen Bauch. Mayonnaise war auf sein T-Shirt getropft. Er nahm sie mit dem Finger auf, leckte sie genüsslich ab, verrieb den Fettfleck, stieß sauer auf und zündete sich eine Zigarette an. *Es läuft*, dachte er. Bald würden Manchins Leute den Toten herbeischaffen. Seine Einheit musste der Leiche dann nur noch Blut und Fingerabdrücke abnehmen, sie fotografieren und vor dem Transport steril einpacken. Ein Vorrat an Bodybags befand sich im Wagen. Dann würde er den FBI-Direktor anrufen und den Erfolg für sich reklamieren.

Ein paar Minuten vergingen. Die Stille kehrte zurück. Jeden Moment würden sie aufkreuzen. Foul blickte sich um. Von Stan und dem frechen rothaarigen Burschen fehlte jede Spur. Vermutlich hatten sie die Kabelbinder zerschnitten und sich ins Haus verzogen. Es war ihm egal. Zwei junge Hunde balgten sich am Rande des großen, staubigen Platzes. Niedlich, dachte er, so schöne, lange Läufe! Ein größerer Hund stand in rund zwanzig Metern Entfernung da und blickte ihn ruhig an.

Was stimmte nur nicht?

Unweit von diesem tauchte ein zweiter, ebenfalls hochgewachsener Hund auf. Hierauf erschien ein dritter gegenüber und fixierte ihn ebenfalls stumm.

Schleichend kroch ein unbehagliches Gefühl wie ein kalter Tausendfüßler unter seine Uniform und wanderte in kribbelnden Wellen seinen Hals hinauf. Was zum Henker! Schweißperlen rollten kitzelnd über seine Schläfen. Seine Nackenhaare richteten sich auf, als stünde er unter Strom. Wie eine Mähne sträubten sie sich ... die Mähne ... eines Wolfs!

Foul wollte schlucken, doch seine staubtrockene Kehle erlaubte es nicht, er wollte brüllen, doch bekam keinen Ton heraus. Mit eisernem Willen riss er sich los, stolperte kopflos zum SUV, hechtete hinein, stieß sich dabei bös den Kopf am Türrahmen. Erst im Innern kam ein heiseres „Überall Wölfe!" über seine Lippen.

Seine Mitarbeiter, zu Tode entsetzt, ließen alles fallen, um die Fahrzeugtüren zuzuschlagen. Die matschigen Weißbrote landeten auf ihren Schößen, heißer Kaffee aus der Thermoskanne verbrannte ihre Oberschenkel.

„Autsch! Gottverflucht!", riefen sie. „Macht zu, verdammt! Schnell doch! Macht alles dicht!"

Panisch fuhren sie die Fensterscheiben hoch und schalteten die Türverriegelung ein. Um das Auto herum wimmelte es derweil von Timberwölfen, ein gutes Dutzend – zu viele, um auszusteigen und sie mit den Revolvern zu erschießen. Sie saßen in der Falle.

Ein stattlicher Rüde mit schwarz-grauem Fell und stechend-hellen Augen machte einen eleganten Satz auf die Kühlerhaube. Er starrte zu ihnen hinein, fletschte die Zähne und scharrte an der Windschutzscheibe. Die Agenten pressten sich vor Angst in die Lehnen. Am Seitenfenster richtete sich eine mächtige, hellgraue Fähe auf. Sie stampfte mit ihren Vorderläufen gegen eins der Seitenfenster, dass der Wagen wackelte, und schlug die Zähne ihres furchterregenden Gebisses in den Außenspiegel. Aus der Nähe kam die eindrucksvolle Größe des Tieres zur Geltung.

Minuten vergingen. Die Nachmittagssonne brannte. Schnell wurde es stickig in der geschlossenen Fahrzeugkabine. Den terrorisierten Insassen blieb langsam die Luft weg, scharfer Geruch von Urin breitete sich aus, logisches Denken war in diesem Belagerungszustand kaum möglich. Nur zögerlich gelang es ihnen, zu verstehen, dass sie wohl in Sicherheit waren.

„Beruhigt euch, Leute!", sagte Foul mit feuchter Hose. „Die können hier nicht rein, verstanden? Keine Chance, reinzukommen, klar?"

„Wo zum Teufel kommen die her?", fragte ein anderer. Er kniete sich auf die Rückbank, um besser durch die Heckscheibe blicken zu können.

„Die sind sicher aus den Gehegen dort drüben ausgebrochen. Sind wohl halb zahm. Seht ihr? Sie haben gar keine Scheu."

„Mach die Lüftung an! Ich bekomm keine Luft."

„Was tun wir jetzt?", fragte der sehnige Mann, der hinter dem Steuer saß und Brad Guinness hieß.

„Fahr sie platt, Brad!", hetzte sein Kollege.

„Nein, das wäre nicht richtig", sagte ein anderer. „Vielleicht sind sie wirklich zahm."

„Geh doch raus und probier es aus, du Ochse! Gebe dir hundert Dollar, wenn du es machst."

Foul dachte nach. Schließlich befahl er: „Fahren Sie los, Guinness! Das sind gefährliche Biester. Wenn wir welche platt machen, umso besser. Die anderen werden dann schon abhauen."

Folgsam startete Guinness den Motor, schaltete in den *Drive Mode* und wollte anfahren, da wurde der komplette, schwere SUV mit einem Ruck seitlich angehoben. Ein unglaublich bulliger Schädel mit unwirscher Visage tauchte am Seitenfenster auf. Die Agenten erschraken bis ins Mark. Das bizarre Wesen hatte einen dicken, gut drei Meter langen Ast zwischen Vorder- und Hinterachse geschoben und hebelte das Fahrzeug wie ein Spielzeug in die Höhe.

Sich am Lenkrad festklammernd, trat Guinness in Panik aufs Gaspedal. Der Motor heulte auf, die Reifen drehten durch. Mit Macht stemmte Omu den Wagen noch ein Stück höher, sprang im letzten Moment zurück und zog den Ast mit sich. Eine kurze Strecke schlitterte der SUV auf zwei Rädern vorwärts. Guinness wollte gegensteuern, schlug das Lenkrad aber in die falsche Richtung ein, wodurch der SUV noch mehr in Schieflage geriet, den Kipppunkt überschritt und auf die Seite krachte. Die Insassen purzelten abwärts, fielen über- und aufeinander und klemmten sich gegenseitig ein.

„*Gorighuuuai!*" Omu ließ einen lauten, schauerlichen Siegesschrei ertönen.

Dann lief er zu einem Grasstück am Rande des Platzes, auf dem er Tom abgelegt hatte. Behutsam nahm er ihn auf und trug ihn in Richtung Hauseingang. Einige Wölfe scharten sich um die beiden, stupsten Omu mit ihren kühlen Nasen an, als wollten sie ihn anspornen.

Fred hatte mit Stan das Geschehen von der Küche aus verfolgt. Er ging zur Haustür und den zwei entgegen. Die Timberwölfe musste er nicht fürchten, sie waren vertraut mit ihm. Jetzt erkannte er den Blutüberströmten in Omus Armen.

„Oh nein, Tom, was haben sie dir nur angetan?"

Das totenblasse Wolfskind stöhnte vor Schmerz.

Hinter dem Fensterglas behielt Stan weiter den Überblick. Am gegenüberliegenden, lichtarmen Rand des Platzes erblickte er in rund fünfzig Metern Entfernung eine düstere Gestalt. Das war Jack Manchin! In seinem langen, dunkelbraunen Mantel flog er wie ein Schatten an das zweite Fahrzeug, den *Ford Raptor*, heran und verschwand darin, ohne dass die Wölfe Notiz von ihm nahmen. Kurz darauf fuhr eins der Fenster des Pick-ups halb herunter und ein langer Gewehrlauf kam zum Vorschein. Manchin zielte auf den Neandertaler.

Stan war alarmiert. Irgendetwas musste geschehen. Wegen der Wölfe konnte er nicht auf den Hof. Verzweifelt hämmerte er an die Fensterscheibe, doch niemand reagierte. Gab es keinen anderen Weg?

„Komm schon, Stan, du machst das, sei mutig!"

Blitzartig kam ihm das alte Wohnmobil in den Sinn. Er stürmte in den seitlichen Gebäudeteil und rannte durch die Tür auf den Hinterhof. Da stand es. Die Fahrerkabine war unverschlossen. Er kletterte hinein. Der Schlüssel steckte im Zündschloss. Beim Starten hüllte ihn eine schwarze Qualmwolke ein. Er schnallte sich an und fuhr rückwärts aus der Parkposition.

Aus gut fünfzig Metern Entfernung feuerte Jack Manchin zweimal kurz nacheinander von hinten auf sein Opfer. Das erste Geschoss schlug in Omus Schulter ein, die zweite Kugel zerfetzte sein rechtes Ohr und verfehlte Fred um ein Haar. Der Neandertaler machte einen fauchenden Laut und ließ Tom in Freds Arme gleiten. *Nimm ihn, Rotschopf!* Fred fing ihn auf, machte kehrt und schleppte ihn zum Hauseingang.

Schwer getroffen, knickte Omu ein. Blut sickerte aus seinen Schusswunden. Im Staub kniend, brauchte er einen Augenblick, um zu Kräften zu kommen. Eine Atempause aber gewährte ihm der Wilderer nicht. Kurzerhand entschied sich Manchin, ihn einfach zu überfahren. Das Resultat, dachte er, würde letztlich das gleiche sein: Wenn es kein Jagdunfall war, dann eben ein Autounfall.

Der Motor heulte brüllend auf, Schotter spritzte weg. In einem weiten Bogen fuhr der Killer auf den Angeschossenen zu. Omu hörte den heranrauschenden Wagen, wollte aufspringen, doch seine Kräfte hatten ihn verlassen. Er schloss die Augen, senkte seinen Schädel. *Es ist mein Ende. Mein Volk! Kela!*

Als wollte er den Angreifer aufhalten, sprang der alte Timberwolf Romulus in vollem Lauf vor den Kühlergrill des Pick-ups. Das alte Tier opferte sich, doch der Wagen blieb in der Spur. Manchin konzentrierte sich auf sein Ziel, drückte das Pedal bis zum Anschlag durch, wurde schneller und schneller. Fast hatte er ihn erreicht, da sah er etwas flüchtig aus dem Augenwinkel auf sich zurasen. Reagieren konnte er nicht mehr. Wenige Meter von Omu entfernt, brach der 1983er *Ford Econoline* durch die Hortensien und rammte ihn mit voller Wucht von der Seite. Der Aufprall des vier Tonnen schweren Wohnmobils war so heftig, dass sich der *Raptor* mehrfach überschlug, bevor er in der Mitte des Platzes liegen blieb und in Flammen aufging.

Der Camper kam gleich zum Stehen. Im brennenden *Raptor* vor Stans Augen explodierte die darin verstaute Munition so heftig, dass die Scheiben barsten. Jack Manchin war nicht mehr zu retten.

Stan schnallte sich ab, griff nach einem kleinen Feuerlöscher in der Fahrzeugkabine und stieg unversehrt aus. Bis auf zwei zertrümmerte

Scheinwerfer und eine leicht verbeulte Stoßstange war der solide gebaute Oldtimer unbeschädigt. Omu und die Wölfe waren fort, nur der verendete Timberwolf blieb im Staub zurück.

Mühsam kletterten Foul und sein Team aus den oberen Fenstern des umgeworfenen SUVs. Die drei Mitarbeiter schleppten sich verschwitzt und keuchend in den Schatten. Ausgepowert humpelte Foul zum brennenden *Raptor*. Dort bemühte sich Stan vergeblich, den Brand zu löschen. Seinen Bogen in der Hand, kam der *Schattenwolf* ebenfalls heran. Wortlos starrte er in die Flammen. In seinem Hüftköcher steckten eine Handvoll Jagdpfeile mit glänzenden Edelstahlspitzen.

„Was für ein Pech!", sagte Stan möglichst emotionslos und so laut, dass die beiden es gut hören konnten. „Habe ihn gar nicht kommen sehen."

Der Indianer blieb still, warf dem Parkranger nur einen bösen Blick zu. Foul sah den Tatsachen in seiner berechnenden, eiskalten Art ins Gesicht. Sein Auftragskiller hatte versagt, die Zielperson war entkommen, es lief nicht gerade gut. Allerdings beabsichtigte er nicht im Geringsten, das Handtuch zu werfen. Seine letzte Chance wäre vertan, sein Ruf ein für alle Mal versaut, würde er diese Spezialoperation erfolglos abbrechen. Die frühe Rente, die ihn als FBI-Agent ab fünfundfünfzig erwartete, würde er nicht auskosten können.

„Er ist in den Wald zurück", sagte der Indianer unvermittelt und wies auf eine Spur im Kies. „Mr. Manchin hat ihn erwischt. Er blutet aus zwei Wunden."

Schlagartig hellte sich Fouls Gemütszustand auf. Die ‚biologische Zeitbombe' war also angeschossen und hinterließ eine Blutspur. Großartig! Für den *Schattenwolf* dürfte es ein Kinderspiel sein, sie zu verfolgen. Die Karten waren neu gemischt.

„Hey du, komm mal her!", rief er dem Indianer schroff zu, klopfte sich den Staub von der Hose und gab sich Mühe, zu lächeln. „Wie heißt du?"

„Akecheta.“

„Akecheta ist ein toller Name! Bist du *Sioux*?“

„Ja. Akecheta bedeutet Krieger.“

„Exzellent! Wir brauchen jetzt Krieger wie dich. Wir müssen diesen Wilden finden und zur Strecke bringen. Verstehst du? Und ihr werdet uns dabei helfen. Du und dein Kumpel. Wie hieß er gleich?“

„Terry. Er heißt Terry. Aber er kann nicht mitkommen.“

„Wieso nicht?“ Foul war verärgert.

„Er ist tot.“

Foul zuckte kurz zusammen, besann sich aber rasch. „Verstehe. Die Schreie im Wald – das war er.“

„Ja, das war mein Freund Terry.“

„Siehst du, Akecheta, dieses Monstrum hat deinen Freund auf dem Gewissen. Es hat ihn getötet. Wir müssen es finden und ausschalten!“

Akecheta schaute zum Wald hinüber. „Lassen wir ihn bis morgen bluten. Dann gehe ich und finde ihn.“

Man merkte den vier Pferden die Freude über die zurückkehrenden Reiter an. Die hellbraune Morgan-Stute wieherte erregt und legte vertrauensvoll ihren Kopf auf Lillys Schulter. Sie alle schienen wohlauf, hatten keine eingesunkenen Augen, waren sehr durstig, aber nicht dehydriert. Büsche und Gräser, an die sie herankamen, hatten sie komplett abgefressen. Das hatte ihnen ein wenig Feuchtigkeit zugeführt.

Nach dem Tränken war keine Zeit zu verlieren. Die Sonne stand schon hoch am Mittagshimmel. Zügig legte Walker die Sättel auf. Lilly verschnürte das Gepäck und band die Tiere in Reihe.

Der Weg zurück erwies sich leichter als der durch das Unwetter und die Ungewissheit erschwerte Hinweg. Die Himmelsrichtung war nun relativ klar. Vom Lärchenhügel ausgehend orientierten sie sich mithilfe des Marschkompasses. Bisweilen mussten sie umkehren und für die Pferde gangbares Gelände suchen, doch alles in allem hatten sie Glück, fanden Trinkwasser und Weiden und trafen keine Menschenseele.

Die Nacht zelteten sie an einem Hang mit Blick auf eine grandiose Silhouette schwarzer Berge, über der die Milchstraße traumhaft funkelte. Sie schmiegten sich aneinander und staunten gemeinsam über die kosmischen Lichtspiele, den sich langsam drehenden Sternenhimmel, verschiedenfarbige Sternschnuppen und vorbeiziehende Satelliten. Kein Kunstlicht machte all dem Konkurrenz.

„Warrumbungle", sagte Walker verträumt.

„Warrumbungle?"

„In der Sprache meiner Großmutter bedeutet das *Krumme Berge*. Der *Warrumbungle Nationalpark* wurde zweitausendsechzehn das erste

Lichtschutzgebiet Australiens. Mein Großvater nahm mich aber schon viel früher mit dorthin. Habe es nie vergessen: zweihundertvierzigtausend Quadratkilometer Natur, einhundertzwanzig Vogelarten, seltene Graue Kängurus und nachts vollkommene Dunkelheit. So wie hier in den Bergen."

„Bei dir ist es nie dunkel", wisperte Lilly und kuschelte sich verliebt an ihn.

Es gab keinen anderen, keinen besseren Weg. Sie ließen sich gehen, küssten und liebten sich und das kleine Zelt wurde zum Meer der Gefühle.

Am folgenden Morgen versenkte Walker an einer gefährlich tiefen Felsspalte Stolins Habseligkeiten. Lange waren die scheppernden Geräusche des herabfallenden Gewehrs noch zu hören. Lilly und Walker jubilierten wie Kinder am Silvesterabend, als ein Teil der Munition auf dem Weg hinab wie bei einer wilden Schießerei explodierte. Sie betrachteten es als wohlverdientes Feuerwerk.

„Böller bringen Glück!", rief Lilly in die Spalte hinein. „Verschwindet, ihr bösen Geister!"

„Erdrutsche und Steinschläge werden dafür sorgen, dass nichts davon je wieder das Tageslicht erblicken wird", versicherte Walker.

Es war bestes Reisewetter. An Wegzehrung mangelte es nicht. Im Proviantbeutel befanden sich mehrere kleine Gebinde, gefüllt mit allem, was ihnen auf dem grandiosen Grillfest geschmeckt hatte. Die Neandertaler verstanden es, Nahrungsmittel durch Einlegen, Fermentieren, Räuchern und Trocknen zu konservieren.

Sie kamen schnell voran und fanden ihre Position auf der Karte wieder. An einer geeigneten Wasserstelle unweit des Painted Rocks Sees sattelten sie die Pferde ab, entfernten Taschen, Halfter, Anbinder und Gurte und versteckten das komplette Reitzubehör tief im Busch.

Anschließend ließen sie die Vierbeiner frei. In dieser Gegend würden sie genügend Trinkwasser und Nahrung finden.

Nach der Überquerung eines letzten Hügels lag der See, malerisch von farbigen Felsen und bewaldeten Bergen umgeben, vor ihnen. Lilly hatte es still gehofft, nun jubelte sie vor Freude: Am Anlegesteg sah sie eine blau-weiße *Cessna* auf dem Wasser liegen.

„Ich sagte doch, das ist der netteste und beste Onkel der Welt!", rief sie, herzte Walker und rannte hinunter zum Wasserflugzeug.

Miller hatte sich am Ufer Zelt, Klappstuhl und Gasgrill aufgebaut. Gerade war er dabei, eine zappelnde Forelle an Land zu ziehen, als Lilly ihm um den Hals fiel.

„Onkelchen, du bist schon da", rief sie überschwänglich. „Wie großartig das ist!"

„Weißt du, mein Schatz", erwiderte Miller, „nach zwei Tagen in der Stadt habe ich mich gefragt, ob es nicht besser wäre, schon mal zurückzufliegen, Forellen zu fangen, das Leben am See zu genießen und wie ein treuer Hund auf meine kleine Lilly zu warten."

Zu dritt waren das Expeditionsgepäck und Millers Camping-Gerätschaft flugs im Cargobereich des knapp zehn Meter langen Wasserflugzeugs verstaut. Träge hob die *Cessna* von der himmelblauen Oberfläche des Painted Rocks Sees ab.

Während des Aufstiegs berichtete Lilly ihm vom märchenhaften Sternenhimmel über den Bermudabergen, vom verheerenden Schneesturm und ihrem Misserfolg bei der Suche nach Beringia-Wölfen. Sie erklärte, dass sie es eilig hätten, zurück zum Wolfspark zu kommen, da es dort ein „klitzekleines Problemchen" gäbe. Der alte Pilot durchschaute sie gleich. Er wusste, sie hatte untertrieben.

„Lilly, mein Kind. Ich kenne dich, seitdem du laufen kannst und ich weiß, da ist etwas, das du mir nicht verraten möchtest."

Sie sahen sich verlegen an.

„Und das musst du auch nicht, mein Schatz. Aber bitte sag mir, falls es brennt. Euch jungen Menschen zu helfen, haucht einem alten Kerl wie mir neue Lebenskraft ein."

„Du hast Recht, Onkel", antwortete sie und massierte ihm sanft die Schultern. „Tut mir leid. Im Wolfspark geht es drunter und drüber. Wir müssen dorthin zurück. Und zwar so schnell wie möglich."

„Ich sehe! Habt ihr eigentlich noch euren kleinen Landeplatz auf dem Hirschhügel?"

„Ja, warum?"

„Nun, wenn ihr es so eilig habt und es so dramatisch ist ... Da steht ein schnuckeliger *Hummingbird* am Salzsee, ein Rettungshubschrauber im Ruhestand. Ein alter Freund von mir hat ihn sich kürzlich unter den Nagel gerissen. Ich könnte ein Wort für euch einlegen ... Fliegen müsst ihr ihn allerdings selbst!"

„Aber das wäre großartig, liebes Onkelchen!", rief Lilly begeistert und warf Walker einen fragenden Blick zu.

Der Australier musste nicht lange überlegen: „Ich habe meine Fluglizenz dabei, falls du das meinst."

50

Die Limetten-Pflegedusche duftete herrlich frisch. Fred fühlte sich wie neugeboren, vor allem, weil er gestern zum Lebensretter geworden war, und das unter harten Bedingungen. Nach seinem Sturz vom Dach verwandelte sich der Hof in ein Schlachtfeld: Ein Rudel wild gewordener Wölfe, zwei Attentate, Stans genialer Caravan-Crash mit Explosion. Aus diesem Chaos hatte er das Wolfskind geholt, in die Zentrale geschleppt und auf das Sofa gebettet. Dank Omu hatten die Wunden kaum noch geblutet. Fred hatte Toms Oberkörper angehoben und ein großes Kissen darunter geschoben, die Stichwunden in Arm und Bauch desinfiziert, Mullkompressen darauf gelegt und Druckverbände gemacht, so wie er es von Lilly gelernt hatte. Im Kühlschrank der Klinik fand er einen Autoinjektor, mit dem er ihm zehn Milligramm Morphinsulfat gegen die Schmerzen injizierte.

Bald hatte sich Toms Atmung beruhigt, sein Zustand schien sich zu stabilisieren. Der Angreifer hatte anscheinend lebenswichtige Organe verfehlt. So ein Glück konnte nur ein Wolfskind haben. Weil er nicht wusste, was er sonst noch tun konnte, hatte Fred ihm ein wenig Orangensaft eingeflößt und ihn gut zugedeckt. Danach schliefen sie, bis es längst hell geworden war.

Nach dem Duscherlebnis wählte er Lillys Nummer. Grandioserweise nahm sie den Anruf gleich an. Er konnte sie kaum verstehen, denn gleichzeitig drang Hubschrauberlärm durchs Handy und das Küchenfenster an sein Ohr.

„Seid ihr das da oben über uns?", fragte er seine Chefin.

„Ja, wir sind zurück. Wenn ich mich nicht täusche, liegt da ein verkohlter Pick-up umgedreht auf dem Vorplatz. Was um Himmels willen ist passiert?"

„Hier war die Hölle los."

„Fred, wir landen in zwei Minuten. Auf dem Hirschhügel. Wo ist der Neandertaler?"

Ihre Frage beantwortete Stan Hardy, der soeben in die Zentrale stürmte und rief: „Omu hat sich in den Wald geschleppt. Er ist verwundet. Foul hat den Indianer auf ihn gehetzt."

Lilly hatte verstanden. Sie mussten versuchen, dem Jäger zuvorzukommen.

„Okay, Fred, bleibt bitte, wo ihr seid. Jetzt sind wir dran. Wir haben auch schon einen Plan."

Sie beendete das Gespräch. Der Rettungshubschrauber ging bereits ins Ausschweben über. Versiert flog Walker ihn in einer Spirale nach unten und setzte ihn federleicht auf der Hügelkuppe ab.

„Wir machen es so wie verabredet, okay?", rief sie ihm zu.

„Keine Sorge, ich bleibe hinter dir."

Lilly sprang aus der Kabine auf die mit Orchideen, Wildröschen und Schafgarbe bewachsene Wiese. Walker stellte das Getriebe ab. Die Rotorblätter kamen langsam zum Stehen.

Als es so still geworden war, dass man den Gesang eines Kiefern-Zeisigs vernehmen konnte, holte sie tief Luft und blies so kräftig in Watkas *Yu-woo*, wie sie konnte. Das Büffelhorn klang nicht so voll und majestätisch wie im Urwaldtal, als die Älteste es benutzte, doch es erfüllte hoffentlich seinen Zweck. Falls der Neandertaler sich im Umkreis einiger hundert Meter aufhielt, gab es eine reelle Chance, ihn damit anzulocken – zumindest, wenn man Kela und der Ältesten Glauben schenkte.

51

Omu hatte eine wilde Zwiebel ausgegraben, seinem Beutel Schafgarbe und Hirtentäschelkraut entnommen. Er hatte die Heilpflanzen sorgfältig zerkaut, den Speichelbrei mit einer Handvoll Löss vermischt und die Masse auf seine pochenden Wunden gedrückt. Dann hatte er sich im Unterholz verkrochen.

Am Morgen verraten ihm seine Sinne, dass ihn ein einzelner Bobo verfolgt, ein Jäger mit Spürsinn, der nicht ungeschickt herumtrampelt, sondern wie ein Luchs der Blutspur nachschleicht. Es ist schwer, den Luchs zu täuschen. Abschütteln kann er ihn in diesem Zustand nicht.

Vorsicht ist geboten!

Sein Ohr brennt wie Feuer. Die quälende Kugel in seiner Schulter wird er allein nicht entfernen können. Was soll nur werden? Alle Hoffnung schwindet, er will nicht mehr kämpfen. Mühsam schleppt er sich voran. Der Himmel hat sich verdunkelt und er kann nichts dagegen tun. Wieder scheint sein Ziel unerreichbar, fast ist sein Lebenswille gebrochen.

Er duckt sich, als hoch in der Luft ein riesiges, entsetzlich lautes Insekt erscheint, eine Hornisse, größer als der größte Grizzly. So schnell er kann, verbirgt sich Omu im hohlen Stamm einer alten Eiche. Blut und Schweiß rinnen über seine zähe, sonnenverbrannte Haut. Die gewaltige Hornisse schwebt brummend hinab in den Wald, wirbelt Blätter und Zweige auf. Ihr Lärm ist unerträglich. Endlich verstummt sie nach und nach.

Im Schutz der Eiche fallen ihm kurz die Augen zu. Vollkommen erschöpft spürt er Kela, die wunderbarste aller Frauen, spürt, wie sie sich zart und eng an ihn schmiegt und sanft auf sein schmerzendes Ohr pustet.

„Hörst du es?", fragt sie ihn. „Hörst du es?"

Langsam kommt er zu sich und lauscht. Durch den klaren Odem des stillen Hains dringt ein unendlich vertrauter Klang an sein zerfetztes Ohr – ein Klang, der ihn wie eine untrennbare Nabelschnur mit seinem Volk verbindet. Zögerlich schaut er durch die Lücke des Baumstamms hinaus. Über der schwarzen Silhouette der Wipfel klart der Himmel auf, als wehte dieser stolze, tragende Ton alle schwarzen Schleier fort. Finsternis weicht dem Licht und auf einmal begreift er, was er hört:

„Yu-woo", flüstert er voller Freude. „Der Klang des Büffelhorns!"

Das Horn seines Volkes erklingt, wenn ein Kind im Urwaldtal zur Welt kommt, wenn das Leben eines Bruders zu Ende geht oder eine Sammlerin sich in den Bergen verirrt hat. Alle folgen diesem Ruf, der sein Volk vereint wie die Steilwände des Urwaldtals und der heilige Speer, um den sie sich scharen.

Der wohlige Klang kommt aus der Richtung der großen Hornisse. Omu stellt sich keine Fragen. Ohne zu ahnen, was ihn erwartet, folgt er ihm. Wie von selbst tragen ihn seine Beine. Er hat nichts zu verlieren, hat keine Furcht, schaut nicht zurück.

Vor ihm her trabt ein großer Wolf mit hellen Sperberaugen, als weise er ihm den Weg durch das Dickicht zum Bestimmungsort.

52

„Komm doch, komm her, mein Freund!", beschwor Lilly den verloren gegangenen Jäger und blies noch einmal ins Horn, hoffend, dass
Omu sie hörte.

Die Erlebnisse im Urwaldtal ließen sie gedanklich nicht mehr los.
Kelas hinreißende Persönlichkeit und die wunderbare Andersartigkeit
ihrer obskuren Brüder und Schwestern hatten sich für immer in ihr
Herz gebrannt.

Als Biologin fragte sie sich fortwährend, wie sie diese Wesen überhaupt einzuordnen vermochte. In die Tierwelt passten Neandertaler
selbstverständlich nicht. Ohne Frage waren sie menschlich, unterschieden sie sich jedoch fundamental von allen heute lebenden Menschen.
Und zwar weitaus stärker, als sich beliebige Volksgruppen, aus welcher
Region der Erde sie auch stammen, voneinander unterscheiden.

Aber da war noch mehr. Lilly erinnerte sich an das seltsame Gefühl,
das in ihr entstand, als sie ihnen gegenüberstand. Auf unerklärliche Weise
keimte in ihr in diesem Moment eine neue Art von Bewusstsein auf.
Auf dem Rückweg nach Utah hatte sie den Drang verspürt, mit Walker
darüber zu reden, hatte diesen Augenblick mit einem Farbenblinden
verglichen, der plötzlich Farben unterscheiden kann, oder einem Kind,
das sich das erste Mal im Spiegel erkennt.

Die Neandertaler hatten ihre eigene Ausstrahlung. Als Lebensform
waren sie nicht nur, was ihren immensen Schädel betraf, einzigartig. Das
orakelhafte Leuchten aus der Tiefe ihrer Augenhöhlen, ihre Fähigkeit,
sich in den übersichtlichsten Situationen auf magische Weise unsichtbar

zu machen, ihre uneingeschränkte Verbundenheit mit der Natur – all das war außergewöhnlich. Lilly musste ihre eigene Weltsicht neu ordnen.

„Bist du es, Spirit?"

Sie erkannte den herantrabenden schwarz-grauen Timberwolf mit stechend-gelben Augen auf den ersten Blick, hockte sich nieder, umarmte ihn freudig und kraulte voller Zuneigung sein Brustfell. Das Raubtier machte sich vor ihr klein und leckte unablässig ihr Kinn. Wie seltsam und schön es war, Spirit auf freiem Fuß anzutreffen! Zum ersten Mal sah sie ihn in freier Wildbahn, dem Lebensraum, der ihm eigentlich zustand.

Wahrscheinlich streunten noch weitere Ausreißer durch das Gelände, überglücklich, dem Gehege entkommen zu sein. Für ihren Wolfspark als Institution stellte das eine wahre Katastrophe dar. Streng genommen müsste Lilly sofort die Behörden informieren und alle Hebel in Gang setzen, um der Sache – wie auch immer – Herr zu werden. Weitaus bedeutsamer als die Vorschriften der staatlichen Naturschutzbehörde allerdings war die Gruppe von Neandertalern, die sich in ihrem geheimen Paradies seit Urzeiten vor der Menschheit verbarg, die sogar ihre eigene Freiheit einschränkte, um überleben zu können. Omu durfte den Behörden keinesfalls in die Hände fallen. Er musste schleunigst zurück in den Schutz der Doline, zurück zu Kela und ihrem Volk.

Walker wünschte sich in diesem Augenblick, er könnte sich ebenfalls unsichtbar machen. Die zwei fest im Blick, verschanzte er sich zwischen den Helikopterkufen unter dem Rumpf des *Hummingbird* und wagte kaum, zu atmen. Die Aussicht, jeden Moment von einem kolossalen Wolfsrüden aufgespürt und angefallen zu werden, war höchst beunruhigend. Wenigstens hielt er das geladene Betäubungsgewehr in seinen Händen, während sich die zwei Gefährten überschwänglich begrüßten.

Auch sein Kopf war voller Erinnerungen an die wundersame Steinzeitreise, die er sich als Wissenschaftler detailreicher nicht hätte ausmalen können. Selbst der Heilige Gral persönlicher Begegnungen mit leibhaftigen Frühmenschen, wovon keiner seiner Kollegen auch nur zu träumen wagte, war ihm nicht vorenthalten worden. Unzählige Lücken des Neandertaler-Puzzles hatten sich für ihn geschlossen.

Ein weitgehend vervollständigtes Bild dieser wundersamen Menschenform machte sie allerdings nicht weniger rätselhaft. Rudimentär und weise zugleich, hatten sie einen Weg gefunden, sesshaft zu sein, ohne ihrem Habitat auch nur den geringsten Schaden zuzufügen und man musste sich ernsthaft fragen, welche Lebensweise die klügere war: ihre oder die der sogenannten Zivilisation.

Die Veröffentlichung der Geschehnisse der vergangenen Tage könnte sie beide – Lilly und ihn – reich und berühmt machen. Als Entdecker wären sie unsterblich. Das Juwel des Urwaldtals preiszugeben, kam freilich für keinen von ihnen infrage. Die Existenz der wohl letzten Population von Neandertalern, an die fast niemand zu glauben wagte, würden sie für immer für sich behalten.

Unvermittelt ließ Spirit von seiner Herrin ab und wandte sich der Richtung zu, aus der er gekommen war und in die jetzt alle schauten. Da stand er: Omu, felsenfest, obwohl zerschunden und müde. Omu, ein Prachtexemplar von Neandertaler, mit finsterer Miene auf Lilly glotzend und durch sie hindurch auf den Helikopter hinter ihr. Omu, der unnachgiebige Jäger, steinzeitlich bekleidet, überaus muskulös, beklebt mit Pflanzenteilen in allen Erdtönen, Ohr und Schulter mit Blut und Löss beschmiert, grimmig brummend wie ein Bär zwischen Angriff und Verteidigung.

Eine gefühlte Ewigkeit war Lilly von ihm wie paralysiert. Die beklemmende Anspannung des Moments löste erst Spirit, der mit einem leisen „Wuff" und wedelndem Schwanz unbekümmert auf den Neandertaler zu trabte. Omu ignorierte den Wolfsrüden, bis er nah bei ihm war, dann stieß er einen kurzen, beherrschenden Laut aus, mit dem er ihn augenblicklich unterwarf. Spirit drehte sich widerstandslos auf den Rücken und blieb ruhig liegen.

Erst jetzt gelang es Lilly, sich zu entspannen und langsam aufzurichten. Ihr Gegenüber wendete seinen Blick nicht von ihr ab. Omu erkannte Watkas glänzendes Horn, das der blonden Frau um die Schulter hing, bewegte sich Schritt für Schritt weiter auf sie zu, bis er nur noch eine Körperlänge von ihr entfernt war. *Gib mir, was meinem Volk gehört!*

Lilly zwang sich zu einem Lächeln, während sie das Büffelhorn sachte abstreifte und ihm voller Demut entgegenhielt. Das Horn aber war nicht, wonach Omu sich verzehrte. Keine Freude, sondern Misstrauen und Schmerz standen ihm ins Gesicht geschrieben. Vergeblich suchte er sein Gegenüber von oben bis unten nach der Speerspitze ab. In ihrem Leben hatte Lilly keinen vergleichbaren Ausdruck der Enttäuschung gesehen.

„Ich habe sie nicht", flüsterte sie, inständig hoffend, dass er ihre Worte sinngemäß verstehen würde. „Sie ist bei deinem Volk." Lilly wies nach Norden. „Wir wissen, wo deine Sippe sich versteckt. Es ist weit, aber wir kennen den Ort."

Der Frühmensch legte sein Haupt schief, strengte sich an, zu begreifen, was die Bobofrau von sich gab:

Lilly fuhr fort: „Watka – Kela – Hani – sie sind ebenfalls dort."

Plötzlich war Omu ganz Ohr, ging noch näher an sie heran. Hatte er die Namen seiner Gefährten gehört?

„Watka – Kela – Hani", wiederholte er mit warmer, sonorer Stimme und ein Anflug von Hoffnung huschte über sein Gesicht.

„Ja, und du bist Omu. Deine Familie wartet auf dich. Wir können dich zu ihr bringen."

Spirit sprang mit einem Satz auf seine Pfoten. Aus dem seitlichen Gebüsch war Akecheta auf die Lichtung getreten und zielte mit seinem modernen Jagdbogen auf den Neandertaler. Minutenlang hatte Omu sein Umfeld außer Acht gelassen und nun keine Chance mehr, rechtzeitig in Deckung zu gehen. Eine einzige falsche Bewegung und der Jagdpfeil würde in nur zwanzig Millisekunden auf dreihundert Stundenkilometer in seine Richtung beschleunigt werden.

Allerdings stand Omu dem Bogenschützen nicht allein gegenüber. Mit nur einem Pfeil auf der Sehne war Akecheta gezwungen, sich für ein Ziel zu entscheiden: den Frühmenschen oder den zähnefletschenden, sprungbereiten Wolf an seiner Seite. Welches Ziel er auch wählte – die Distanz von rund sieben Metern war zu kurz, um schnell genug ein weiteres Geschoss nachzulegen.

Zaudernd richtete er den Pfeil abwechselnd auf Omu, dann wieder auf den Timberwolf. Der mächtige Rüde stellte die Bürste auf, blieb aber abwartend an der Seite des Frühmenschen, der seinen Willen mental zu beherrschen schien.

Akecheta behielt seinen Langbogen voll ausgezogen, was er nicht lange durchhalten konnte. Schon nach kurzer Zeit begann das Zuggewicht von rund fünfzehn Kilogramm deutlich an seinen Kräften zu zehren und er kam vor Anstrengung zunehmend außer Atem. Den Pfeil abzuschießen, würde ihn augenblicklich entlasten, gleichzeitig aber angreifbar machen.

„Tun Sie es nicht!", beschwor Lilly ihn. „Er ist ungefährlich. Vertrauen Sie mir!"

Der Indianer war verunsichert und zögerte. Derweil schwanden seine Kräfte rapide. Er begann heftig zu zittern, sein Nacken verkrampfte sich, der Druck in der Muskulatur zwischen Schulterblatt und Wirbelsäule wurde unerträglich.

„Bitte tun Sie es nicht!"

Wenige Sekunden hielt er noch stand, dann entspannte er mit einem Laut der Erschöpfung seinen Jagdbogen, ließ ihn samt Pfeil zu Boden fallen und senkte seinen Kopf. Er gab auf.

Couragiert ging Lilly auf ihn zu, legte ihre Hand auf seine Schulter und sagte: „Danke, mein Freund."

In diesem Augenblick löste sich unter dem Hummingbird ein Schuss. Mit Hochdruck trieb Kohlendioxid das befiederte Projektil durch den Lauf des Betäubungsgewehrs und zwölf Meter weit durch die Luft bis in Omus stämmigen Oberschenkel. Walker hatte gut gezielt. Der Kolben des Narkosepfeils injizierte fünf Milligramm modifizierte *Hellabrunner Mischung* ins Muskelgewebe.

Schockiert zog Omu die leere Spritze heraus und fuhr auf der Suche nach dem Schützen wütend um sich. *Was ist geschehen? Woher kommt das?* Als bald darauf die Betäubung einsetzte, geriet er in Panik, riss Lilly das Büffelhorn aus der Hand und rannte schwankend den Hang hinab, bis er stolperte und ins Gras stürzte.

Spirit, Lilly und Akecheta rannten gleich zu ihm. Er hatte das Bewusstsein verloren. Jetzt war Eile geboten.

„Helfen Sie mir!", bat Lilly den Schattenwolf. „In den Helikopter mit ihm!"

Gemeinsam schleiften sie den bleischweren Neandertaler zum Rettungshubschrauber. Walker war bereits an Bord und zog ihn mit aller Kraft hinein.

„Bitte verrate uns nicht", rief Lilly Akecheta zu, nachdem sie ebenfalls eingestiegen war. „Er ist kein Monster, sondern ein Ureinwohner. So wie deine Ahnen."

Walker nahm im Cockpit Platz. Tank und Reservetank waren gut gefüllt. Die medizinische Ausstattung des altgedienten Rettungshubschraubers funktionierte einwandfrei. Während der Australier die Maschine anließ, schnallte Lilly den betäubten Passagier auf eine Trage und schloss ihn an die diagnostischen Geräte an, die mit einem Multifunktionsmonitor verbunden waren. So konnte sie alle lebenswichtigen Vitalfunktionen während des Flugs überwachen:

Herzfrequenz, Blutdruck, Sauerstoffsättigung, Temperatur und Atemgas. Die Narkose würde sie bis zur Landung aufrechterhalten.

Akecheta winkte ihnen nachdenklich hinterher, als sie von der Lichtung des Hirschhügels aufstiegen.

Spirit war bereits zurück in den Wäldern.

53

Die Grotte am Eingang des Urwaldtals ist zu Kelas Revier geworden. Hier ruht, arbeitet und wacht sie tags und nachts. Keiner wird ihr den Ort streitig machen, denn niemand glaubt fester an Omus Rückkehr als sie. Jeder Tag des Wartens nagt wie ein Riesenbiber an ihrem Gemüt, doch sie ist zäh und unbeirrt.

„Bleibt ihr beiden verbunden, fügt sich alles zusammen", beruhigte Watka sie, denn sie wusste um das unsichtbare Band zwischen ihnen. „So entfernt eure sterblichen Hüllen auch sind, nichts kann euch für immer trennen."

Heute aber ist alles anders: Kela spürt ihn nicht, hat keine Nähe zu ihm. In ihrem Innern sucht sie den Heißgeliebten, doch sie findet nichts als Leere. Sie ruft ihn, doch er bleibt stumm, als sei er in einen tosenden Fluss gestürzt, als zögen ihn rauschende Strudel und schäumende Wassermassen auf den Grund des Sees, als schliefe er unendlich tief.

Was ist geschehen?

Leer und verlassen wie nie zuvor kriecht sie in die dunkelste Ecke der Felsenhöhle. Dort hofft sie, einen winzigen Funken von ihm zu erhaschen. Immer wieder wiederholt sie Watkas Worte:

„Bleibt ihr verbunden, fügt sich alles zusammen."

Doch woran soll sie glauben, wenn nichts als Finsternis sie umhüllt und das Plätschern des fallenden Wassers das Einzige ist, das sie wahrnimmt.

Auf einmal aber ist da noch ein anderes Geräusch. Zunächst fast unmerklich, dann immer lauter, gesellen sich zum milden Rauschen der unzähligen Tropfen schnelle, einzelne Schläge – so rhythmisch, so bestimmend, dass sie das beständig-schwache Brausen des Wasserfalls bald vollkommen übertönen.

Voller Furcht drückt Kela sich noch tiefer in die schützende Nische. Ist dies das Ende oder der Anfang? Beinah wäre ihr beides recht.

Bald trommelt es so heftig, als rase eine wilde Büffelherde alles niedertrampelnd hinab zum Gebirgssee. Wimmernd hält Kela sich die Ohren zu. Der Sturm der brüllenden Tiere peitscht die Gischt ins Grotteninnere. Immer lauter, immer heftiger, dringt der Lärm hinein.

Der dröhnende Orkan hält eine Weile an. Dann endlich steigt das Trommeln wieder in die Höhe und verliert sich in der Weite des Himmels. Der Sturm flaut ab. Es ist vorüber.

Zitternd und matt erhebt sich die junge Neandertalerin. Brüder und Schwestern rufen nach ihr, klettern einer nach dem anderen vom Urwaldtal durch den steinernen Bogen zu ihr hinein. Zögerlich durchdringt ein Jäger das fallende Wasser und gleitet in die helle Außenwelt. Andere folgen ihm.

Dann schreitet auch Kela ins gleißende Licht hinaus. Zu lange in der Dunkelheit, vermag sie ihre Augen kaum zu öffnen. Doch hören kann sie gut.

„Omu-gat-wahna!", ruft die Menge ihr vom Ufer des Sees zu. „Omu ist zurück!"

Es ist nicht das Ende, sondern ein neuer Anfang und der stolze, tragende Klang des Büffelhorns tut es allen kund.

Nachwort

Einer meiner Vorfahren war Arzt, ein anderer Archäologe und ein weiterer Neandertaler. Von jedem ist ein Teil in mir. Vielleicht ist deshalb dieses Buch entstanden.

Neandertaler, Beringia-Wölfe, Salish, Luzon-Menschen, Schattenwölfe und fast alle Kreaturen und Orte, die im Text erwähnt werden, haben wirklich existiert oder existieren noch heute. Der Feron Wolfspark ist fiktiv.

Ich danke meiner Schwester Natalie für erste Anregungen, meinen Freunden Stefan Kraml für seine grandiose Zeichnung, Bruce Todhunter und Patrick Keeney für die Bearbeitung des englischen Textes und Jonas Westhoff für das deutsche Lektorat. Dank auch an den Nobelpreisträger Svante Pääbo, der mir einige Fragen schriftlich beantwortete.

Das Buch ist meiner Mutter gewidmet.

Hat dir mein Buch gefallen?

Schreibe eine Rezension auf meiner Website.

Vielen Dank!

www.thevalleyofthehidden.it.com

www.dastalderverborgenen.it.com

www.ingramcontent.com/pod-product-compliance
Lightning Source LLC
Chambersburg PA
CBHW070336260626
47160CB00003B/1057